詐騎士《さぎし》 特別編
恋の扇動者は腹黒少女

かいとーこ

Kaitoko

RB
レジーナ文庫

登場人物紹介
▼ルゼ
身分、年齢を詐称して聖騎士となり、ついでに王子様と結婚までしてしまった少女。人や物を操る傀儡術《かいらいじゅつ》が得意。
ギルネスト▲
ランネル王国の第四王子。凄腕《すごうで》の魔術師で、軍の幹部。別名「サディスト」だが、娘にはデレデレ。
リゼ▶
ルゼとギルネストの娘。
▲ラント
ウサギ型の獣族で薬師《くすし》。現在リゼの子守り役をしている。

ニース▲
国一番の騎士だが、
婚約者に対しては
告白もできないヘタレ。
▲グランディナ
ギルネストの双子の妹
婚約者のニースを
嫌っている。
◀ルース
ニースの弟。
優秀な兄ゆえに
悩み多き少年。
アリアンセ▲
ルゼに続いて
騎士になった
お転婆《てんば》少女。
ウィシュニア▼
聖女付きの侍女。
大貴族の娘で、
ティタンに
恋している。
▲ティタン
ギルネストの従騎士《じゅうきし》。
昔は同じ孤児院出の
ルゼが好きだったが…

目次

詐騎士特別編　恋の扇動者は腹黒少女　7
書き下ろし番外編
相変わらずの男達　367

詐騎士特別編　恋の扇動者は腹黒少女

第一話　フレーメ～カルパの場合～

窓の外では、人々が外套《がいとう》の胸元をかき合わせ、足早に歩いている。ひどく寒そうだが、馬車の中は暖かく快適だ。それでも私の夫であるギルネスト様は心配そうにしている。

「ルゼ、本当に大丈夫か？　冷えていないか？」

そう言って私の肩を抱きながら、心配そうにお腹を見た。

「大丈夫ですよ。別に長時間乗っているわけでもありませんし、暖かい格好をしていますから」

と、私は自分のお腹を撫《な》でる。

月齢の割にあまり目立たないが、現在私は妊娠中だ。この子の父親であり、ランネル王国の第四王子であるギル様は、夏であろうと冬であろうと常に快適に過ごせる環境を与えられているので、そこから私が出た途端にこうして心配してくるのだ。

「それに、君もたまにはお外に行きたいよねぇ」

実家のおばあちゃんが、お腹の中にいる時から赤ちゃんに話しかけるのはいいことだと言っていたので、よくこうして話しかけている。

あと三ヶ月ぐらいで出てくるらしい。今年の春に結婚したばかりでこのようなことになるなど、二年前にプロポーズされた時は想像もしていなかった。

あの頃の私とギル様は、敵対する犯罪組織に振り回されて散々だった。組織を仕切っていたのは、魔物のマフィアの娘と思われる少女と、予知能力者らしき女。彼女達は私のファンらしく、結婚式の時もあれこれ掻《か》き回して、最終的にはギル様に生き埋めにされていた。それ以降、彼女達とは会っていない。少しは反省して大人しくしているといいのだが……

そのこともあって、妊娠が分かってからは皆に過剰に心配されるようになり、なかなか外にも出られない。確かに私は元々身体が弱いし、つわり中も死ぬかと思ったが、最近はすっかり元気で、馬車で出かけられるくらいにはなっているのにもかかわらずだ。

そんな中、今回は久しぶりの外出である。

「もうすぐ到着するからな」

ギル様が、お腹を撫でてきた。

馬車には、ギル様の従騎士《じゅうきし》であるゼクセンや、その妻であり私の妹でもあるエフィ――エフィニアも同乗しているからこの程度だけど、二人きりだともっとデレデレしながらお腹の子に話しかけている。ギル様の名誉のためにも他人には言えないが。生まれたら一体どうなるんだろうか。

ギル様は私に似てほしいと言っているけど、私は顔立ちの完璧なギル様に似てほしい。私に似たら子供に恨《うら》まれるよ。特に女の子だった場合は。

「ルゼちゃん、着いたよ」

ゼクセンが教えてくれると同時に、馬車が停まった。後から付いてきたもう一台も停車し、私はギル様の手を借りながら馬車を降りた。

足が悪い私は普段、傀儡術《かいらいじゅつ》で自分の身体を操って動いている。が、妊娠してからは上手く魔力を扱えず、たまに転びそうになってしまうのだ。そのため、必ず誰かの監視がなければ歩いてはいけないと言われている。部屋の中でも歩くなと言うのだから、ひどい話だ。

「ここが、カルパさんの新しいお店、ティールーム・フレーメだよ」

本日私達は、茶問屋フレーメ初の直売店であるティールームの開店祝いに来たのだ。

ギル様はフレーメのお茶がいたくお気に入りで、おまけに経営者の青年カルパには、慈善院《じぜんいん》の運営を含め色々と協力してもらっている。彼の新しい商売を応援するのは私達夫婦にとって当然であり、その開店祝いは気晴らしのお出かけにもちょうど良かった。

私はゼクセンが示した店を見上げて、わずかに驚いた。

住宅街のアパートの一階によくある、洒落《しゃれ》た感じの店舗だったのだ。

「訳あり物件って聞いてたけど、見た目は普通……」

いかにも霊が出そうな、もっと陰鬱《いんうつ》な雰囲気を想像していたのに。

「そんな普通じゃない店を出してどうするの。だいたいルゼちゃん、霊とか見えない人だから、何かあっても分からないでしょ」

ゼクセンがくすりと笑いながら言う。

「まあ、ここは〝出る〟から訳ありなんじゃなくて、店舗がすぐに潰《つぶ》れるって意味での訳ありだから」

「そんなところに出店して大丈夫なの？」

私はぎょっとして問い返す。

「ここって立地が悪くないように見えて、実は角度的に入り口が目立たないんだ。たまたま通りかかる人も少ないしね。近くに流行《はや》っている店があるから、余計に質《たち》が悪い。ここで生半可《なまはんか》な人が商売やっても、損するだけだよ」

と、ゼクセンは店舗を見ながら説明する。

「だけどカルパさんみたいに既に知名度がある人が店を開《ひら》くなら、客の方からわざわざ探しに来てくれるし、治安は悪くないし、買い物ついでに寄れる程度には便利な場所だから、むしろ掘り出し物件なんだ」

相変わらず妻帯者とは思えないほど可愛い顔なのに、商売に関してはずけずけと言う。その隣ではエフィがころころと笑っていた。

現在ゼクセンの実家、ホライスト家が営むゼルバ商会は、都での商売をこの若夫婦に仕切らせている。というのも、本来の跡取り娘であるゼクセンの姉、エノーラお姉様が、現在妊娠しているからだ。ちなみにカルパの新しい店は、エノーラお姉様が紹介したものらしい。彼女は、訳あり物件を安く買って有効利用するのが好きなのだ。

ホライスト家は、家位《かい》の低い貴族であるが、商売で成り上がって上流階級に食い込んでいる家だ。そのせいか使用人に至るまで実力主義で、嫁《とつ》いできたばかりのエフィなどは、まだ認められない存在なのだそうだ。

そのためエフィは婚家での足場固めも兼ねて、家の中のことや、商売に関することを取り仕切り、それをゼクセンが騎士の勤務の合間に手伝っているのだという。

まあ、結婚ってのは色々と大変ってことだ。だけど、私の強烈な姑《しゅうとめ》の存在に比べれば、使用人達の信頼が得られていないことぐらい、どうと言うことはない。本当にうちの姑――エーメルアデア様ときたら、会いたくないのに会いに来て、嫌味ばかり言うから嫌になる。いや、病弱な正妃《せいひ》、セルマ様のところに行かれるよりはいいんだけど。

セルマ様は、第二夫人であるエーメルアデア様が離れれば体調が良くなり、近付かれれば悪くなる。それが最近国王陛下の知るところとなり、陛下もエーメルアデア様を近付けさせないよう配慮しているそうだ。それでその分、彼女が私のところに来ている、ということらしい。エーメルアデア様の過干渉は本当に、どっちに転んでも迷惑な話である。

そんなことを考えながら店舗を見ていると、後ろの馬車から降りてきたティタンが声をかけてくる。

「まあ、ここはカルパの趣味も兼ねた店だから、従業員を養えるだけの利益が出ればいいって考えらしいよ」

私の幼馴染《おさななじ》みのティタンことティタニスは、カルパと仲がいい。ゼクセンと同じくギル様の従騎士《じゅうきし》をしている彼は、ギル様の護衛がてら一緒に祝いに来たのだ。その隣には、彼に片思いしている聖女エリネ様の侍女ウィシュニアと、ギル様の友人ニース様がいる。

「趣味ねぇ。カルパらしいっていえばそうだけど。そういえば前にカルパが、ティタンも開店の手伝いをしてくれて助かるって言っていたけど、何かしたの？」

「ああ、ちょっとな。おまえ、つわりで何も食べられない時でも、カルパの作った菓子だったら大丈夫だったろ。そんな変わった妊婦に付き合ってもらった礼代わりにさ」

私は元々小食な質《たち》だったが、そこにつわりがきたものだから、何も食べられなくなってしまった。そんな時にカルパの作ってくれたジャムを見たことで食欲が湧《わ》き、食べ物を口にすることができたのだ。それでギル様が、しばらくカルパにお菓子やジャムを届けてくれるよう手配して下さったという経緯がある。

私はその時のありがたみを思い出しつつ、もう一度店を見上げて中に入った。

「あ、いらっしゃい」

暖かい店内に入ると、掃除をしていた冷たい美貌の少女が顔を上げた。

「はぁ!? ラスルシャっ!?」

驚いた私は、説明を求めてゼクセンを見る。

ラスルシャは丸っきり人間に見えるが、実は魔物である。魔物には魔族、闇族《あんぞく》、獣族《じゅうぞく》といくつか種類があり、彼女は白魔族と呼ばれる珍しい魔物なのだ。

で、そのラスルシャだが、彼女は確か、私の故郷であるエンベールの領地で働いていたはずだ。エンベールは魔物との商売が盛んなこともあって、多くの魔物達が働いているが、彼らがそこから出てくることは滅多《めった》にない。

　ゼクセンはくすくす笑いながら答える。

「試しにいつか都でも可愛い獣族を働かせてみたいなって、エンベールでおじ……お義父《とう》さんとテルゼが話し合ってた時に、ちょうどフレーメの人が仕入れに来てさ、話に乗ってきたらしいんだ。それでカルパさんを覚えてたラスルシャが、ジオちゃんとフレーメで働いてみたいって申し出たんだって。彼女達、物怖《ものお》じしないし、ラスルシャも人間とそう変わらないから警戒もされないだろうし」

あ、よく見ると自称川猫《かわねこ》獣族のペンギン獣族、ジオちゃんも箒《ほうき》を持って床をお掃除している。相変わらずどう見ても猫じゃない。けど可愛い。

「こ、こんな可愛いの店に置いたら人が殺到しない？」

　私なら定期的に撫《な》でに来てしまう気がする。

「うーん、若い女性には受けると思うけど、それ以外には警戒されるかもしれないから、どうかな。その辺はイマイチ読めなかったから、まあ実験がてらってことでカルパさんも雇ったみたい」

　と、ゼクセンも少し心配そうに言う。

「本人達の強い希望もあるし、もし囲まれてしまっても仕方ないかなと」

「そう。本人がいいならいいけど」

ジオちゃんが商売の邪魔にならなければいいんだけど。お客じゃない人達が集まるという意味で。

ああ、こんな小さな店で大丈夫だろうか。飲食した客だけひと撫《な》でできるということにした方がいいんじゃないだろうか。

「まあ私が心配することではないか」

私は、商売やお金絡みのことについては素人《しろうと》なのだ。エノーラお姉様も協力している以上、私が気にかけても仕方ない。

「ああ、殿下、ルゼ様。いらっしゃいませ」

店の奥にいたカルパが顔を出した。開店に向けて髪を切ったのか、いつもよりさっぱりしている。こざっぱりしたシャツや、細身のベストやズボンがよく似合っていた。

「ルゼ様、どうぞお掛けになって下さい。寒くはありませんか？ 移動で調子が悪くなったりしていませんか？」

カルパは私のお腹と顔色を見て言った。

「平気よ。カルパのおかげで辛《つら》い時期を乗り越えたし、すっかり元気」

「ルゼ様の〝元気〟は、普通の人の〝元気〟とは違うので心配ですよ」

皆が同時に頷《うなず》いた。ああ、信用がない。

「自分一人の身体じゃないんだから強がったりしないわよ。それより外出するきっかけができて良かったわ。動く気力が出てくると、じっとしているのが退屈で」

「ルゼ様ほど動かれる方には辛いでしょうね。男の俺には分からない苦しみですが、もし辛くなったら、すぐにおっしゃって下さい」

カルパはそう言うと、店内のテーブルへと私達を案内し、私のために椅子を引いてくれる。私はそれに腰かけながら笑った。

「男の人って大袈裟《おおげさ》ねぇ」

「お腹にお子様がいらっしゃるんですから大袈裟にもなりますよ。ルゼ様は弱っていましたし」

少し前までひどかったから、仕方ないけどさ。

私に続き、エフィとウィシュニアも、それぞれゼクセンとティタンに椅子を引いてもらって腰掛ける。二人の男達もその隣に座り、ニース様は寂しく一人で座った。彼の想い人であり、婚約者であるグランディナ姫様は、今日は来ていないので仕方ない。

「女の子なんて生まれたら皆が甘やかそうとしてきっと大変ね。私としては、立場的に女の子の方がいいんだけど」

何と言っても王族だからね。後継者争いなんかに巻き込まれたら苦労するから、無関係でいられる女の子の方がありがたい。

「きっとルゼ様に似て可愛らしいお嬢さんになるでしょうね」

「私はギル様に似てほしいんだけど」

不吉なことを言うカルパを、恨《うら》めしげに睨《にら》んだ。

「ギル様はルゼ様に似てほしがっていますよ」

「まったくだ」

ギル様はカルパの答えに満足そうに頷《うなず》く。そんなに自分に……というか、自分の母親に似るのが嫌なのか。二人とも顔だけは素晴らしいのに。

「そうだ。これは土産《みやげ》だ。エリネ様の神殿の庭で採れたものだが」

と、ギル様は籠《かご》を差し出した。

「気を使っていただいて申し訳ありません。先日もいいワインをいただいて」

「あれはアリアンセの実家から、結婚祝いに贈られたものだ」

「変な混ぜ物のない、美味《おい》しいワインでした」

カルパは受け取った籠をカウンターに置きながら言う。

「混ぜ物なんてあるの？」

妊娠していようといまいと基本的に飲酒を禁止されている私は、そういうことに疎《うと》い。

「甘味を加えて値段をつり上げてることもあるんですよ。甘い方が良いワインだっていう風潮がありますから。俺はそういうのは口に合わないんですけど」

ワインにも色々とあるようだ。

そんなことを話していると、カルパが膝掛けを用意してくれた。

「身体が冷えてはいけませんので、よろしければお使い下さい」

「ありがとう」

私はありがたく膝掛けを借りた。仕事中の彼は、本当に紳士的ないい男だ。

「私も人妻になってから、カルパがやたら奥様方に人気がある理由が分かった気がするなぁ」

「マジっすか」

私の素直な感想に、カルパが仕事人の仮面を外して驚いた。

彼は元々いい男だったけど、わずかに残っていた少年らしい甘さが消えて、ますますいい男になった。ギル様とはまた違った、男の色香があるのだ。そしてたまに見せる陰がなおいいと、多くの奥様方の心を掴《つか》んでいるらしい。

これで女誑《おんなたら》しだという噂《うわさ》でも流れたら商売にならなかっただろうが、彼はそう思われないよう接客態度を徹底させているから、奥様方の旦那様も彼を悪く言うことはほとんどないらしい。むしろ徹底しすぎて、女性に興味がないのではと噂されるほどだ。たぶんそれはない。仲間と夜のお店とかに繰り出すこともあるようだし、お客様は女ではないという考えなのだろう。たぶん。

そんなことを考える私に、カルパはうんざりしたような顔で聞いてくる。

「どこがどう、奥様方に人気なんです？」

「あ、その顔はいただけない。でも、仕事してるカルパには、何だかときめくね。やっぱり仕事着ってのはいいよ。そうやって腕まくりしてるのもいいね」

「そ、そうですか？　でも人妻にモテてもなぁ……」

人妻にしかモテないわけじゃないだろう……ってまさか。

「まさか、人妻にしか誘われないの？」

「いや、そこまでは……」

なぜ目を逸《そ》らす。特定の女性の影がないから不安になるんだけど。

カルパは、食べ物の味を良くするという能力持ちだ。その能力をぜひ子孫に残してほしいとギル様なんかは思っている。でもこういう能力は、発現しやすい血筋というのはあっても、実際に発現することは稀《まれ》だから、見合い相手を紹介するほどのことでもないし。

「そういえばこの前、祭りで露店《ろてん》を出していたらしいけど、どうだった？」

ティタンが気さくにカルパに問いかけた。

この都では何かにつけてお祭りが行われるのだが、そういった祭りでは大抵、公園に露店が出る。フレーメも比較的規模の小さな祭りを狙って、試しに出店したそうだ。

「あれが二度目だったけど、従業員達は目の回りそうな忙しさだったよ。茶問屋の方の常連さんもわざわざ遊びに来て下さったし」

カルパは苦笑しながら、香りの良いお茶を出してくれた。

「小さな祭りだったんだろう？　そんなに売れたのか？」

ギル様はティーカップに手を伸ばしながら問う。

「小さいと言っても、遠方からのお客が来ないだけで、十分な集客はありましたので。売ったのは普段高級店に卸《おろ》しているようなお茶なんですが、それを一杯いくらという形で売ってみたら、試しに飲む人が多かったそうですよ。祭りの時はどこの店も値段が高くなりがちですから、それと比べたらお手頃に感じたんでしょう。あの日は肌寒かったですしね。そこで気に入った人が、量り売りの茶葉を買ってくれたそうです」

「なるほど。上手いやり方だな」

ただでさえ祭りの雰囲気は財布の紐《ひも》を緩《ゆる》くするのだ。お高いお茶が手軽に飲めるなら、ということで、つい手を出した客も多かったのだろう。

「宣伝も兼ねていたんですが、自信が持てました。そうそう、エリネ様の祭りでも出店しないかと振興会《しんこうかい》から誘われているんですよ」

「そんなに人気だったのか」

「茶問屋の方の卸《おろ》し先にも、新規のお客様が増えたそうです。なので、また出店してみようかと。従業員の訓練にもなりましたし、あいつらもたまのお祭り騒ぎが楽しかったそうですから。祭りの日でも、俺らみたいな飲食店はあまり休みませんしね。どうせなら祭り気分が味わえる場所で働きたいって言っています」

稼ぎ時に稼ぐ、商人なら当然のことだ。そして、どうせなら楽しいところで稼ぎたい。これも当然だろう。

「落ち着いたティールームで、まったりとお茶やお菓子を出したいって言ってたくせに、忙しくなる方向に頑張るよなぁ……」

ティタンは呆れたように言った。

「忙しい時頑張れば、暇な時に焦らなくて良くなるからな。貧乏人は蓄《たくわ》えがないと不安になるんだよ」

「ああ、分かる分かる」

ティタンがうんうんと頷《うなず》いた。冬のために食料を備蓄するようなものか。

「なんにしても夢が叶ってよかったな。ちょっと来ないうちに、いい雰囲気になったじゃん」

ティタンに肘《ひじ》でつつかれ、カルパは照れたように笑った。

「内装はエノーラが？」

ギル様もくすりと笑いながら言う。

「ええ。俺達、そっち方面は素人《しろうと》ですから。エノーラさんが金銭面でも援助してもいいと言ってくれたんで、思い切って新しい厨房機材《ちゅうぼうきざい》も買いました。菓子はたくさん作るつもりですから、いい機材があった方が効率的ですし」

エノーラお姉様がそこまでしてくれるのは、フレーメが利益を回収できそうな優良企業と見たからだろう。

「そうか。よかったな」

順風満帆《じゅんぷうまんぱん》だな。

「それもこれも、あの時、殿下に助けていただいたおかげです」

「こちらも助けてもらっているからな。ルゼの食事の件もそうだが、母のご機嫌取りもしてくれて、本当にありがたいと思っている。おかげでつわりで寝込んでいたルゼには被害が行かなかった」

その時ほどではないが、カルパは現在も定期的にエーメルアデア様のもとへ通っている。今ではすっかり彼女のお気に入りで、気付けば茶問屋フレーメは正式に王室御用達《おうしつごようたし》の店になっていた。

「慣れていますから、お気になさらず」

あのエーメルアデア様を相手に、『慣れている』なんて言葉がさらっと出るとはすごいな。

「……カルパ、エーメルアデア様と何を話してるの？」

私はかねてからの疑問をぶつけてみた。

「ごく普通の世間話ですよ。至極和《なご》やかに。エーメルアデア様がルゼ様にきつく当たるのは、同じ女性だからです。女性は女性に厳しいんですよ。特に息子の嫁となると、自分流に染めようとしたがる方が多いですね。俺は他人で男なんで、普通に話をして、美味《お》しいものを提供してるだけです。ルゼ様に差し上げたのと似たような菓子なんですが、美味《い》しく召し上がっていただいたところで、『ルゼ様も喜んで食べて下さった』と言うとさらに満足そうな顔をされます」

　似たような、というところが重要だ。私は素朴《そぼく》な味が好みなのだが、それをそのまま出してもエーメルアデア様は満足してくれない。きっと彼女好みにアレンジした上で食べさせたのだろう。そこでその菓子を嫁も好んで食べたと言えば、エーメルアデア様も嫁の物分かりが良くなったと思って一層満足したに違いない。

「でも、あんな難しそうな人と世間話なんて、よく続けられるわね。何か機嫌を取るコツとかあるの？　褒《ほ》めても当然って顔なさるでしょ」

「美人に美しいなんて安直な褒め言葉は響かないから、こだわりのありそうな部分を褒めるんですよ。髪型とか服とか、細かい部分までね。今日のルゼ様だと……指輪を褒めますね。殿下からの贈り物でしょう。旦那様から愛されていますね、とか」

　私は小さく頷《うなず》いた。そういう褒められ方は嬉しいかもしれない。

「夫婦仲が悪いと使えませんが、新婚だと効果的ですね」

　確かに、倦怠期《けんたいき》で夫が愛人に物を与えまくっているような状況だと、嫌味でしかなくなるだろう。

「俺にはルゼ様みたいに女性を次々落とす魅力はないから、フレーメの皆で知恵を出し合って話題の作り方を研究してるんです」

「女性を落とすって……変な言いがかりつけないでよ。私は何もしていないのに、エノーラお姉様が男装の麗人《れいじん》とか言って、やたらと煌《きら》びやかな虚像を作ってばらまいてるだけじゃない」

しかし、その話題の作り方とかは私も知りたいぞ。

「いやいやいや、エノーラさんの策略だけではああはなりませんよ。女装してても人気は衰《おとろ》えないんですから」

「女装とか言わないでくれる。これが本来の私なんだし」

確かに男装の方が楽だし、髪を切っていいならまた切りたいけど。

そんな心の声を読み取ったのか、カルパはくすりと笑う。

なんてことだろう。私が女性達を洗脳しているみたいで、不愉快だ。

……………してないはずだ。そんな力はないはずだ。たぶん。きっと。

「ところでカルパ、おまえ恋人はいないのか?」

ギル様が、唐突だが気持ちは分からなくもないことを尋ねた。カルパはため息をつく。

「それ、エノーラさんにも言われますよ。魔力が強そうな女性を紹介しようかとか」

「ん、まあ……」

ギル様は視線を逸《そ》らす。エノーラお姉様は、もしカルパの子が彼と同じ能力を持っていたら、いずれ雇いたいと思っているのだろう。

「考えることは皆同じねぇ。ギル様もカルパみたいな能力者を欲しがってるし」

誰だって一度は考えるだろう。それでお見合い話を持ってくる人なども少なくないはずだ。

「私はカルパがずっと健康で長生きしてくれたら、それだけで嬉しいけど」

「でもまあ、才能を途絶えさせたくないって思うのは当然のことだし」

ティタンがギル様を庇《かば》うように口を挟んだ。

「でも、本当に恋人とかいないの？」

どうしても信じられない。

「いませんよ。忙しくてそれどころではないというか、付き合っても会う時間が取れず振られるので、仕事に打ち込んでるんですよ」

「それって茶問屋の方が大きくなる前の話でしょ。今ならなかなか会えなくても付き合ってくれると思うけど。なんてったって稼いでるんだから」

「そういう金で態度を変えるおん……女性はさすがにお断りですよ。どうせなら、癒《い》やされたいですからね」

私が気楽に話しているせいか、彼もたまにつられそうになっている。接客の時はもっと完璧だけど、こういった私的な集まりだと気が抜けるのだろう。

「従業員の女の子は？　可愛い子いるじゃない」

「社内恋愛は禁止ではありませんが、俺が従業員とどうこうなるのはちょっと……」

「ああ、別れたら気まずいよね」

結婚するなら別なんだろうけど。

「それに俺は、どうにも女運が悪いんですよ」

「そうなの？」

カルパは諦めたような顔で頷《うなず》いた。

いや、その歳で諦めちゃダメだよ。そんなに若くていい男なのに。

「あ、そうだ。新作の菓子なんかいかがですか？　形が悪いのが余っているんですが」

カルパは話をすり替えるように立ち上がった。ギル様の顔が綻《ほころ》ぶ。

「いいのか？」

「もちろんです。ラスルシャ、ここは頼んだ」

「はーい」

カルパはラスルシャに私達の給仕を任せて、店の奥に引っ込んだ。

暇になった私は、同じく掃除を終えて暇そうにしているジオちゃんに目を向ける。つやつやに黒光りした羽毛と可愛い嘴《くちばし》、つぶらなお目々は相変わらず。

「ジオちゃんは子供好き？」

「だから、ジオズグライトだと言っている！　あと子供は嫌いじゃないぞ！」

相変わらず愛称で呼ばれるのを嫌がっている。でも子供は好きだと胸を張る。なんて可愛い。

「生まれたら、遊んであげてね」

「いいだろう。どんな奴のガキでも、赤ん坊のうちは可愛いもんだしな。顔はおまえに似てもいいが、性格はどっちの親にも似ないといいな」

「両親に似なかったら、誰に似ればいいんだろうね……」

「身近な聖女様じゃないのか」

「くっ、いいこと言うじゃない」

ジオちゃんのくせに、的確な意見である。

「そうなってくれたら嬉しいわね。エリネ様は、私の身近では一番普通の方だし」

「普通ってなぁ、おい」

「普通って素晴らしいことだよ。自分の娘が私みたいに育ったら、ギル様が泣いちゃうよ」

「確かに、父親としては泣けるだろうな。親不孝者だな」

「ジオちゃんはご両親いないの？」

ジオちゃんとラスルシャはすっと目を逸《そ》らした。この子達、家出してきたからね、人のことは言えないのだ。

「ところでジオちゃん、接客は慣れたの？」

「もちろんだ。俺は立派に接客できるぞ！」

別の話題を振ってやると、ジオちゃんは胸を張って言う。

「そっか。女の子に撫《な》でられまくるのに慣れたんだ」

「撫でてくるのをあしらうのに慣れたんだ。あと男にも撫でられるぞ」

男にもか。このまま店に出て本当に上手く躱《かわ》せるんだろうか。心配だ。もみくちゃにされるぐらいなら害はないし、店内なら誘拐されたりもしないだろうけど、やっぱり心配だ。

私はとりあえずにこにこ笑ってジオちゃんを撫でる。可愛い。

「でも二人がこの店で働くなんて、本当に意外」

「他の子達は、さすがにエンベールを出るのは怖いみたい。あっちは自分達の故郷とも近いし、皆一緒だから安心なんだろうね。私の故郷の人達に比べれば、ずっと積極的だけど」

と、ラスルシャが言う。

エンベールで働いているのは、主に小型獣族《じゅうぞく》達だ。彼らは地下にある魔物達の国アルタスタの中でも、エンベールに近い五区《ごく》というところからやってきた。まだ地上で働くことに慣れていない彼らが、故郷の近くにいたがるのは当然のことだろう。

一方、ラスルシャの属する白魔族達ははるか北の孤島に住み、そこから出ること自体ひどく嫌うらしい。しかも島の周辺は岩礁《がんしょう》が多くて波も荒く、航行が難しい。だから彼らは完全に人間とは交流を断っている。

そんな島から二人だけで出てきたラスルシャとジオちゃんは、好奇心の塊《かたまり》のようだ。機会があれば新しい場所に行ってみたいと思うのも、これまた当然である。だから彼らは今、とても浮かれているに違いない。

「ここの生活はどう？　エンベールよりずっと広くて、色々なものがあるでしょ」

「はい。まだ近所しか見てませんけど楽しいです」

「俺は外歩き禁止だ」

楽しそうなラスルシャと、つまらなそうなジオちゃん。

「珍しいから誘拐されそうだしね。慣れても一人で出歩いたらダメだよ。うちのラントちゃんですら一人歩きはしてないから」

「だからいつもおまえに抱えられているのか。不憫《ふびん》な奴だ」

それをもっと抱えやすそうなジオちゃんが言うのか。

「ラントちゃんも、将来私の子に抱えられるのを楽しみにしてるのか、以前よりも自分の毛が落ちないように気を使ってるのよ」

そんなもふもふでふわっふわなラントちゃんを抱いていると、素晴らしく癒《い》やされるのだ。

「楽しみにしているかはともかくとして、毛がある奴にしてみりゃ当然の配慮だ。その点、川猫《かわねこ》は毛が落ちにくいから楽だな」

「ジオの場合、毛じゃなくて羽毛……いやなんでもない」

余計なことを言ったティタンは、ジオちゃんに睨《にら》まれて口を閉ざす。

その時、背後にある出入り口のドアが開《ひら》いた。

「ごめん下さいまし」

少女の声だった。

「ああ、申し訳ありません。開店は明日からで、現在は準備中なんですよ」

いち早くラスルシャが動いて、入ってきた少女に手を合わせながら謝罪する。

そこにいたのは、少女の他に女性が三人。

「まあ、申し訳ございません。話し声がしたものですから、てっきり開店しているのかと」

その中の一人、焦げ茶色の髪の少女が頭を下げた。他の女性達も残念そうに顔を見合わせている。

彼女達の年頃は、一番下は小さな子供で、上は二十歳ぐらい。それぞれ仕立ての良い服を着ているが、謝罪した少女と小さな子はやや地味な服装なので、おそらく使用人だろう。

二十歳ぐらいの黒髪の女性と十代半ばの茶髪の少女の服は、とても可愛らしい流行《はや》りのもので、先の二人よりさらに質が高い。一目で主《あるじ》と分かる二人は、私を見ると目を輝かせた。

「まあ、ルゼ様！」

いつものことだ。女装しているとなかなか私だと気付かれないが、何しろ今隣にいるのはどこでも目立つギル様だ。どこかで顔を合わせているなら、すぐに分かっても不思議ではない。

「ご懐妊《かいにん》なさって体調がよろしくないと伺《うかが》いましたが、お外に出ても大丈夫なのですか？」

「だ、大丈夫よ」

私の情報はファンクラブの会報などで色々出回ってるらしいが、そんなことまで書いてあったのか……

「良かった。心配しておりましたの」

知らない人に心配されるのは複雑な気持ちだ。だけどどこの子達、見たことあるような……どこかのパーティーで会っただけだろうけど。

「お腹はあまり大きくなっていないんですね」

年下の子の方が、私のお腹を見て言った。

「目立たない服を着ているだけよ」

薄着をしていれば分かるぐらいには大きくなっている。とにかく、元気に生まれてきてほしい。

「あの、ルゼ様。結婚してお幸せですよね？」

一番年長の女性が、唐突に尋ねてきた。彼女はどこか思い詰めたような、そんな顔をしている。

「そうね。すごく幸せよ。ギル様はとても大切にしてくれるもの」

昔誘拐された大切な聖女様《ノイリ》に再会できて、今の聖女様であるエリネ様にお仕えできて、これ以上の幸福なんてないと思っていたが、上には上があるものだ。

こんなに幸せばかりが胸を占める人生も、そうそうないだろう。子供の頃の嫌な思い出を忘れられるぐらいに幸せだ。

「今は絶好調とは言えないけど、この子が大きくなってくれてることだしね。そう思うとすごく幸せよ」

「そうですか……」

彼女は私のお腹を見て、深刻そうにため息をついた。

「結婚について悩んでいるの？」

「父が見合い話を……」

お見合いかぁ。私は経験しなかったからな。選ぶ権利もなかったけど。

「断れない相手なの？」

私は断れなかった。まあ私の場合、こちらの腹の内を知り尽くした親しい相手に押し切られたようなもんだから、状況が違うのだろうけど。

「そうではないのですが……父は自分のお気に入りの者の中から結婚相手を選びたいらしくて」

ああ、あるある。良家のお嬢さんだと、自分で相手を見つけるよりも、親に相手を決められる方が多いのだ。それを覆《くつがえ》すには、父親が用意した男よりも条件が良い男を見つけてこなければならない。

私の場合、親がどうこう言う前に強くて美形の王子様が迫ってきたから、彼女に助言するのはとても難しい。

「恋愛でも見合いでも、結婚って実際一緒に生活してみないと分からないところがあるから、一概《いちがい》に言うのは難しいわねぇ。恋愛結婚でも失敗はよくあるし」

家が決めた結婚であればそれなりに割り切れるだろうが、恋愛結婚で拗《こじ》れたらどうしようもない気分になるだろう。

「それでもきっと、我が子は可愛いわ」

もし拗れたとしても、そこだけは救いになるはずだ。私にとっては、この子が唯一の血縁者になる。愛おしくて愛おしくて仕方がない。

「そうですね。私も可愛い子が欲しいです」

彼女は笑みを浮かべて頷《うなず》いた。まだ見合いもしていないようなのに、気が早いことだ。

「前向きなのはいいことよ。断れない話だと困るけど、そうでないなら考えてみてもいいんじゃない？　お父様は娘が幸せになると思ったからこそ、見合いを勧めてるんでしょうしね。顔を合わせたら案外気に入るかもしれないわよ。お見合い結婚でもすごく幸せそうな夫婦はたくさんいるからね」

父親と若い娘では男の選び方が違ってくるから、双方が納得するとは限らないけど。

「そうですね」

彼女は納得したようにまた頷いた。

彼女が不安を覚えるのは当然だ。結婚は人生の墓場だとも言われているから。私に言えるのは、とりあえず前向きに考えて、相手を必要以上に悪く見ないようにしなさい、ということだけだ。

「何でも否定から始めていたら、幸せも幸せだと感じられなくなってしまうわ。もちろん男の人の中には結婚した途端に態度が悪くなるのもいるから、警戒は必要よ。だけど、断っていいならもっと気楽に考えてみたらどうかしら」

断れない時は悲惨だけど、そうではないようだし。

「出会いは大切よ。私もそうだったけど、出会いがないと選べる人が限られてくるからね」

ギル様がいなかったら、ずっと独身か、見合い結婚していたと自信を持って言える。

「ふうん。まるで僕に不満があるようじゃないか」

私の言葉がお気に召さなかったのか、ギル様は髪に指を絡めながら艶然《えんぜん》と、だが含みを込めつつ笑った。

「まさか。私はギル様と出会えたこと、神に感謝しているんですよ？　むしろギル様は私の幸運の神様です」

これは本当だ。

「それはこちらの台詞《せりふ》だ。君こそ僕の女神だ」

ギル様は甘い台詞とうっとりしてしまいそうな笑顔で、私のお腹を撫《な》でた。

「ギル様、こんなところでいちゃつかないで下さいよ。僕らでもしませんよ」

ゼクセンが呆れたように言い、エフィもうんうんと頷《うなず》く。いつもいちゃついている可愛い夫婦に突っ込まれてしまった。

見合いで悩んでいる子は、頬《ほお》に手を当ててため息をつく。

「夫婦仲がよろしいんですね。素敵。私もこんな風に言ってくれる男性と巡り会えたらいいのに……」

ギル様みたいなのだと高望みすぎて結婚なんてできなくなるから、基準にしてほしくはないんだが……。

「先ほどからずいぶんと賑《にぎ》やかですね。ルゼ様のお知り合いですか？」

奥から戻ってきたカルパが、微笑《ほほえ》みながら小さく首を傾《かし》げた。

「私達が賑やかにしてしまったから、開店したと勘違いされたようなの。それで少し世間話をしていたのよ」

「ああ、それで見合いがどうのと」

カルパは持っていた籠《かご》をカウンターに置き、中の菓子を小さな袋に入れる。そしてもう一種類、別の袋も用意した。

「せっかくいらして下さったのに申し訳ございません。お礼といってはなんですが、こちらをどうぞ」

カルパは接客用の笑みを浮かべて袋を差し出した。

「新作の菓子です。少し形が悪いので商品としては出せないのですが、味は保証いたします。あと、こちらは開店時に配る予定の茶葉です」

「まあ、よろしいんですの？」

若い女性達はぽかんと彼を見上げた。

「差し上げたのは、内緒ですよ」

差し出した菓子に負けないぐらいの甘い笑みでカルパは言った。それを見た彼女達は、ぽっと頬を赤らめる。

絶対に未婚の女の子にもモテてるだろおまえ。会える時間がなくても、この顔でモテないはずないし。だって美男子だもん。ギル様ほどじゃないけどね。

「こちらをお気に召していただけたなら、またいらして下さい。その時は、とびきり美味《おい》しいお菓子とお茶を腕によりをかけてご用意いたします」

こうやって、客は増えるのか。

「お見合い相手が、良い方だとよろしいですね」

「は、はい」

大人の男性の色香に当てられ、悩んでいた彼女はこくこくと頷《うなず》いた。そうして思い直したように微笑《ほほえ》む。

「あなたのように気の利《き》いた男性だと嬉しいわ」

「お嬢さんのように可憐《かれん》な方が相手なら、男は進んで気を利かせるようになりますよ」

なおも甘い言葉を吐くカルパ。

それにしても、ギル様の次にまたこんないい男を見てしまったら、大抵の男は冴《さ》えなく見えてしまうのではなかろうか。罪な男だ。

「では、ルゼ様、カルパさん、ごきげんよう」

そう言って受け取った土産《みやげ》を持って、彼女達は帰っていった。きっとまた来るのだろう。

「ニース様、見習え」

私は思わず、カルパを指さしながらニース様を見る。すると、ニース様は戸惑ったように身体を引く。

「い、いきなり何なんだ」

「無理に媚《こ》びへつらう必要はないんです。褒《ほ》め称《たた》える必要もないんです。ただ優しく微《ほほ》笑《え》み、尽くすだけでいいの！」

「そ、そのようなことを言われても、なぜ私に……」

「もちろん姫様に対するあなたの態度が悪いからです。育ちの悪い私達にだってできるのに、なんで育ちのいいあなたができないんですっ!?」

ただただ人探しをしながら魔物を殺すという、殺伐《さつばつ》とした子供時代を過ごした私にもできるのに。

ニース様は忌々《いまいま》しげに舌打ちする。

なぜ舌打ちする。簡単だろ。ただちょっと優しくするだけでいいのに。

「カルパ、接客が苦手な者が接客業をできるようになる方法とかないか？」

ギル様は菓子を一つ手に取って問うた。

「うちはそういう教育はしてません。接客ができない者には他にできることをさせるだけですから」

ああ、はっきりしているな。

「ですが……姫様に想いを伝えるだけなら、手紙にすればよろしいのでは？」

「手紙は何度か試したが、読まずに捨てられていたとホーンが」

カルパの提案に、ニース様がひどく落ち込んだように言う。

試してたのか。そして、姫様の同僚であるホーンに教えられたと。

きっと姫様は、呪いの手紙的なものだと思ったのだろう。姫様は、ご自分がニース様に嫌われていると誤解しているから。

カルパは困ったように続ける。

「読みたくなるような手紙にすればよろしいのでは？」

「読みたくなる？」

「香りをつけるとか、何か贈り物を入れて姫様が気になる程度に厚みを出すとか」

「贈り物？」

「エリネ聖下《せいか》に花をいただいて押し花にするとか」

「そんなもの、作ったことがない。いきなりそんなことしたら怪《あや》しまれるだろう」

「でしたら、読書をするように言われて、ルゼ様達と一緒に栞《しおり》として作られたとでも言えばよろしいのでは」

カルパの奴、何気にニース様は本を読まないと決めつけているな。事実その通りなんだけどね。

「まずそんな風に少しずつ優しくして、先に関係改善を目指してはいかがですか？ニース様が姫様に誤解されているのは、姫様の前で黙り込んだり、顔を強張《こわば》らせたりするからです」

「う……」

「ですから、態度以外で理解してもらえばいいんです。贈り物をされて嫌な女性はいません。金にものを言わせるのが嫌いな女性なら、その人の好みに合った気の利《き》いたものを贈ればいいんです」

カルパの提案に、私はうんうんと頷《うなず》いた。

贈り物は値段ではないのだ。その人が欲しがりそうなもの、というのが大切なのだ。

もちろん、姫様が本当に欲しいものなんてどうせ魔導具とか研究書とか贈り物には向かないものだろうから、そこは一工夫《ひとくふう》必要だ。カルパの言ったように、綺麗な栞なら喜ぶだろう。いくつあっても困らないのだし。

「そういえば私、マディさんに栞をもらったことがありますね。ラントちゃんとよく似たウサギさんの形だったから買ってしまったって言われて」

ふとそんなことを思い出す。現在聖騎士の同僚であるマディセルさんは、不幸なことに聖騎士になる前の私に惚れていたらしい。あの頃は私も猫を被っていたから、大人しい女の子だと思われていたんだろう。それに、できるだけたくさんの人に好かれるようわざと周りに媚《こ》び売っていたし。

まさか同じ聖騎士になって本来の姿を見せることになるとは思わなかった。本当に悪いことをしたと思う。

「ああ、あったな。今もおまえ、気に入って使ってるな」

ギル様は顎《あご》に手を当てて、遠い目をして言う。たぶん、マディさんに同情しているんだろう。

「でも、元々贈り物が好きなのかもしれません。姫様には花を贈ってましたよ」

「まめな男だな」

「エリネ様にも街で見かけた可愛らしいものを色々と贈っているそうです。さすがに恋人がいる女性には贈らないようですが」

ギル様は何も言わずに頷いて、ちらりとニース様を見た。

「ニース、おまえは何ならできると思う？」

普通に口説《くど》くのは無理だろう。そう思わせる実績がある。思わず私も口を挟んだ。

「手紙は、まず短文で済むカードから始めてはいかがですか？」

「……そもそも手紙自体、嫌がられるのでは？」

ニース様は戸惑ったように言う。自分と姫様の関係性をよく分かってはいるのだ。分からないのはその改善方法と、自分が暴走しない方法だ。

カルパも何か作業をしながら言う。

「姫様の性格からすると嫌がられるでしょうが、まずニース様のアプローチに慣れていただくところから始めなければ。女性というのは、多少強引なぐらいのエスコートがお好みです。もちろん〝多少〟というところが大切なのですが」

多少の強引さというのは、女性から見れば男らしく感じられるものだ。しかし、本当に強引なのは嫌われる。それを勘違いして、傲慢《ごうまん》な振る舞いをする男は実に困りものだ。

「ニース様は面と向かうと言葉が出せなくなって、挙句《あげく》に嫌がってるのに無理やり手を引っぱって連れていくタイプですよね」

「そうだな。そういう姿を見たことがある」

ギル様がうむと頷《うなず》いて答えた。

「女の人が抵抗する意志を見せているのに、力を込めて引きずっていくのは〝多少〟のうちに入りません。やんわりと手を握り、行きましょうと、柔らかくも有無を言わせぬ言葉で誘ったら、相手が自分の足でついてきた、というところまでが〝多少の強引さ〟ですからね」

ニース様は視線を逸《そ》らす。やはり誰かが見張っていないと、やり過ぎてしまうのだろう。

「今日のところは、こちらを」

と、カルパは先ほどから準備していた可愛らしい小袋を差し出した。

「先ほどの女性達にも渡したものですが、開店記念の茶葉です。手始めにこういったものを姫様に贈ってはいかがですか」

「そ、そうしてみる」

ニース様はこくりと頷いた。

「まいどありがとうございます」

「ありがとうございます」

「ございます」

カルパが言うと、ラスルシャとジオちゃんもそれに続く。最後のジオちゃんの声は、途中からしか聞き取れなかったけど。

それはともかくカルパの用意した茶葉なら、絶対に消費はしてもらえる、無難な贈り物だろう。カルパはくすくすと笑いながら私達にも菓子を出し、温かいお茶を用意してくれた。

「相変わらず美味《おい》しいわ」

「光栄です。ルゼ様はお子さんができて好き嫌いが減りましたね。つわりが終わったら味覚が戻って、菓子も嫌がるかと思っていたのですが」

「だってカルパのお菓子は美味しいもの」

お菓子が好きではないっていうのは、好き嫌いなのだろうか？　好き嫌いといえば大抵お野菜だろう。私はそのお野菜が好きなのに。

「それに、あのルゼ様が結婚についての相談に乗るなんて、以前は想像もしていませんでしたよ。さっきの彼女、ルゼ様よりも年上ですよ……ん？」

彼は突然、言葉を切って首を捻《ひね》った。

「彼女達、どこかで……」

「カルパも？　私もどこかで見たのよね」

「ああいった方々と会うのは常連さん主催のお茶会ぐらいですから、できるだけ顔と名前は忘れないようにしているんですが……」

カルパは目を伏《ふ》せて額《ひたい》に触れる。

「二人の気のせいじゃないのか？」

ティタンが言うと、カルパは首を横に振った。

「ルゼ様のファンでも、フレーメのことをそれなりに知ってなきゃこの店には来ないいんじゃないかな。宣伝とかしてないし。だから常連《うち》さん関係の子だと思うんだけど」

私も気になって仕方がない。こういうのは一度気になり始めると、答えが出るまでもやもやしてしまうのだ。

「そういえば、お姉様のファンクラブの会報誌で、カルパさんのお菓子が紹介されていました。その記事に新しい店の噂《うわさ》についても書かれていたはずです」

「それだ！」

単なる私のファンクラブの子なら、印象が弱くてもおかしくない。エフィの発言を聞いて、皆が同時に納得した。が、私は逆に戸惑ってしまう。

「いや、エフィ、なんでそんなもの読んでるの？」

「もし間違ったことやお姉様に不利なことが書かれてたら大変ですもの。だから原稿を監修しているんです」

「……そ、そっか」

私は痛む額《ひたい》を押さえてため息をついた。何が書かれているのか自分で確認するのは怖いから、まだ一度も会報とやらは見たことがない。私の妊娠事情を読んで何か楽しいんだろうか。分からないが、結婚、妊娠後も不思議と会員は減っていないらしい。本気で分からない。まあいいけど。

「あの、ギル様。話を戻して申し訳ありませんが」

カルパが額を押さえながら言った。

「どうした？」

「さっきの四人組の顔を覚えていらっしゃいますか？」

「は？」

何を馬鹿なことを……って、あれ？

「あれ……どんなだったっけ？」

私は愕然《がくぜん》とした。そんな馬鹿な。いくら私が人の顔を覚えないって言っても、ついさっき見た顔を思い出せないなんて。

「俺、今さっきのことなのに、顔だけじゃなくて声の印象すらおぼろげなんです。まったく思い出せないんじゃなくて、妙にぼやっとした印象です。前も似たようなお客様を見た気がするんですが、その時は自分が未熟だったからだと……でも今回はさすがに」

　私達は沈黙した。

「ルゼを見た時のあのはしゃぎようといい、まさかあいつら……」

　ギル様が何か思い付いたらしく、顔を引きつらせた。それだけで何を言いたいのか分かってしまう。

「小娘達か」

　私の呟《つぶや》きに、皆は顔をしかめた。

　私の結婚式を掻《か》き回してくれた少女達。そのうちの年若い方は、洗脳の力を持つ傀儡術師《かいらいじゅつし》だ。彼女の力は、人を思いのままに操ることができる上に、人の記憶を消したり曖昧《あいまい》にしたりできるのだ。

「カルパ、絶対気に入られましたよね」

「そうだな」

「カルパって、執事にでもなってくれたら最高ですよね」

「ああ。まったくだ」

「小娘達の接近方法って、とりあえず誘拐ですよね」

「間違いない」

ギル様は一つ頷《うなず》いて立ち上がり、カルパの肩に手を置いた。

「カルパ、とりあえず慈善院《じぜんいん》で餌付《えづ》けした傀儡術師《かいらいじゅつし》達を護衛代わりに雇っておけ。下手に僕が手配するより安全なはずだ。あの戦闘小僧がいなければどうとでもなるし、素早く助けも呼べる」

カルパはため息をついた。

ギル様がエリネ様の名のもとに設立したオブゼーク慈善院には、傀儡術師達がたくさんいる。元々は小娘達が買いあさって暗殺に使おうとした連中なのだが、反抗的だったり扱いにくい力を持っていたりで切り捨てられたのだ。中には今すぐ護衛を務められるような実力者もいる。ギル様が言った『戦闘小僧』——小娘達を守る戦闘型の傀儡術師が出てこなければ、逃げる時間を稼ぐことぐらいはできるだろう。

「護衛が必要なんて……でも、エリネ様やルゼ様もやられていますもんねぇ」

カルパも大変な奴らに目を付けられたものだ。先ほど結婚の相談をしてきたのは予知能力者の方だろうが、そんな歳になるまで何をやってるんだか。

「ラスルシャも、もしもの時はカルパを頼む」

「本当にこの国は刺激的ですね。退屈しません。いいですよ。もしもの時は私もカルパさんをお守りします」

ラスルシャは笑いを堪《こら》えながら言ってくれた。彼女の故郷に比べたら、そりゃあ刺激的だろう。彼女は優れた魔術師だが、故郷ではその腕を振るう機会もなかっただろうし。

するとティタンも口を挟んでくる。

「とりあえず、厨房《ちゅうぼう》ではゼノンが働くはずだよな。あいつ大人しい性格だけど、傀儡術師としてはけっこう実力があるはずだから、急場はしのげると思う」

そういえばカルパは元々、料理人志望の傀儡術師、ゼノンを雇う予定だったな。ゼノンに見込みがあるとはいえ、親切はしておくものだ。

「まさか、ゼノンやラスルシャにこんな負担をかけてしまうなんて……」

「そもそも、自分が急成長企業の代表だってこと、忘れちゃダメだよ。普通に身代金目的で誘拐されても不思議ではないからね」

ゼクセンの指摘を聞いて、ギル様も頷いた。一方エフィは、ジオちゃんの頭を撫《な》でて言う。

「ジオちゃんもカルパさんと一緒にいれば安心ね」

「任せておけ」

なぜか胸を張るジオちゃんに、おまえも誘拐される側だとは誰も突っ込まなかった。

「まさかあの小娘達も今日来てすぐに誘拐などということはしないだろうが、緑鎖《りょくさ》にも相談した方がいいな。巡回ぐらいは増やしてもらえるかもしれないから、ベナンドに相談しよう。僕も一緒に行って説明する」

これは街の犯罪を取り締まる緑鎖《りょくさ》の管轄だろう。ギル様の友人であるベナンドが、その重職に就いている。

「ついでにカリンも連れていくか。たまには兄妹を会わせてやらないとな」

ここには来ていないが、エリネ様の侍女であるカリンはベナンドの妹だ。ベナンドが忙しくて、なかなか兄妹で会うことができないでいるらしい。

「そうですね。ではギル様、お願いします」

カルパは頭を下げた。

ギル様とベナンドが話し合えば、最良の答えが出るだろう。ベナンドはカルパと親しくしている分、他の人より真摯《しんし》に対応してくれそうだし、カルパの顧客は富裕層が多いから、緑鎖としても何らかの対策はしてくれるはずだ。権力者の後ろ楯《だて》というのは、こういう時にも役に立つ。

それに私が辛《つら》い時に一緒にいてくれたギル様にも、たまには友人に会って息抜きしてきてほしい。

カリンがいたら、息抜きにならないかもしれないけど。

第二話　悪魔が来た　～ニースと魔術師達の場合～

空が青い。雲一つない澄み切った空が、私の心とは対照的で憎らしかった。空を飛ぶ鳥がのびのびとしているのすら憎らしい。

私の名はエディアニース・ユーゼ・ロスト。王族にも繋《つな》がるロスト家の長男として、恵まれた人生を歩んでいるはずの私の人生は、半分自己嫌悪でできている。

実力がないわけではない。私の祖父は最強の騎士と呼ばれ数々の伝説を残した男だが、私もそんな祖父に恥ずかしくないほど強くなり、世間もそれを認めてくれている。

顔だってルゼが褒《ほ》めてくれるほどだから、問題ないだろう。顔だけならギルよりも私の方が好みだと言っていたぐらいだ。あの〝王子様〟好きの面食いが。

それでも自己嫌悪の材料は後から後から湧《わ》いて出た。つまりはそれ以外の――中身の問題なのだ。

私はため息をついて、神殿の庭のベンチで空を見上げる。この空が今すぐ雨雲でいっぱいになってしまえばいいのにと呪ってみるが、雲一つない晴れ模様は変わらない。この重苦しい思いを雨に洗い流してもらいたいのに、現実は残酷だ。

「はぁ……」

何も進展がないのだ。

十五歳の頃は、二十歳になればどうにかなっているだろうと楽観視していた。今では、何年経っても告白すらできないのではという気になっている。

「うう……」

「ニース、何を呻《うめ》いている？」

私は正面に向き直り、声の主を見た。親友ギルネストと同じ癖のある黒髪に、琥珀色《こはくいろ》の瞳。ギルのような匂い立つ色気はないが、代わりにその顔は優しげな雰囲気をたたえている。

「セレイン様……」

この国の第二王子――ギルの同母兄であり、私が少しばかり苦手としている男だ。

苦手な理由は、理解できないからというのが一番大きい。彼には想い人がいるのだが、その求愛方法がほぼ付きまとい行為なのだ。どれだけ相手に邪険《じゃけん》にされても、嫌われていないと思い込んでいる。その精神構造には、弟であるギルすら引いているほどである。

「元気がないな。またグラにひどいことを言ったのか？　それとも言われたのか？　何もなかったのか？」

「……もう少し、遠慮して下さい」

的確に指摘されて、心を抉《えぐ》られた。彼は本当に容赦《ようしゃ》がない。そして察しがいい。その察しの良さは、なぜか彼の想い人、セクにだけは発揮されないが。

「おまえは相変わらず空回《からまわ》りしてるな。昔からそうだ。セクにグラの火傷《やけど》を治すよう頼みに行くほどの想いがあるなら、その分グラのところに行けば良かったものを」

「放っといて下さい」

好きな女に付きまといすぎて迷惑がられている男に言われたくはなかった。

確かに私は二年ほど前、グラの火傷の痕《あと》の治療を、女医であるセクに頼みに行った。彼女は魔族交じりであるせいか、魔力と知能の高い優れた医者だ。彼女のおかげで、グラの火傷の痕は今やほとんど目立たないくらいになっている。

グラの耳に届かないようこっそり頼んだつもりなのだが、この男はセクに話しかけた男を全て把握しているので、知られていても不思議ではない。

「一緒に育ったギルは一度決めたら積極的になるのに、君はいつまでも臆病《おくびょう》だ」

「まずは先に、セレイン様がセクに告白すべきでは？」

彼がセクに夢中なのは周知の事実だ。が、それを面と向かって言わずに付きまとっている。

「私達には身分差と種族の問題がある。しかし君達にはそれがないどころか、婚約しているだろう。幸せは目の前にあるのに、何年縮こまっているんだ？　私が君の立場なら、毎日だって愛を語りに行くだろう」

私は正論に言葉を詰まらせた。他の人間ならともかく、セレイン様に言われると悔しくて堪《たま》らない。

「まったく、ギルの相手の方がよほど手強《てごわ》そうだったのに」

確かに、ギルは素直にすごいと思う。相手はグラに劣《おと》らぬ難しい女だ。

「グラなど、ちょっと真剣に口説《くど》いたらいくらでも揺らぐぞ」

「そんな馬鹿な」

「口説かれ慣れていない女が、おまえのような見映えも良く優秀な男に本気で口説かれれば、揺らぐのは当然だぞ？　それに比べて、私のセクは口説かれるのに慣れているから厄介だ」

彼は、付きまとい行為で常にセクの仕事の邪魔をしているせいで、彼女から鬱陶《うっとう》しがられている。そのため、あれこれ理由をつけて面会を断られたり、たまに食事に行っても奢《おご》らされてそのまま帰らされたりしているが、それでも懲《こ》りずに彼女の尻を追い続けられるこの人は、ある意味すごいと思う。私にはとてもできない。理解もできないが。

「私は……駄目な男です」

「そう落ち込むな。あそこにおまえよりもはるかに不利な条件の男がいる。君と違い、求愛されている方だがね」

示された方を見れば、神殿の壁に頭を押しつけて呻《うめ》いているティタンと、それを慰《なぐさ》めるゼクセンとレイドの姿があった。ギルの従騎士《じゅうきし》をしている三人組だ。

「どうしたんだ、あいつ……というか、なぜあの三人がここに？」

三人一緒にいるのは珍しくないが、彼らは従騎士の制服ではなく私服を身につけている。

ここ最近ティタンが悩む原因は、ウィシュニアの必死な求愛行動であることが多い。ティタンも彼女を嫌っているわけではない。身分の差がなければむしろ受け入れていたことだろう。

だが二人の間には、孤児院育ちの庶民と大貴族の令嬢という身分差がある。だからティタンは返事を保留にしつつも、誘われれば買い物に付き合う程度の曖昧《あいまい》な関係を続けることしかできない。それでも諦めないウィシュニアの心意気は、私が最も見習わなければならないものだった。

「実は私がギルから彼らを貸してもらったんだ。ちょっと噂《うわさ》を聞いて、ぜひ連れ歩いてみたいと思ってな。それで今日一日は私の手伝いをしてもらっている」

セレイン殿下は財務官だ。セクへの付きまといの方が有名になっているのであまり知られていないが、付きまといをするために仕事を手早く終わらせるという、実は超有能な男だ。付きまといさえしなければギルと並び称されそうな大した人物なのだが、本当にもったいない。

そんな男が興味を持つのは、あの中ではティタンしかいないだろう。

あいつは、行く先々で騒動を起こす。特に他人の隠したいものを無意識のうちに見つけ、暴《あば》きたててしまう力があるらしい。私室には決して近付かれたくない、恐ろしい男である。

だが財務官にとっては、この上なく有用な人材に違いない。裏帳簿や隠し財産など、後ろ暗いところのある者は多い。

「それで殿下、私に何の用です？」

あの三人を連れているということは、仕事中のはずだ。

「うむ。ニース、そんなところでうじうじしているなら、私を手伝え」

「手伝うって、何を？」

「これからグラのところに行くんだ」

グラのところというと、月弓棟《げっきゅうとう》か。どうやら彼なりの親切心らしい。

「これから鍛練《たんれん》があるのですが」

「そんなものはいつでもできるだろう。ひょっとしたら私の方でも肉体労働が必要になるかもしれない」

セレイン様は強引に私の腕を取り、立ち上がらせた。

「大丈夫だ。私は二人のことを昔から応援している。可愛い妹には、ちゃんと愛してくれる立派な男を選んでほしいからな。ぐずぐずしていると、戻ってきたルーフェスに今度こそ取られてしまうぞ。あいつも身体の具合がだいぶ良くなって、そのうち遊びに来るとか来ないとかいう話が出ているそうじゃないか」

セレイン様の知るルーフェスは、男装して兄のふりをしていたルゼのことだが、まったく気付いていないようだ。もちろん私もギルに聞かされるまでは気付かなかった一人だから、他人のことは言えない。

時折、ギルはあんな男のような女でいいのだろうかと疑問に思う。私ならとても恋愛対象としては見られない。まあ、女らしくない体格の女が好きなのだから、いいんだろうが……

「ニース様、まあ次が最後なので、大人しく行きましょう」

真面目なレイドが、珍しく疲れた様子で腑抜《ふぬ》けた言葉をかけてきた。

彼らは既にセレイン様にあちこち連れ回された後のようだ。だからティタンが落ち込んでいるのだろう。きっと見つけたくないものを散々見つけさせられたのだ。

そしてゼクセンは、のほほんと笑みを浮かべていた。

「ニース様、すっごく楽しかったですよ。うちでもやってもらいたいぐらいです」

ゼクセンが心底楽しげに言う。ゼクセンの家は、ゼルバ商会という大きな商店だ。規模が大きい分、横領などの不正も起こりやすいから、常に目を光らせているのだろう。

「おまえ達、下手すると恨《うら》まれるぞ？」

「うーん、でも分かるように不正する方が悪いんですよ。父さんも、黒になりかねないことは灰色でもやっちゃ駄目だってよく言ってました。やるならせめて白に近い灰色の範疇《はんちゅう》にしろって。姫様ならきっと上手くやってるから大丈夫ですよ」

気楽に言うゼクセンを見て、私は額《ひたい》を押さえる。

「セレイン様、いいのですか、この発言」

「灰色でも違法でなければいいだろう。そういうのは節税とか企業努力と言われるんだ。

さあ、グラのところに行こう。どうせなら夕食にでも誘えばいい」

――それができるなら、もうとっくにやっている。

私は心の中でそう言った。


グラの勤務先である月弓棟《げっきゅうとう》は、魔術師達の研究施設だ。国家機密が多々詰め込まれている場所なので、警備は厳しく建物も頑丈だ。しかしその頑丈さは侵入者を防ぐためではなく、中で爆発があっても外に被害を及ぼさないためだとも言われている。そのようなことは滅多《めった》にないだろうが、なんにしても私には理解できない、少し苦手な場所である。

グラがいると思われる研究室に足を踏み入れた時、中にいた数人の研究者達はセレイン様を見て、次にティタンを見て、そして叫んだ。

「あ、悪魔が来たぁぁあっ！」

分厚い眼鏡をかけた魔術師の女が悲鳴を上げる。ティタンは壁に額をこすりつけて、絶望を全身で表現した。そんな彼の肩に、セレイン様が手をかける。

「ティタン、そんなに落ち込むな。ところでおまえが右手を置いている瓶は何だ」

「だめぇぇぇっ」

魔術師の女が再び叫ぶ。一見何の変哲もない瓶に興味を示しただけで、この反応。

ティタンは渋々瓶の口の重しを外し、蓋《ふた》を開ける。さらなる悲鳴が上がったが、セレイン様や従騎士《じゅうきし》達は慣れているのか、誰も気にしない。

瓶の中にいたのは、小さな生き物だった。

「トカゲ？」

「噛まれたら死んじゃう！」

女の声に、ティタンは迷わず蓋を閉める。

「ちょっと待て。なぜ噛まれたら死ぬような生き物がこんなところにいるのか、説明してもらいたいな」

常識外の思考を持つセレイン様も、さすがに顔を引きつらせて研究者の女を睨《にら》みつけた。

「その子の毒に用があるんです」

「で、なぜ瓶？　入れるにしても他にあるだろう。もう少し安全な飼育容器がっ！」

「あはははは、申し訳ありません。壊れちゃって、でもお金がなくて、そこらへんにあった瓶にとりあえず」

「月弓棟《げっきゅうとう》にはどれだけの予算を回していると思っているんだ⁉　何に注《つ》ぎ込んでいる

のか知らないが、金の使い方が間違っているだろうっ！　安全を優先しろ！」

女は笑って誤魔化《ごまか》そうとしたが、それが通じる相手ではない。色恋さえ絡まなければ有能で、容赦《ようしゃ》など微塵《みじん》も見せない男だ。そんなところはギルとよく似ている。

「で、これはどこで手に入れた？」

セレイン様は、ギルより柔和《にゅうわ》な顔つきをしている。それなのに糾弾《きゅうだん》する場面になると、不思議とカエルを睨《にら》む蛇のように見えるのだ。

「えっと……どこだっけ？」

「業者に頼んだから、よく分からねーな」

女が周りを見回すと、近くにいた無精髭《ぶしょうひげ》の魔術士が答えた。

「王宮の許可は？　危険生物の飼育には手続きがいるだろう。こんな管理の仕方で許可が下りるはずがない」

「えと……ホーンさんがやってると思います」

「ちなみに、調べればすぐに分かる」

魔術師の女の顔が引きつった。この中では信頼の置けるホーンの名を出して誤魔化そうとしたが、無駄な努力だったようだ。

「安全な飼育容器がないなら、これは処分だな」

セレイン様は懐《ふところ》から人の指よりも少し長い程度の杖を取り出した。それで瓶の蓋《ふた》を叩く。

どん、と瓶の中で爆音が響き、セレイン様が中を確認して満足そうに頷《うなず》く。中には、消し炭《けずみ》になった何かがあった。

「………ああ、私のアルステルト」

消し炭トカゲには、ずいぶんと大層な名前が付けられていたらしい。

「実験動物に名前を付けると情が移るぞ。まあいい。引き続き調べさせてもらうぞ。不安になってきた」

ここに来る前に予想していた〝不正〟とは違うが、それ以外のろくでもない事実がぽこぽこ出てきそうだ。

「これ以上一体何をなさるんですかっ⁉」

魔術師達の間にさらに動揺が走る。

「ちょっと調べるだけだ。やましいことがなければいいだろう。まさか他にも危険生物の飼育をしているんじゃないだろうな。財務官の管轄ではないが、王族として、いや人として見過ごせない」

「危険生物など、滅相《めっそう》もございません。実験用の鼠《ねずみ》がいるだけです」

「変な病気にかかっていたりしないだろうな」

その言葉を聞いて、一般人である私達は後ずさった。こいつらのことだ。ないとは言い切れない。

「それがあるとすれば、セクの管轄よ。セクのところには行ったの？　お兄様」

奥の部屋から、私の婚約者であるグランディナと魔術師のホーンが姿を見せた。だがセレイン様は淡々と続ける。

「もちろん平等に視察したぞ。一人、薬の横流しをしていたのを見つけた」

セクの管轄であろうが、仕事に関してはやはり容赦《ようしゃ》しないらしい。

「そう。それはそうと、なぜだかセクのところは資金が潤沢《じゅんたく》なようだけど」

「あれでも要請の半分だ。こちらも彼らの要請を全て呑んでいるわけではない」

「どこまで要請してるのよあいつらっ⁉　控え目にしている私達が馬鹿みたいじゃない！」

「確かにあちらは極端な要請をしているが、だからといっておまえ達が控え目なわけではない」

グラはセレイン様を睨《にら》みつけ、その間にホーンがティタンのもとへと近付いた。

「やあ、訳の分からないことに巻き込まれてるみたいで大変だね。ああ、そうだ。さっきエリネ聖下《せいか》から果物をお裾分《すそわ》けしていただいたんだ。ちょうど食べようと思っていたところだから、一緒にどうかな」

ホーンはいかにも裏表のない柔和《にゅうわ》な笑みを浮かべ、ティタンの肩を抱いた。ルゼやティタンにとって兄のような男だから自然な態度とも言えるが、今の状況ではとても怪《あや》しく見える。

「残念だが、ティタニスは今日一日私の部下だ。勝手に休憩を与えないでほしいな、魔術師。行くぞ、ティタニス」

セレイン様が問答無用《もんどうむよう》でティタンを奪い返すと、ホーンが小さくため息をついた。

それからセレイン様はティタンに命じ、色々な場所を探させた。

「なぜこんなところに、こんな高級な砂糖が三袋も……」

「お裾分けよ。エリネ様とカリンが太ったからって、貢《みつ》ぎ物を分けて下さったの」

「それで最近よく散歩をされているのか。女性も大変だ。ところで、先日おまえのところから経費として申請された砂糖代がやたらと高かったのを記憶してるんだが」

「これをもらったのはついこの前よ。申請したのはその前」

「その割には一袋目がほとんど残っていないが？」

「お裾分けだったから一袋目は使いかけだったのよ。それに月弓棟《げっきゅうとう》は、お茶に歯が痛くなりそうなぐらい砂糖を入れる甘党が多いのよ。たまのお裾分けなんだから多めに使ってもいいじゃない」

「これだけもらっているなら、来月分の砂糖はもちろん必要ないな」

「これだけで足りるわけないでしょ」

「あと二袋あるぞ？」

　現在研究室では、ティタンとは関係のないところで、チマチマとした兄妹の攻防戦が繰り広げられていた。

「だからセレイン兄様は嫌いなのよっ。いいじゃない、少しぐらい。頭を使う者にとって、甘いものは活力剤なのよ。ないと効率が落ちるの！」

「各部署でその『少し』を繰り返すから、膨大な無駄ができるんだろう。小さなことからコツコツと節約しろ」

「とても王族の言葉とは思えないわ」

「これだけ子だくさんだと、王族など大してありがたみもないだろう。何しろ男が五人、女が二人だ。親に可愛がられた記憶もない」

「それは兄様が、近付いてはいけないと親に思わせるほどの変人だからでしょう」

　そこまで言い終えたグラは突然、キッと私を睨《にら》みつけた。

「わ、私に八つ当たりするな。私はさっきそこでセレイン様に会って無理やり連れてこられた被害者だ」

兄の性格からそれが事実だと納得したのだろう、グラもため息をついて視線を逸《そ》らした。

うう、なぜ私がこんなことに。余計に印象が悪くなるだけじゃないか。こんなことなら、何の理由もなく一人で来た方がマシだ。それができた試しなどないのだが。

「ところでティタニス、おまえの横にある花瓶、中に何もないか？　こんな花など愛《め》でそうにない集団のもとで、当たり前のように花を生けてあるのが逆に怪《あや》しい」

セレイン様に命じられると、ティタンは渋々花瓶の花を引き抜き、窓から水を捨てる。

すると中から小さな袋が出てきた。ティタンはそれを手に載せ、封を開けて中を確認する。

「白い粉の固まり……まさか秘蔵の高級な砂糖!?」

「そんなものを入れてあったら、逆に引くぞ」

ティタンが斜め上の発言をしてセレイン様を呆れさせている。まあ、知り合い達が隠しているものを変な薬とは言いにくいから、あえてそんなことを言ったのだろうが。

彼が袋の中に指を入れようとすると、後ろからホーンに止められる。

「危ないから」

ティタンは黙って袋の封を閉じ、テーブルの上にそっと置いた。

「グラ、だからなぜ危険なものを杜撰《ずさん》に管理する。隠すにしても、もう少し安全な場所があるだろう。な？」

「あそこなら間違っても誰か舐《な》めたりしないでしょ。別に死ぬわけじゃないわ。魔術師が舐めると、ちょっと魔力が暴走して熱が出るだけよ」

「これはセクに成分を調べさせるからな」

「ダメよっ！　そんなことしたら盗《と》られちゃうじゃないっ！　あの女、珍しくて治療関係に使えそうなものがあると、平気でパクるんだから！　お金は絡まない代物《しろもの》なんだから放っといてちょうだい！　ああもう、お金が絡むことだけ調べなさいよっ！　最悪！　だから兄様は嫌いなのよっ！」

不正購入ではなくとも、知られてはまずいものが山のように眠っているらしい。

グラは兄を罵《ののし》るが、セレイン様はどこ吹く風でティタンらを引き連れ、月弓棟《げっきゅうとう》の中を歩く。私やグラ、ホーンもそれに続いた。

「ティタン、かわいそうに……」

「さすがに知り合いだとキツそうだ」

今まで黙って見ていたゼクセンとレイドが呟《つぶや》いた。

「昔っからああいう損な役回りでしたからね、あの子は」

ホーンは弟を救うこともできずに、頭を抱えていた。

「まあ、ここにさらなる問題を引き起こしそうな女達がいないことだけが救い……げ、ルゼ」

私がそう言って後ろを振り返ると、その女達――ルゼとウィシュニアが騒がしい研究室内を覗《のぞ》き込んでいた。取り込み中なので、入るに入れないといった様子だ。ルゼの手にはバスケットが抱えられているので、貢《みつ》ぎ物のお裾《すそ》分《わ》けでも持ってきたのだろう。ウィシュニアが付いてきたのは、ここにティタンがいると知ったからなんだろうが……

「ああ、さらに燃料が……。ティタン、なんて哀れな子」

ホーンは額《ひたい》を押さえて、悲しげに呟《つぶや》いた。この女達は、良くも悪くもティタン絡みでたびたび騒ぎを起こすのだから、この反応も仕方がない。

彼の予感した通り、グラは二人を見るや否《いな》やこの騒ぎに引き込んだ。

今日のルゼは私服で、ウィシュニアと並んでも違和感のない女らしい格好だった。

先々月に女児を産んだばかりで、まだ騎士の仕事に復帰していないからだろう。

よく見たら、足元には赤ん坊を抱えるラントもいた。いい子守になるだろうとは思っていたが、思った以上に本格的に子守をさせられている。乳母もいるはずなのに、赤ん坊――リゼはラントがお気に入りらしい。

「子供をこんな場所に……」

「こんな場所って、姫様の職場なのに」

ルゼはじとっと私を睨《にら》みつけた。

そうだった。異様なものを異様な方法で隠していたりするので、すっかり頭から抜けていた。

「そうでしょう。ルゼ、あなたも言ってやって。こんなところ調べても無駄だって！　普通にやり繰りしてても足りないのに、横領なんてしようがないって！」

「……」

ルゼはちらりとティタンとセレイン様を見た。

「……まあ、横領はできませんよねぇ。実験道具だって買えばいいものを、経費削減のために手作りしてますもんねぇ」

「でしょう。もっと言ってやって！」

「私だって手伝うんですよ。最近なんて、身内だからタダでいいわよねって言われて。セレインお義兄様《にいさま》、ここは調べるだけ無駄です。いらぬ恨《うら》みを買うだけですよ」

そういえば、たまに彼女の趣味ではなさそうな奇妙なものを作っているのを見たが、グラからの頼まれごとだったようだ。

「ほら、ニース様も、こういう時こそ姫様の味方をしなきゃ！」

「いや、専門的すぎて無理だ。薬と砂糖の見分けも付かない私が口を挟むと、余計にややこしくなるだけだぞ。自分でもなぜここにいるのか分からないぐらいだから」

ルゼに巻き込まれそうになり、私は慌てて首を横に振る。

「それではダメなんですよ。騎士なら迷わず女性の味方にならないと！」

「横領はなくても、明らかにそれ以外の不正がありそうなのに、どう庇《かば》うんだ」

金は使っていなくとも、飼育許可のない危険生物や隠さなければならない薬品が眠っているのは問題だ。セレイン様に人として見過ごせないからと言われれば、庇うのも馬鹿らしい。

するとルゼは、今度はティタンに矛先《ほこさき》を向ける。

「ティタンも、ちょっとは考えなさいよ。こんな馬鹿げたことに協力してるんじゃないのっ」

「え、俺が悪いの？　許可を出したギル様に言ってくれよっ」

「ギル様が？」

ついにはギルまで巻き込まれた。

「もうギル様ったら、何を考えてるの。後で文句を言わなきゃ」

私は思わず目を伏《ふ》せ、自分は悪くないと心の中で呟《つぶや》いた。

そうしている間にも、目の前の者達はやいのやいのと言葉をぶつけ合い、事態はさらに収拾が付かなくなっていた。

見ればレイドだけは、現実逃避なのか、最近表情豊かになってきたリゼに声をかけている。

まだ両親のどちらに似たのかよく分からないが、髪の色と質はルゼに似ていると言って、ギルは結婚前の宣言通り溺愛《できあい》している。大きくなったらどちらに似ても生意気になりそうだが、おしゃべりができない今は可愛いばかりだった。

そうだ、もういっそのことギルを呼んでこよう。許可したギルが悪いのだから。

そう思った時、ドアが開《ひら》いて一人の騎士が入室してくる。あれは月弓棟《げっきゅうとう》の警護をしている白鎧《はくがい》の騎士団の者だ。

「ギルネスト殿下をお連れしました」

「気が利《き》くじゃないっ！」

噂《うわさ》をすれば何とやら。グラが目を輝かせてギルを歓迎した。ギルを歓迎するグラなど初めて見た。ギルは怪訝《けげん》そうにセレイン様に問いかける。

「セレイン兄様、何をそんなに騒いでいるんだ？」

「騒いでいるのはグラ達だ。噛まれたら死ぬようなトカゲと、セクに見せたら盗《と》られるような薬物を許可なく所持していたんだぞ？　もし逃げたり紛失したりしたらどうする。立場が悪くなるのは彼らだ」

「……まあ、その通りだが……不正に金を使ったわけじゃないだろうから、それぐらいにしてやってくれ。危険物のことはきつく叱って改善させるから」

ギルはグラを睨《にら》みつけながらそう言い、その前に立つルゼへと視線を移した。

「ん、ルゼ、この前買ってやった髪留めか。よく似合ってるじゃないか」

ギルはルゼの髪に触れて、満足げに言う。普段は男装しているから、贈った装飾品はなかなか身につけてくれないらしい。

「もう、そんな風に誤魔化《ごまか》さないで下さい。男の人ってすぐにそうやって誤魔化すからダメなんです！」

ルゼは夫の言葉を単なる世辞《せじ》として受け取り、欠片《かけら》も信じない。機嫌を直すどころか火に油を注《そそ》いだようだ。女は難しい。

「誤魔化すつもりなんて……」

「ギル様、そもそもどうしてこんな歩く災害を貸したんですか？　ちゃんと管理しておいて下さい！」

「管理ってなぁ、おまえ、幼馴染《おさななじ》みだろ」

災害の部分は否定しないらしい。見れば可哀想なティタンをウィシュニアが慰《なぐさ》めていた。

「そうなんですけど……。前はこんなにひどくなかったんですよね。ここ最近というか、ギル様の従騎士《じゅうきし》になってからひどくなったというか……だから責任を取って下さいという意味で」

私もそれは感じていた。最近ティタンは、より的確に〝見られては困るもの〟を見つけ出している。

「そうよねぇ。実は月弓棟《げっきゅうとう》でも本格的に研究したいわよねぇって話をしてたのよ。彼の間の悪さに、魔力は関係あるのかって題材で」

グラもひどいことを考えていたようだ。それだけ彼女達も、彼の間の悪さについて色々と聞いていたのだろう。

だから知っていたのだ、ティタンの恐ろしさを。それこそ悪魔呼ばわりするほどに。

ギルとグラが一瞬睨《にら》み合った。だがギルは、すぐに肩をすくめて言う。

「ティタン、これ以上拗《こじ》れても問題だ。今は帰るぞ」

「はいっ」

ティタンは目を輝かせてギルに従う。セレイン様がどれだけ睨もうとも、ティタンはギルの配下だ。彼の言葉こそ最も優先しなければならない。

ティタンは一刻も早くここから出たいとばかりに、小走りで出口に向かう。そして私の横を通った、まさにその時だ。

狭い通路だったため私とティタンの足が絡み、彼は体勢を崩して棚にぶつかった。すると中に収めてあった本がティタンの上にガサガサと落ちて、その衝撃で彼は倒れ込む。

本に埋まったあまりにも哀れな姿に、誰も声をかけることができない。しばし沈黙が落ちた。

「あの……ギル様ぁ」

沈黙を破ったゼクセンは、棚の上の方を指さした。

「何だ、ゼクセン」

「僕の目の錯覚かもしれませんけど、ティタンが突撃していった棚の後ろの壁、凹《へこ》みましたよ」

「………どこがだ？」

「凹むっていうか、後ろにずれました」

言われてみれば、壁に一本の線が見えた。

「あの、ギル様」

「何だルゼ」

「こっちの壁、ちょっとだけ出っ張ってます」

少し離れたところにも線が見える。片側が凹み、片側が出っ張る。それはつまり……

「何これっ」

魔術師達が同時に声を上げ、棚の回りに集まってくる。……これはさすがに私でも分かる。

そこにあったのは、明らかに回転式の隠し扉。

「室長、どういうこと？」

「わたしゃ知りませんよ。先代からは何も聞いとりませんから、先代もご存じなかったんじゃないですかね」

この月弓棟《げっきゅうとう》の責任者も兼ねる最年長の研究者は、首を横に振る。それを聞いたグラ達魔術師は、私を含めた騎士達に目を向けた。

「本棚をどかしましょう。ここってかなり古い建物よね？　何か隠し財産があるかもしれないわよ。その場合、うちの備品よね？」

「まあ、実用品の場合はそれでいいが、魔術に無関係な美術品などはこちらで引き取るぞ」

セレイン様が妥協案を示す。

「……いいわ」

話し合いは一瞬で終わり、グラは呆然としている私達に再び視線を向けてくる。

「何をしているの？　ニース、あなたが転ばせたんだから、責任を持って手伝いなさい！」

悪いのは狭い通路とこの研究室だが、一応肉体労働があるかもしれないということで連れてこられた身なので手伝うことにした。

まだ呆然としているティタンを立たせてウィシュニアに預けると、私とゼクセンとレイドの三人で棚をどかし、その後ろにあるずれた壁を観察する。

とりあえず凹んでいる側の壁を押してみた。少し動いたが、それ以上は固くて回らない。

「少し下がって下さい。ゼクセン、増幅《ぞうふく》を頼む」

レイドは一度壁から離れてゼクセンに増幅術をかけてもらう。そして今度は自分で呪文を唱えた。

彼は、自分にも傀儡術《かいらいじゅつ》の才能があると分かってから、ギルに色々と魔術を教わったらしい。何をするための呪文なのかは、小難しくて私にはよく分からないが。

「離れてて下さい」

そう言うと、レイドは壁に体当たりをした。何度か繰り返すと、壁は徐々にずれてその奥から通路が現れる。その先は暗くて何も見えない。

「さあ行きなさい、ニース」

グラはなぜか私に命令した。

「私が？」

「これを身につけていれば、どんな罠《わな》があってもあんたの身体能力ならきっと平気よ」

欲に目を輝かせるグラに魔導具を押しつけられ、私は渋々それを身につけた。その瞬間、身体の周りを何かが取り巻いた気がした。よく分からないが、身を守る力が展開されたのだろう。とはいえそんな力に頼るつもりはないので、実戦の時のように身構えて通路に一歩足を踏み入れる。少しは格好いいと思ってくれればいいのだが。

背後のゼクセンが呪文を唱えて光を作り出した。

初歩の魔術だけでも覚えると便利なのは分かっているが、残念ながら私にはこの小さな光を作る魔力すらない。ここまで魔力がないのは珍しいと言われるほどだ。

「ニース様、遺跡発掘みたいでワクワクしますねっ！」

ゼクセンが童心に返ったように言う。

「気楽でいいな、おまえは」

「あ、階段。地下ですよ！　何が隠されているんだろう！　最近書類仕事が多かったから、こういうのすごく楽しいです！　何か面白いものがあったら、えっちゃんへの土産話《みやげばなし》にもなりますし」

こんなことを妻への土産話にしようというのだから、ゼクセンの時折見せる豪胆《ごうたん》さには驚かされる。普段ギルの従騎士《じゅうきし》として抑圧されているから、こういうのはいい娯楽なのだろう。

私はそんなことを考えながら、通路の先にあった階段をゆっくりと下りる。その先にはまた扉が見えた。鉄の扉はすっかり錆《さ》びて、鍵が掛かっている。

「錆びているし、いっそ蹴破るか？」

「私が開けますよ」

ルゼがスカートの裾を持ち上げながら階段を駆け下りてくる。そして頭に挿《さ》していた髪飾りを外して、ピンの部分を鍵穴に突っ込んだ。

「おい、人のやったものを何に使ってるんだ」

ギルが顔を引きつらせた。

「んん……固い……ふぬっ、開きました！」

ルゼはギルの声を無視して、鍵を開けてしまった。こんなこと、一体誰が教えたのだろうか……もしかしたら傀儡術《かいらいじゅつ》も並行して使っていたのかもしれないが、本当にピン一本で開けたのなら、彼女の育った孤児院に対して偏見の目を向けてしまいそうだ。

「さぁて、何が出るかな」

ルゼまでもが小さな子供のように浮かれながらドアを開く。それからすぐに私の背に隠れたものの、興味深そうに中を窺《うかが》っていた。こっちは子育てで抑圧されているのだろうか。抑圧されるべきは、子守をしているラントのような気がするが。

もう何も言うまいと決めて、部屋の中を見回す。光源が一つしかないためよく見えない。するとルゼが手を差し出し、いくつもの光を作った。すると壁に並ぶいくつもの本棚や、大きな机などが照らし出される。

「研究室……か？」

私は慎重に室内に入り、危険がないのを確認する。多少の埃《ほこり》は積もっているが、物が少ないせいか上の研究室より片付いて見えるのが皮肉な話だ。

「何なのかしら」

「姫様、本とか資料とか残ってますよ！　お宝はなくても、これも貴重なものかも！」

下りてきた魔術師達が、室内の物色を始めた。

「いや、罠《わな》があるかもしれんだろう」

止めるが既に聞いていない。これだからこの研究馬鹿どもは……！

「ルゼちゃん、あそこにドアがある。行ってみようよ」

「危ないかもしれないから、慎重にね」

言いながら、ゼクセンとルゼは楽しげに奥のドアへと向かう。こいつらが既婚者、おまけに片方は子持ちだと思うと……。彼らは再び鍵を開けて中に入っていった。

「うわぁぁっ」

声がしたかと思うと、ルゼはそのまま奥の空間に入っていき、ゼクセンは怯《ひる》んで後退した。

「どうした」

「し、死体がっ」

ゼクセンのその言葉を聞いて動いたのはギルだった。部屋に入ったルゼを追い、次の瞬間、「何だこれは」と声を上げる。私もゼクセンの横を通って部屋の中を覗《のぞ》き込んだ。

確かに死体がいくつもあった。鎖でつながれた白骨死体が、いくつも。

「これ、竜族の骨じゃないですか？」

ルゼが白骨死体の一つを指さして言った。

「こっちは翼があるから闇族《あんぞく》か」

「じゃあ、これは魔族？　骨だと人間と見分けが付かないなぁ」

魔物達の死体を平然と検分するギルとルゼ。普通の女性なら悲鳴を上げて逃げるところだろうが、ルゼにとっては白骨死体などただの〝物〟でしかないのだろう。

「なんでこんなところに？　魔物のことを調べていたにしても、こんな隠し部屋みたいなところで」

「後から隠し部屋にした可能性もある」

「じゃあ、何か外に出せない研究を？　でも魔物なんて少し前までは、切り刻もうが拷《ごう》問《もん》しようが、隠すようなものじゃありませんでしたよね。ということは何かヤバい研究をしてて、これらはその実験動物だったんでしょうか」

二人の会話は、夫婦にしてはあんまりだった。こんな状況でも動じないルゼは、ギルと似合いと言えば似合いだが、もう少しだけ怯《おび》えてもいいのではないか。びくついているゼクセンの方がよほど乙女らしい。

さすがのグラも死体は恐ろしいようで、私の横で中を覗《のぞ》き込んではいるものの、足を踏み入れる勇気はなさそうだった。

「姫様、それらの中には人間も交じっているようです」

手前の部屋で資料を漁《あさ》っていた室長が言った。

「そ、そうなの？　どうして？」

「研究資料を見れば分かります」

ギルとルゼが奥の部屋から出てくる。魔術師は資料を机に広げ、グラと彼らに見せた。

「この部屋、どうやら不老不死の研究をしていた部屋のようです。人間の他にも、人間並みの知能を持ち、人間の何倍もの寿命を持つ魔物を使って研究していたのですよ」

「……それって、やっぱり禁忌《きんき》よね」

グラは深刻な顔をして、部屋の中を見回した。

「もちろんです。だから封じられていたのでしょう」

室長は顔をしかめて言った。

「当然成果など出ず、残酷な虐殺《ぎゃくさつ》だけが行われた……というところでしょうか。まあ、姫様のご先祖の恥部《ちぶ》ですな」

『恥部』の部分で、魔術師達は階段に続くドアの辺りで呆然としていたティタンを見た。

恥部《ちぶ》。

死んだ人間が隠したいと思っていた領域にまで、彼の力は及ぶのだ。

魔術師達は、じっとティタンを見つめた。その目は、実験動物を見るかのようだった。

「ギルネスト殿下、不躾《ぶしつけ》でございますが、あの従騎士《じゅうきし》をお借りできないでしょうか」

室長の懇願《こんがん》に、ギルはわずかに悩んだ。が――

「壊すなよ」

「もちろんです」

ティタニスの受難はまだまだ続くらしい。


一週間後、ティタンがギルへと返却された。随分と時間がかかったが、彼の力の測定には予想外に手間取ったらしく、何度も頼み込まれた末にこんな長期間留め置かれてしまったようだ。

ティタンをギルの執務室まで連れてきたのは、グラとホーンと眼鏡の女魔術師。グラは私の方など見向きもしなかった。

そして当のティタンは、執務室にある自分の席に着くなり、

「ここは落ち着く……」

と、腑抜《ふぬ》けた表情で机に突《つ》っ伏《ぷ》した。

部下のそんな姿を目《ま》の当たりにしたギルは、胡散臭《うさんくさ》そうに魔術師の三人を見た。保護者のホーンがいるのでひどい目には遭《あ》っていないはずだが、疑いの目を向けたくなるのは仕方がない。

その視線を受けて、眼鏡の女魔術師が口を開《ひら》く。

「ええと、ティタニス君のあの現象を調べたところ、どうやら精神状態が大きく左右するみたいです」

「精神？」

眼鏡の魔術師は頷《うなず》いて、出された菓子に遠慮なくジャムを塗りたくる。その様子を見て、ジャムの持ち主であるギルは顔をしかめた。

「こら、遠慮なさい」

その視線に気付いたホーンが、眼鏡の魔術師を窘《たしな》めた。

「えー、でもこのジャム高いんだよ。こういう機会でもなきゃ食べられないじゃん」

「申し訳ありません、ギルネスト殿下」

ホーンが代わりに頭を下げて謝罪する。

「どうでもいいから先を続けろ」

「あ、はいはい。あのですねぇ、ティタニス君は、普段は普通なんですけど、抑圧や緊張、つまりストレスを感じると、ちょっと特殊な魔力を出すみたいなんですよ」

彼女はあぐっと菓子を口に突っ込み、紅茶を一口飲んで流し込む。

「ああ、高級なお味。あ、それで、その特殊な魔力の影響で、人が触れてほしくないと思っているものの側に引き寄せられるみたいなんです」

「触れてほしくない？　どんな実験をしたんだ？」

「セレイン殿下が余所《よそ》で没収してきた品を色々お借りいたしました。例えば殿方の前ではとても言葉にできないモノとかぁ。きゃっ」

菓子をむさぼり食いながら答える彼女の後頭部を、ホーンが沈痛な面持《おもも》ちで軽く叩いた。

「品物の内容はどうでもいい」

ギルも菓子をつまんだ。このままでは全て彼女に食べられてしまうだろうから、私とグラも手を伸ばす。

「えっと、つまりですね。そういったものを隠した場所を何ヶ所か用意して、引きずり回すんです。するとストレスを感じて魔力が高まる。あとはルゼ様かウィシュニア様ですね。彼女達が来た時、測定器が大きく反応していました」

あの二人がいるとろくなことにはならなそうだから、気持ちは分からなくもない。

「そういえばルゼ絡みでよく自爆していたな。ウィシュニアに対してはどうか知らないが」

ティタンは私の言葉を聞いて肩を落とした。彼にも複雑な思いがあるのだろう。

騒動を起こすのが得意な初恋の相手《ルゼ》と、騒動になってもめげない求愛者《ウィシュニア》を前にして、極度の緊張を覚えるのは無理からぬことだ。

「あ、まさにこんな感じの時がヤバいです！」

眼鏡の魔術師はティタンを指さして言う。今はこの女の存在も、ティタンの力の発動条件になっているのではないだろうか。ルゼ達とは違う意味でのストレスではあるが。

「僕には別に暴《あば》かれて困るものはないから構わないが……」

ギルが呟《つぶや》いた。彼もどうにかしたいと思っている様子だが、どうにかなるものでもない。

「逆にホーンさんと一緒にいると落ち着くようです。ホーンさんは母性的な方ですから。ホーンさんが本当の女性だったら……私ですらいつもそう思います」

眼鏡の魔術師は頬《ほお》に手を当ててため息をついた。つまり彼女はホーンを異性として見ていないと。それはそれでどうなんだろうか。

「ギルと一緒にいる時はどうなんだ？　ギルは今のところ被害をこうむりそうもないが」

私は、ギルの口からは聞きにくいだろうことを直接ティタンに尋ねた。

「ギル様に対しては、別に何とも。たまに無茶振りはされますけど、それ以外で緊張とかは……。他の皆と同じように扱ってもらっていますし」

なるほど。

「つまりティタンは、自分一人だけに過度な期待を寄せられたり、ルゼのような存在と接触したりしなければ無害ということでいいのか？」

「そうです、エディアニース様。ティタニス君は集団行動に慣れているせいか、一人だけ特別な期待を寄せられるのが苦手のようです」

加えてティタンは、そういったことで悩んでも人に相談しないで内に溜める男だ。周りが気を使ってやらなければならない。

ティタンは皆に見つめられて目を泳がせていたが、やがて魔術師達の方を向いて言った。

「あの……一つ疑問なんですが」

「疑問？　なになに？」

眼鏡の魔術師が身を乗り出した。

「俺が見られたくないものを見つけてしまうことの理屈は分かったけど……例えば、俺がルゼのことを痩《や》せすぎとか、悪く取れるような言葉を口にする時に限って、ルゼが通りかかるのは？」

魔術師達は顔を寄せ合う。

「まだ明かされてない事実が？　ああ、一週間じゃ全然足りなかった！　ここで殿下にお返ししなければならないなんて！　これが殿下でなければ……くっ」

「これが権力と知的好奇心の板挟みって奴ね」

「姫様、そんな言葉は初めて聞きますが……あの子のあれは〝噂《うわさ》をすれば何とやら〟とか〝間が悪い〟などと世間で言われているように、魔力とは関係のない、偶然の類《たぐい》かと」

ホーンが弟分を庇《かば》うと、女魔術師が反論する。

「何を言ってるんです。この力の持ち主ですよ。関係ありますよ。それに、そっちの原因も分かれば彼だってきっと救われます」

「でもルゼのことは、ティタン本人が意識していない時に起こるんだ。好きな人のことを考えている時は胸の中に幸福感があるもので、ストレスなんかないはずだろう。だからさっきの理論は当てはまらないし、これ以上調べても救いようがないんだよ」

ホーンの言葉で、眼鏡の魔術師は黙った。

「そう言われると、可哀相ね。さっきの問題も解決しようとしたら、魔力を完全に封じないとダメなんでしょ？」

グラの言葉に、眼鏡の魔術師も神妙になる。

「はい、姫様。簡易式じゃダメなんですよね。でも本格的に封じてたら、仕事にも生活にも支障がありますよねぇ。ひょっとしたらそれでもダメかもしれませんし。確かに救いようがない」

「だから、これ以上は……」

ストレスが原因なら救いもあるが、間が悪いだけというのは救いようがない。こいつの間の悪さについては、ウィシュニアも理解しているからいいが。

魔術師達の会話を聞いてさらに落ち込むティタンに、ホーンが慰《なぐさ》めるように言う。

「大丈夫だよ、ティタン。世の中にはなぜかいつも物事が上手く運ばない人もいるし、その原因が分かっていてもどうにもできない人だっているんだ。君は怒らせるような単語を迂闊《うかつ》に口にしなければいいんだよ。それが悪口でなかったとしても」

確かに、冗談でも何でも絶対に口にしなければ、そういった自爆はしない。

「いや、さすがにニース様と比べられても……」

そう言ってから、ティタンは自分の口を塞《ふさ》いだ。

他人事のように聞いていた私は、自分のことを言われていたのだと知り、ぎくりと肩を跳ね上げた。他人事のように聞いているのは、グランディナも同じだった。だが彼女は、それに気付いてはいない。

――原因が分かっていてもどうにもできない人。

他人から言われると、自分の情けなさがよく分かった。私の場合は、まだ告白すらしていない。

言わなければ伝わらない。そして余計なことを言うから誤解される。誤解が解けても、好かれるとは限らない。

「……久しぶりに、街に飲みに行くか」

何か察してくれたのか、ギルが私とティタンに向けて言う。そういえば最近、羽目を外すこともなかった。

「そうだな。たまにはいいか」

私は何とか落ち着きを取り戻し、それだけ答えた。

第三話　竜騎士　～弟《ルース》の場合～

ある日騎士団用の食堂で、友人達とまったり朝食を食べていた時のことだ。

「ルース、私は行動に移そうと思うの」

私の前に来るなり、拳《こぶし》を握りしめてアリアンセは言った。

他の仲間達は私をちゃんとエルドルースと呼ぶが、彼女はルースと愛称で呼ぶ。こんな呼び方は、家族か昔からの親しい友人ぐらいしかしない。

彼女は、白鎧《はくがい》の騎士団の中でたった三人しかいない女性騎士だ。元気で頑丈な少女で、きつい訓練についてくるだけの根性もあり、それでいてけっこう可愛いと、同僚達に評判である。

そんな彼女が私を愛称で呼ぶのは、特別親しいからというわけではない。彼女が貴族の女性とは思えないほど気さくだからだ。

「行動って、何のだ？」

アリアンセの『行動』とやらに心当たりがない私は首を傾《かし》げた。

「竜狩りよ、竜を狩るの！」

彼女は興奮しているのか、頬《ほお》を紅潮させ、拳を上下に振りながら言った。

これまた貴族の女性らしからぬ振る舞いだが、これが彼女らしさだ。最初は彼女のこういったところにも鼻白《はなじろ》んだものだが、今やすっかり慣れてしまった。むしろ普通の女性と違い、付き合いやすくていいと思うようになったほどである。

私の生家であるロスト家は国内でも有名な大貴族だ。その看板につられ、次男でもいいと言って寄ってくる女性は多いのだが、アリアンセはそのようなことは一切せず、普通に同僚として接してくる。だから私も警戒することなく、気楽に付き合えるのだ。

それはさておき、問題は彼女の発言だ。

「竜狩り？　なんでまた」

「ほら、私、前から竜騎士になりたいって言ってたでしょ。私も竜に乗るのには慣れたけど、自分の竜はいないもの。伝統に則《のっと》って狩りに行きたいって上に申請しようと思うの」

それを聞いて、彼女の後ろにいた二人の女性騎士――背の高い元傭兵《ようへい》のルルシエと、魔術師でもあるエステルが頷《うなず》いた。

竜騎士になる条件は、まず自分で調教した竜を用意することだ。それができたなら、どんな下っ端でも、どの騎士団に所属していても、竜騎士になる資格を有していると言える。

「だが、竜が欲しければ、買ったらどうだ？　あの魔族と友人なんだろう」

基本は自力で生け捕《いど》りにすることになっているが、買ったり誰かからもらったりしてもいい。

ちなみに彼女が練習させてもらっている白い竜は、魔族の商人からギルネスト殿下とその奥方であるルゼさんに献上されたものだ。あの商人は、宝石や薬のみならず、竜のような生き物まで手広く扱っているらしい。聞けば、自分で竜の飼育もしているのだとか。

竜は決して安いものではないが、地上の竜に比べれば地下の竜は信じられないぐらい安価だそうだ。アリアンセの実家は裕福だから、金銭でどうにかなるものなら、どうにでもしてくれるだろう。

「それじゃあダメなの。竜を持っているだけじゃ、ダメなのよ」

アリアンセは首を横に振った。

「なぜだ？」

「ダメって言われたの。自力で竜を捕まえた先輩方に。金で地位を買う奴なんか認めないって」

なるほど。先輩達に認められない奴が竜騎士になっても、ろくなことにはならないだろう。必要以上に見下され、何もさせてもらえないのは目に見えている。きっと女性だからと言って、良く言えばお姫様扱い、悪く言えばお荷物扱いされるのだ。

「それで、どうして私に声をかけるんだ？」

「ルースも竜を欲しがってたって聞いたから、誘いに来ただけよ。竜騎士は自分の竜を持ってるって言うけど、普通は一匹の竜を数人で狩って、共同で所有してるんだって。だったら、知らない人よりは知ってる人同士で捕まえに行った方が気楽でしょ？」

確かにその通りだが、まさか彼女に誘われるとは思わなかった。

竜騎士志願者達が竜を狩りに行く際は、国から費用が出る。その代わり狩った竜は国の所有物となり、志願者達はその竜を国から〝預かる〟形で調教する。

竜は身体が大きく気性も荒いから、捕まえるのはもちろん、調教するのも大変だ。いつ暴《あば》れ出すとも知れないから、当分は夜も必ず一人見張りを立てなければならないと聞いている。そのため、どんな屈強な騎士といえど、徒党《ととう》を組んで狩るのが普通である。

だが、そうやって竜を狩った者全てが竜騎士になれるわけではない。その竜を乗りこなせた者だけが、正式な竜騎士となれるのだ。

私もできることなら竜騎士になりたいと思っていたが、特に機会も見いだせないまま日々を過ごしていた。だからアリアンセの誘いは、いいチャンスとも言える。

「他に誰が行くんだ？」

「決まってるのはこの二人と、テルゼさん。あ、この二人は竜騎士になりたいわけじゃないけど、純粋に厚意で手伝ってくれるのよ」

アリアンセは、二人の女騎士を見て言う。

「……テルゼって、竜を持ってきた魔族だろ？　人に献上できるほど竜を飼育してるっていうのに、何で今さら欲しがってるんだ？」

「空を飛ぶ竜が好きなんだって。地下では走るのが得意な竜が主流で、空を高く飛べる竜ってあんまり意味がないみたい。だからそういう竜を飼うのは道楽扱いされてるんだって」

「そ、そうか」

よく考えればその通りだ。地下の国は巨大な洞窟みたいなものだそうだが、そんなところでは空高く飛ぶ竜など必要ないだろう。アリアンセが借りているキュルキュはかなりいい竜だったと思うが、あれは金持ちの道楽だったのか……。テルゼは商人だけど、それ以前に魔族の王族でもあったことを思い出す。

「それで、ルゼ様の結婚式の時に地上の竜を間近で見て、また欲しくなったんだって」

「何匹狩る気だ……」

「ううん、今回テルゼさんは手を貸してくれるだけよ。人間が竜をどう狩るのかを見て、今後の参考にしたいって」

「見た後、どこで乱獲《らんかく》する気だ」

「雄雌《おすめす》一匹ずつ、地下にある自分の竜の牧場近くの、問題なさそうな山奥で狩るって。テルゼさんの牧場、大陸の反対側で、うちの国には関係ないから大丈夫」

そうか。彼の国は西側で、ここは東の隅っこだから問題ないか。そんな遠くの、人目につかない山奥で数匹狩るだけなら、口を挟むことではないだろう。

「今、テルゼさんがギルネスト殿下にも声をかけているの」

「は？　なぜギルネスト殿下に」

あの方こそ今さら竜はいらないだろう。立派な竜を個人で持っている。

「テルゼさんが持ってきた竜も素敵だけど、天然の竜の方ががっしりしてて大きいでしょ。お二人の結婚式で襲ってきた竜は、その中でも特に大きかったらしくて、ずっとああいうのが欲しいって言ってたみたい」

テルゼが六匹も持ち込んだことで竜の価値は多少下がったものの、やはり人工飼育されたものであるせいか、体格がかなり小さい。そのため、基本天然ものである地上の竜の方が価値が高いが、その中でも大きく力強いものほど憧憬《どうけい》の対象になるのは当然である。

「それで、誰が行くか申請しないといけないの。ルースが行かないなら他に行きたい人はいくらでもいると思うから、別に断ってくれてもいいけど」

と、アリアンセが周囲を見回すと、がたりと立ち上がる者が出る。

「い、行く」

私は焦りを悟られないようできるだけ落ち着いた声で言う。

「そう。じゃあ、後で申請書類持ってくるから」

「他に誰を誘うか決めているのか？」

「マノンさんは行くってさ」

「お、おまえ、まさか、マノンさんと親しくしているのかっ⁉」

結局焦った声を出してしまった。

マノンさんといえば兄エディアニースの友人で、気障《きざ》で女好きだという噂《うわさ》がある男だ。男である兄がマノンさんと友人であることには何も問題はない。しかし、アリアンセは女だ。変な噂でも立ったら大変なことになる。

「ええ、色々とお世話になってるのよ。夜会にも連れていってもらったし。ルースはそういうの行かないから知らないんでしょうけど、いろんな人を紹介してもらってるの。気さくでいい人よ」

紹介してもらって……!?

「お、男漁《あさ》りをしているのか!?」

「そんなわけないでしょ。失礼な」

アリアンセは唇を尖《とが》らせて私を睨《にら》みつける。

「これでも女騎士ってだけで注目されてるのよ。そんな男漁りなんてしたら、色んな人から叱られるわよ。だから主に女の子と交流してるの。これから騎士になる女の子のためにも世間の人達には色々理解してもらわなきゃならないから、その辺は気を使っているのよ」

女性を紹介してもらったのか。良かった。

「だが、何を理解してもらうんだ？」

「私達は軽い気持ちじゃない、お飾りじゃない、男に媚《こ》びを売ったりしていない、みたいなことを」

確かに、部外者はそういった誤解をしていても仕方がない。私や白鎧《はくがい》の仲間達も最初のうちは、女のくせに軽い気持ちで入団されたら堪《たま》らないとか、お偉方《えらがた》が血迷ってどこその女共に媚《こ》びでも売るために入団させたのでは？　などと口を揃えて言ったものだ。

「竜騎士になれば、そういったことも手っ取り早く主張できるでしょ。竜に乗るのは男でも難しいし」

確かにお飾りの騎士が竜など乗れるはずがない。そもそも竜は高所を飛ぶ。その上、ルゼさんが婦人達を乗せる時などとは違い、もっと荒々しく飛ぶのだ。ルゼさんの竜が穏やかに飛ぶのは、テルゼのもとで育てられ、完璧に調教されているからだ。

「じゃあ詳しいことが決まったら教えるね。私、他の人にも声をかけてみるから、ルースも連れてきたい人がいたら声かけていいよ。でも大勢で行っても、竜を乗りこなせるのは半分以下だって言われてるし、厳選してね」

そう言って、アリアンセは他の二人とともに私達のテーブルを離れる。そんな彼女を、近くで話を聞いていた野心家が引き止めていた。

「あいつ、私達以外にはどんな交友関係があるんだ？」

私は一緒に話を聞いていた友人達に尋ねた。

「さあ。だけどギルネスト殿下なら、ダメそうな奴を連れてったらダメだってきっぱりおっしゃるだろうから、心配はいらないんじゃないか？　死なれたら殿下の不名誉になるんだし」

確かに、無能者に容赦《ようしゃ》のない殿下なら、ろくでもないのは却下しそうだ。責任感のある方だから。それ以前に、アリアンセもそういった奴は連れていかないだろうが。何しろそんなのと一緒に竜騎士になったら、それ以降ずっと関わっていく羽目になるのだ。今回の人選には、人を見る目と人間関係の築き方も問われるといっていい。

「エステルも行くなら、僕も手伝い枠で行こうかな」

と、友人のカルニスが言った。

「手伝いでいいのか？」

「どちらかというと、高いところは苦手なんで」

「そうだったのか。知らなかった」

「もちろん、高い場所が全部ダメってわけじゃないけど、さすがに空を飛ぶとなると……想像するだけで足がすくむかな」

カルニスの言う通り、確かな足場があるのとないのとでは、恐怖の度合いが違う。竜の背中のような不安定な場所に立つのは恐ろしいことだ。

だから竜に乗るためには、竜との信頼関係も大切なのである。竜と信頼し合い、女性と相乗りしてしまえるルゼさんは、やはり特殊な人なのだろう。

私も竜とそれだけ信頼し合えるように、精進しなくては。

「……ギルネスト殿下に話をつけるとは聞いていたが、なぜこんなことに」

待ち合わせ場所に集まった面々を見て、私は頭を抱えた。

アリアンセやマノンさんを含む竜騎士志願者十名ほどに、協力者としてギルネスト殿下と私の兄のエディアニース、ルルシエら白鎧《はくがい》の仲間や聖騎士、ロスト家《うち》の門下生である竜騎士がそれぞれ何人か。想像以上に大所帯だ。が、そこまではまだいい。

騎士ですらない完全な部外者も何人かいるのだ。テルゼやその供らしき者達、挙句《あげく》に十歳くらいの子供まで交じっている。しかも女の子だ。

「あれ、パリルちゃんまで来たんだ？　大きな竜が出てくると思うけど大丈夫なのか？」

顔見知りなのか、マノンさんが問いかけた。

「うん。竜がどこにいそうか探してあげるの。お礼にキラキラした石をもらえるの」

女の子は一緒にいた少年の背から顔を出しつつ、もじもじと言った。どうやら幼いとはいえ、竜を探す何かの力を持っているらしい。

「ナジカも来たがってたけど、ナジカは学校あるから、ゼノンが代わりに来たの」

彼女が隠れている少年が、ナジカという男の代わりに来たゼノンなのだろう。

「そうか。パリルちゃん、相変わらず光り物が好きだね」

「うん。キラキラしたもの好きなの」

幼気《いたいけ》な少女は目を輝かせて頷《うなず》いた。

「でも大丈夫？　力を使うと大変なんだよね？」

「大丈夫。竜は賢いから分かりやすいの。キラキラのために、力の使い方を練習するのよ。男に頼らず自分で稼ぐの」

「そっか。頼りになるなぁ、ははは」

マノンさんは、一人前の女性に対するような態度で少女と接している。子供相手だからと言って軽んじたりしないらしい。それを見て私は、少々偏見が過ぎたようだと心の中で反省する。アリアンセみたいな女が、ただの女好きを頼るはずがないのだ。

「くっ、パリルちゃんにもすっかりルゼさんの思想が……」

「だけど人に怯《おび》えて引きこもっているよりは……」

少女の姿を見て、聖騎士達が嘆《なげ》いている。どうやら大人しい彼女に、ルゼさんが余計な思想を植えつけたようだ。相変わらず男の気も知らないで、ろくでもないことをする女だ。

「マノンお兄さんも、ちょーほーのお仕事頑張ってる？　クロト元気？」

「ああ。頑張ってるよ。でも、俺のお仕事のことはあまり外で言わないでね。クロトは俺とは関係ないとこにいるから分からないけど、まあ元気なんだろうね」

ちょーほー……課報《ちょうほう》か？　そういえばマノンさんは何かとギルネスト殿下に使われている。殿下は何かを探っているようだから、その関係だろう。

「しかし、こんな小さな子が砦《とりで》に行くまで体力が持つのか？」

私は思わず誰にともなく尋ねた。

私達はまず山の上の古い砦に向かうのだが、たまに訓練に使うだけの場所なため、ろくな道がない。その訓練の時も、枝や藪《やぶ》を切り払いながら進むのだと聞いている。まだ十歳かそこらの子が、大人の男でも厳しい山道に耐えられるのか。

すると私の声が聞こえていたらしく、少女本人が答えた。

「私は今はお見送りなの。後でルゼ様と一緒にキュルキュで行くから」

「……あの女……いや、あの方も来るのか!?」

私は慌てて言い直した。あれでもギルネスト殿下の妻だ。あの女呼ばわりしたら殴られても仕方がない。

「できるだけ大きな竜を捕まえる実験だから、ルゼ様もいた方がいいの。テルゼ様が、大きいのがいいんだって」

確かに彼女の傀儡術《かいらいじゅつ》は色んな意味で役立つが……

その時、「では出発しよう」とギルネスト殿下が号令をかけた。私はわずかに驚く。

「ギルネスト殿下もこの集団と一緒に？　奥方のように竜で来られればいいのでは？」

「いや、花冠《かかん》の騎士団で管理している竜は二匹だ。何かあった時のために一匹は残しておかなければな」

それもそうか。

花冠の騎士団とは、ギルネスト殿下が警備の指揮をしている、聖女様の騎士団だ。聖女様は王族とはまた違った意味で重要な方だから、緊急時の移動手段として竜を残しておく必要があるのだろう。それにギルネスト殿下は、下の者と同じように自らの身体を使うことを厭《いと》わない方だ。子供と違って道中の不安もない。

「ルース、竜狩りには手を貸すが、乗りこなすのはおまえ自身だ。期待しているぞ」

「はい。必ずやご期待に応《こた》えてみせます」

ギルネスト殿下は私の答えに満足そうに頷《うなず》いた。

竜には何度か乗せてもらったことがある。もちろんテルゼの用意したものではなく、地上でも珍しい、卵から孵《かえ》した人工飼育の竜だ。

親の竜が飼育状態だと、卵を産ませても温めようとしないことが多く、人工孵化《じんこうふか》させることになる。だが、それはとても難しいことらしい。無事孵化《ふか》させたとしても育てるのがまた難しい。野生のものだと決してかからない病気になって、ほとんどが死んでしまうのだ。その理由は未だに分かっていない。

そこまで考えて、私は殿下に問う。

「そうだ。魔族が竜を飼育しているなら、子供の竜がかかる病気の原因などは分からないのですか？」

「実験したわけじゃないからよく分からないが、食べさせているものによるんじゃないかと言っていたな。地下の竜は品種改良が進んで育てやすくなっているが、それでも餌《えさ》が悪いと病気で死んでしまうらしい。だからキュルキュ達には、テルゼが用意した飼料も与えている。それで予防できるのではないかと思うんだ」

なるほど。それが可能なら、地上でも人工飼育の竜が増える可能性があると。そう言うと、

「今回若い竜が手に入れば、その可能性は高くなる。楽しみだな」

とギルネスト殿下もにやりと笑った。

兄も他の騎士達も、アリアンセも目を輝かせて頷《うなず》いている。

ここにいるのは、竜好きばかりのようである。

私達は時に馬に乗り、時に自分の足で歩きながら険《けわ》しい山道を登っていった。荷物は食料がほとんどだ。竜狩りに使う主な道具は、向かう先の砦《とりで》にある。

民間人は滅多《めった》に通らないため、ろくに整備されていない道だ。そのため馬車を使おうにも、軍用の頑丈な馬車でないと耐えられない。おまけにこんな悪路《あくろ》では馬車だとかえって時間がかかるので、よほど大きな荷物がない限りこうして馬と足で登る方が早い。

一緒に来たゼノンという少年は、途中まで知り合いの聖騎士の馬に相乗りしていたが、山道に入ってからは馬を降り、鉈《なた》を振るっては私達の行く手を阻《はば》む枝や藪《やぶ》を切り払っている。

その上料理人を目指しているとかで、粗末な食材から美味《うま》い料理を作って振る舞ってくれるのだ。先ほど、彼がルゼさんと同じ傀儡術《かいらいじゅつ》の力を持っていることを聞いたのだが、それ以外の能力が大変役に立っている。

「ゼノンは意外と体力あるな」

ギルネスト殿下が彼に声をかけていた。

「まあ、ルゼ様ほどじゃないですけど、魔力はありますから」

目の前の枝を切り払っていた彼が、振り返って笑みを浮かべた。

「おまえも魔力は体力だという奴か……」

そういえば、ルゼさんは体力のなさを魔力で補っていると言っていたか。

「まあ、ルゼ様とは同類ですからね。でも荒事《あらごと》は苦手なんで」

「それは分かっている」

先ほど弓を使っていとも容易《たやす》く鳥やウサギを狩っていたが、それでも荒事は苦手だと主張する。ルゼさんが基準だと、苦手ということになるのかもしれない。

「僕はもったいないとは言わない。おまえの人生だからな」

恐らく周りの者から、料理人になるなどもったいないと言われているのだろう。気持ちはよく分かる。

「だが、どうして今回の竜狩りには参加してくれたんだ？　料理の勉強にはならないだろう」

「謝礼が出るって聞きましたので。それに、話の種になることは何でもしておけって、エノーラさんが」

「エノーラが？　今はエノーラの所にいる料理人に習っているんだったか。あいつ、何を考えているのやら」

「料理人になると人と話す機会も多くなるから、世間話をするのが苦手なら何か変わったこと、それも武勇伝になりそうなことをやってみろって。それで、変だけどすごい奴だって思われるようになったら、突拍子のないことを言っても、笑って受け流してもらえるからって。武勇伝のある変人は、ただの変人と違って人から好感を持たれやすいんだそうです」

どうやら普段から突拍子もないことを言って、周りに驚かれているようだ。しかし、だからこそ変人らしい武勇伝を作っておくなど、考えたこともなかった。もしかしてルゼさんも、そういう理由で変人らしい武勇伝を作っているのだろうか？　確かに彼女が普段突拍子のないことをしても、ルゼさんだし、で納得することは多いが。

「まあ、そういうことなら好きなように僕らを利用すればいい。エノーラのことも上手く利用しろ。世話になっているからといって何でも従わなくていいからな」

「エノーラさんにも同じこと言われていますよ。それに、ある程度今のところで料理を覚えたら色んなところで修業するつもりだって言ったら、賛成してくれましたし」

夢があるせいか、彼は生き生きと語った。この旅路は、彼にとって夢を掴《つか》むための下準備に過ぎないのだ。

私にとっても、この竜狩りは夢だった。が、自分で希望を見出し、自分で決めて、自分から動いたわけではない。それが少し、引っかかる。

「あと、ナジカが羨《うらや》ましがりますからね。自慢してやろうと思って」

「ナジカが？」

ゼノンは鉈《なた》を振るいながら言った。

「あいつ、騎乗用の動物が好きなんですよ。大人になったら、竜は無理でも馬が欲しいって」

それを聞いてギルネスト殿下は苦笑していた。

馬も安いものではないが、竜に比べればはるかに現実的な目標だ。努力をすれば誰にでも手に入れられる。私も自分の馬が手に入った時は嬉しかったものだ。

そして今は、そのさらに先が見えている。先ほどの引っかかりが消えたわけではないが、私の胸の内には、確かに抑え切れない興奮があった。

「じゃあ何としてでもデカい竜を捕まえて、自慢してやらないとなぁ」

話を聞いていたテルゼが馬上でけらけらと笑った。

彼はいつも王族らしい華やかな服装をしているのだが、今日はいかにも旅装束《たびしょうぞく》といった装いだ。目立つ装飾品も身につけていない。魔族の証《あかし》である銀髪も黒く染めて、金色の目も今は茶色だ。そうすると浅黒い肌と相まって、南国の商人に見える。魔族を見慣れない人間達を脅かさないよう、外を出歩く時はいつもこうして見た目を誤魔化《ごまか》すらしい。

見れば彼は二人の少年を連れていた。一人は黒髪で少し目つきが鋭く、もう一人は金髪で、まるで女の子のような可愛らしい外見である。二人ともずっと分厚いマントを羽織《はお》っているが、いくら山の上が肌寒いとはいえ、こんな風に動き回っていたら汗だくにならないだろうか。彼らも魔物だろうから、もしかしたら身体を隠したいのかもしれないが。

「お、見えたぞ」

誰かが前方を指さして言った。

「アリアンセやルース達は初めてだよな。あれが拠点にする砦《とりで》だ」

石を積み上げて作られた、無骨な砦が見えた。こんな山奥だから、砦と言っても小さなものだと思い込んでいたのだが、思ったよりは立派だった。魔獣《まじゅう》の類《たぐい》が出るので、頑丈に作ってあるのだろう。

この砦を越えて山を下りると、人里はすぐそこだ。何か異変があればこの砦から伝書鳥を飛ばしたり、のろしを上げたりして近隣に危険を知らせるらしい。

「砦からさらに半日かけて山の奥へ移動すると、竜の縄張りに入る。ここの竜は比較的小柄だけど、それでもキュルキュより一回り大きいよ」

マノンさんがアリアンセ達にそう教えている。

「もっと大きい竜はどこに生息しているんだ？」

竜という言葉を聞きつけて、テルゼが質問する。

「国内だともっと南の方だなぁ。ルゼさんの実家があるエンベールから国境の森沿いにずっと南に行くと、デカい山があるんだ。そこの竜は大きい。もちろん他国にも大きいのはいるけど。特に竜を悪魔のように嫌っている地域の竜は大きいな」

「へぇ、そういう基準があるんだ」

「矢を弾くくらい丈夫でデカいからな。そんな生き物、追い払うのでさえ厄介だろ？しかもデカいのは大抵肉が好きで、狙われるのは家畜や子供なんだ」

「子供が？」

竜は雑食だが、肉を好むか野菜を好むかは大きさによるらしい。

「動きがとろいし肉は柔らかいから、狙うなら子供だろ。だから人々に恐れられるし、竜殺しや竜使いは英雄になるんだよ」

そうやって聞くと、やはり竜騎士は格好いい。普段は竜に乗っての哨戒《しょうかい》が仕事だが、そのついでに犯罪を発見して止めたりする。人々が竜騎士に憧れるのは、騎乗姿が格好いいからというだけでなく、恐れられる存在を従えて空より突然現れる救い手だから、というのもある。

「そうはいっても、地上の竜は空の王者。いいよなぁ」

テルゼがため息をついて言う。

「空のない国に住んでいるのに、空の王者に憧れるのですか？」

私は思わず尋ねた。

「空がないからこそ、果てない空に憧れるんだ。海は得体が知れなすぎて、ちょっと怖いけどな」

何も恐れず未知の世界に踏み込む性分なのかと思っていたら、意外にそうでもないらしい。

「海が嫌いなのか？　人間だと、海に出たがるんだけどなぁ」

マノンさんが言うと、テルゼは苦笑した。

「地下は逃げ場が少ないから、大量の水が怖いんだよ。地底に閉じ込められた奴が地底湖の底でどこかに繋《つな》がっていそうな道を見つけて一か八かで潜《もぐ》るってのは、物語の中じゃあ定番だけどさ、実際に直面するとマジで精神が削られるんだよなぁ」

「まさか、経験があるのか？」

マノンさんはテルゼを凝視《ぎょうし》した。

「潜ったりはしなかったぜ。俺はこれでも王族だし、行方不明になったら捜索はされるはずだからな、ははは」

「笑い事か」

連れの黒髪の少年がテルゼを睨《にら》みつけて言った。捜索する側にしてみれば生きた心地がしないといったところだろう。

「それに比べて空はいい。落ちたら落ちたで諦めがつく」

「諦めるなよ」

達観した意見に、黒髪の少年が再び突っ込んだ。

「翼のあるおまえらには分かんねぇよ。多少でも飛べるなんて羨《うらや》ましい」

その発言からして、黒髪の方は闇族《あんぞく》なのだろう。闇族は背に蝙蝠《こうもり》のような翼を持ち、短距離なら飛ぶことができる。

確かに、自力で空が飛べるというのは羨ましいことだ。それができないからこそ、人間は空を飛ぶ竜を恐れ、あるいは憧れるのだろう。

夕方近くに砦《とりで》に到着すると、竜で先に到着していたルゼさんとパリルが掃除をしていた。

さすがに生まれたばかりの娘は、乳母とラントに任せて置いてきたらしい。可愛らしいウサギの姿とはいえ、魔物に娘を任せるのもどうかと思うが。

今夜はこの砦で過ごし、明日竜狩りに出かけることになった。普段無人の砦の空気を入れ換え、掃除をする。これがここを使用する者達の義務である。

「ルゼ様、お願いだから休んで下さい。本当にお身体は大丈夫なんですか？」

せっせと掃除をしているルゼさんを見るなり、ルルシエがモップを奪い取った。が、ルゼさんは苦笑しながら答える。

「大丈夫だから来たんだよ。あのまま王宮にいたら、エーメルアデア様の命令で用意されたくどい料理を嫌というほど食べさせられるし。精がつくって言われてるけど、どうしてもね」

どうやら食事が嫌でこちらに逃げてきたようだ。

ルゼさんは出産時、かなりの難産で、母体も少し危なかったらしい。彼女を見舞った私の母が言っていた。国王陛下にとっては初孫《ういまご》で、治癒術師《ちゆじゅつし》を何人も控えさせていたから、よほどのことがなければ大丈夫だったようだが。

一方、ルルシエは意外そうな声を上げる。

「エーメルアデア様がですか？　てっきりルゼ様のことを嫌っていらっしゃるのかと」

「私を嫌っている最大の原因が〝身体が細すぎる〟だからね。そんな身体つきだから死にかけるんだって、太らせようとしてるのよ。まあ、悪気はなさそうだけど……病気じゃないし食欲もないわけじゃないから、断りにくくって。だから、そんなの食べなくても元気なんだって見せつけるしか、私に助かる道はないの！」

偏食家のルゼさんには、こんな遠い場所まで来て掃除するより辛《つら》い食事だったようだ。

「セクさんもそういった食事はほどほどにって言ってくれてるけど……それでもやっぱり少し太った方がいいって、変な煎《せん》じ薬を飲ませるし。それが不味《まず》いのに、量が多くて」

「それは……まあ、仕方がありませんね。私ももう少し太られた方がいいと思いますもん」

ルルシエは肩をすくめた。

そういった過保護な健康管理の成果なのか、今日のルゼさんは母から聞いていたよりもずっと顔色がいい。本人は嫌がっているが、彼女のためにはなったのだろう。

すると椅子を拭いていたアリアンセも口を挟む。

「でもルゼ様、無理はしないで座っていて下さい。掃除なんて、わざわざ協力しに来てくださった方にさせられません。あと、キュルキュちゃんを貸して下さってありがとうございます。おかげでずいぶんと楽ができます」

「別に構わないよ。キュルキュだっていつも同じ場所を飛ぶよりも、知らない場所を飛ぶ方が楽しいみたいだし、私は紫の煎じ薬が嫌だし」

そう言ってルゼさんは、アリアンセが差し出した椅子に座る。

私はこっそりアリアンセに尋ねた。

「貸すって、ひょっとして竜狩りのためか？　なんでわざわざ？」

「ルース、竜狩りの方法も知らないの？」

アリアンセは私を横目で見て、呆れたように言った。

「竜を借りるなんてのは、知らない。私が竜狩りについて家族に聞いた時は、出会い頭《がしら》に叩きのめしたとか、単身山に入って懐《なつ》かせたとか、そういう武勇伝しか出なかった」

だからあの白い竜を連れてきたのは、てっきりルゼさんとパリルの移動のためだと……

「……そういえば、ルースのおじい様とかロスト家の方々って、すごい人ばかりなんだっけ」

そうだ。化け物じみた伝説を残している人達が多いのだ。だから我が家は常に門下生を抱え、武術を教えている。ギルネスト殿下もその一人だった。

「なら逆に知らなくても仕方ないかぁ。手持ちの竜がいるとね、かなり楽なんだって。

竜は縄張り意識が強いから、知らない竜がいると向こうから出てきてくれるのよ。キュルキュちゃんは雌《めす》だから、雄の方が捕まえやすいらしいわ」

「……囮《おとり》か」

露台《ろだい》でキューキュー鳴きながら上機嫌に花の匂いを嗅《か》いでいた白竜が、振り返って私を見た。

「ルース、キュルキュちゃんは賢いから、人間の言ってること、けっこう理解してるんだよ。あんまり変なことを言うと嫌われるからね」

彼女は肉よりも植物が好きな、扱いやすくて大人しい竜だ。牧場で育ったらしいから、他の竜に襲われたことなどないだろう。

「い、いいのか、そんなことに使って。他の竜を怖がるようになったりしないか？　それに犬とかでも、大きさの違う犬種だと気を付けなきゃならないっていうし」

特に小さな雌と大きな雄の掛け合わせは、避けるべきだと聞いた。

「竜は求愛についてしっかり手順を踏む生き物なの。だから、相手に振られてしまえばそれ以上は迫らないんだって。キュルキュちゃんはプライドが高いから滅多《めった》な雄は受け付けないでしょうし」

「そういうものなのか」

「とにかく竜が寄ってきてくれることが大切なの。求愛する前に捕まってくれたら、お互い無傷で万々歳《ばんばんざい》よ」

「なるほど。そういえば魚の縄張り意識を利用した釣りの方法があるそうだけど、それに近いのか」

　私はしたことがないのだが、楽しそうだと思った記憶はある。

「竜狩りでは、先輩達から囮用の竜を借りられるかどうかで成功率が変わるんだって。だから竜騎士は、信頼関係や上下関係を特に大切にしているのよ。大切な竜を貸すんだもんね。もし竜が捕まえられても、主《あるじ》が他の竜騎士達に嫌われていたら、竜はその雰囲気を感じ取って周りの竜と喧嘩《けんか》をすることもあるの」

　竜を連れてきただけでは竜騎士になれないという理由は、そこにもあるのだろう。

「今回借りたのはキュルキュちゃんだし、文句を言う先輩はいないはずだわ」

「そうか？」

　先輩竜騎士との信頼関係を築くなら、そちらから借りた方が良さそうなものだが。

「ルースは気にしていないかもしれないけど、ギルネスト殿下の奥様の竜。ギルネスト殿下は竜騎士ではないけど、自分の竜を手に入れる前から先輩方の竜に乗せてもらっていたのよ。つまり元々先輩方に認められていらっしゃったの。そのお方と奥方に協力してもらって竜を捕まえたなら、認めないわけにはいかないでしょう。きっと竜も可愛がってもらえるだろうって、ギルネスト殿下もおっしゃっていたわ」

そういえばギルネスト殿下は子供の頃からロスト家に縁《ゆかり》のある竜騎士に可愛がられ、兄と一緒に彼らの竜に乗せてもらっていた。そんな風に竜騎士と縁の深い彼の推薦なら、反発する者はいないだろう。

「ルースったら、自分磨きもいいけど、もう少し周囲を見た方がいいわよ」

「う、うるさいっ」

「素直じゃないところも可愛くない。そんなんじゃ先輩達に嫌われるわよ」

アリアンセの軽口に、私は思わず視線を逸《そ》らす。その時、ルゼさんが口を挟んできた。

「仕方ないわよ。ニース様の弟だもの。似なくていいところが、本当にお兄様そっくり！」

「おいルゼ、どういう意味だ？」

ギルネスト殿下と話していた兄が、振り返って睨《にら》みつけてくる。だがルゼさんは気にも留めない。

「パリルはどう思う？」

「素直さは、とっても大切。意地を張るとすごく拗《こじ》れるの」

「どうです、子供からも指摘されるのは」

にっこり笑って言う彼女に何も返せず、兄は悔しげに視線を前に戻した。

「ルースはまだ取り返しがつくから、素直でいるのよ。じゃないと、感情が変な風に暴走して、デートした相手に頭突きするようになるわよ」

「誰がそんなことするか！」

思わず敬語も忘れて反論すると、ルゼさんは無言で兄を見る。

したのか、兄様……頭突きした相手は言わずもがな。

剣士としては手の届かない領域にいる憧れの存在ではあるが、恋愛に関してだけは見習っていけないと常々思っていた。しかしそこまでとは。

「そういえばさ、ルースって好きな子はいるの？」

ルゼさんが突拍子もないことを尋ねてきた。

「は？　いるはずがないでしょう！　今はそのようなことに現《うつつ》を抜かしている暇はないのです！」

「どうして？　このままいけば王太子殿下の護衛騎士になるって聞いたわよ。家柄的にも間違いないでしょうし、そうなったらモテモテでしょう？　女の子との付き合いも必要になってくるわよ」

私は思わず黙り込んだ。ここに来る途中に感じた引っかかりにも似た、もやもやとした気分が胸に広がる。

本来私と同じ年頃の騎士は、もっと危険な場所で経験を積まされるはずだ。ちょうどこのような、魔獣《まじゅう》などが出る場所に。私はそういったところに赴任《ふにん》したことがない。魔獣を相手にする暇があるなら、兄のように誰にも負けない剣豪《けんごう》になれとばかりに。それで私がやらされたのは、対人戦用の訓練ばかりだった。このまま同じような訓練を積み、ルゼさんの言う通り将来は王太子殿下にお仕えすることになるのだろう。その際私が竜騎士であれば、王太子殿下の名にも箔《はく》がつく。そうして安定した私は、いずれ自分の立場に相応《ふさわ》しい伴侶《はんりょ》を選ぶことになるはずだ。

「護衛騎士になるんだ？　そっか、なんか男なのにちっとも異動しないなぁって思ったら、そういう理由で特別扱いされてたんだ」

アリアンセが気にしていることをズバリと言った。

彼女達にも異動はないが、それは女性だからというのが大きい。私は望むと望まざるとにかかわらず、彼女達と同じ特別扱いをされているのだ。

するとと年長者であるルルシエが慌てて叱りつける。

「こら、アリアンセ、その言い方はルースが傷つくだろう。実力は十分にあるんだから」

「そうそう。それに王族の護衛騎士って、見映えも重視されるって言うでしょう。さすがにまだ早いと思うけど、あと何年かすれば背も高くなってぴったりになるんじゃない？」

魔術師のエステルも口を挟む。

ここ最近、私は背がだいぶ伸びて、女性にしては長身のルゼさんと目線が合うようになった。が、兄と向き合えば見上げなければならない。その『何年か』のうちに、どこまで追いつけるのだろうか。

「同じ竜を狩った仲間から将来の王の右腕が出たら、俺達も評価されて万々歳《ばんばんざい》なんだがな」

マノンさんが雑巾《ぞうきん》片手に大仰《おおぎょう》に言った。

「ギルネスト殿下に協力してもらったのが逆に気に食わないって竜騎士の先輩がいても、ルースみたいに将来が約束されている奴が仲間にいたら、こそこそ嫌がらせされることもない」

分かっている。騎士として生きるなら、私が約束された将来は決して悪いものではない。けれど思わずぼやいてしまう。

「できれば私だって、もっと色んなところに行って、兄のように経験を積みたいんですが」

兄も王太子殿下の護衛騎士にと望まれていたが、親友であるギルネスト殿下について南方を護《まも》る青盾《せいじゅん》の騎士団に異動してしまった。その後白鎧《はくがい》の騎士団、花冠《かかん》の騎士団と移ったため、護衛騎士の話は弟である私に回ってきたのだ。

「ルース、ニース様が青盾に行ったのは、別に武者修行のためじゃなくて、現実逃避のためだからね。そういうのは真似しなくていいの」

ルゼさんが私の頭を撫《な》でて言った。これでは子供扱いだ。

「ひょっとして、特別扱いされてるの、逆に気にしてんの？」

「う、うるさいっ！」

アリアンセに指摘されて、私は声を荒らげた。だが彼女は事もなげに言う。

「気にすることないじゃない。生まれと育ちだけで特別扱いされてたらムカつくけど、剣の腕とか教養とか騎士に必要な資質も全部持ってるんだから、堂々と胸張ってればいいのよ。そうすればモテるから！」

「そうしなくても、女性にはモテているから放っとけ」

「そうそう。それでいいのよ。ルースは気位《きぐらい》が高いのに、自信なさすぎよ。利用できるものは何でも利用しときなさいよ」

そうは言うが、それは私が目標とするところとは違う。私は兄のように、家柄とか身分とかに関係なく、素晴らしい男になりたいだけなのだ。

そういう意味では、私はアリアンセの足元にも及ばないだろう。彼女は実力で今の立場を得たのだから。

翌朝寝心地がいいとは言えない寝床から起き出して、身支度をする。服は森の中で目立たない色のもの。その上に、竜の背から落ちたり噛まれたりすることを想定した特別な防具をつける。

その後、皆の集まる食堂へ行く。ゼノンから朝食を受け取りつつちらりと兄を見ると、兄は食事をしながらギルネスト殿下と話していた。私はため息をついて、食器をテーブルに置く。

兄は護衛騎士の座を蹴って、ギルネスト殿下についていった。ルゼさんは現実逃避だと言っていたが、その経験が兄をより強くしたのは間違いない。

私に求められているのは、その兄の〝代わり〟だ。兄には劣《おと》るが、代わりになれる程度の実力はあると評価されている。

別に兄の代わりとなることに不満があるわけではないが、喉《のど》に何かが引っかかるような感覚がある。竜狩りに参加できて嬉しい、初めて兄と共にこうして行動できるのが嬉しいという気持ちに嘘はない。なのに、昨夜からのもやもやが抑え切れない。

「何？　ため息なんかついて。緊張してるって感じでもなさそうだけど」

近付いてきたアリアンセが、突然問いかけてきた。彼女は私の正面に座り、その隣にエステル、ルルシエの順で座る。どうやらカルニスが彼女達をこのテーブルに誘ったらしい。カルニスは目当てのエステルの前に座った。私達は騎士団の食堂でもよくこのような面子《メンツ》で食べる。友人の恋路を邪魔するほど私も無粋《ぶすい》ではない。

「ずっと不機嫌だね。ひょっとしてさ、竜を狩るのにお兄様の手を借りたって言われそうだから不機嫌なの？」

「そ、そんなことはない」

思い悩んでいるのは、主にアリアンセの発言のせいだ。発言の内容自体は既に自分でも納得済みの事実なのだが、彼女に改めて指摘された途端、なぜかもやもやとしてくるのだ。

だがアリアンセは私の胸の内など知らぬげに明るく言う。

「大丈夫だって。私がルゼ様に助けられたってことの方が話題になって、ルースのことは大して噂《うわさ》にならないから」

「まるで兄様の人気がルゼさんに劣《おと》るかのように言うなっ」

「だって私が竜騎士になったら、初の正式な女性竜騎士なんだよ。人気とか関係なく、間違いなく私の方が噂になるわよ」

ああ、そうか。ルゼさんが当たり前のように竜に乗っているから忘れていたが、彼女は竜を個人で所有して乗りこなせるというだけで、竜騎士の称号を持っているわけではない。だからアリアンセが初の女竜騎士なのだ。

「……確かに、それだと私の話などかき消されそうだ」

「今の竜騎士の先輩達だって腕の立つ協力者がいたんだろうし、気にしない気にしない。やったもん勝ちよ。それに、協力してもらえる伝手《つて》を作るのも実力のうちだってさ」

誰の受け売りだよ。だけどそういう話をするということは、こいつもルゼさんに手を貸してもらったって言われるのを気にしてたってことか。

「私は気にしないよ。私の目的は竜騎士の名誉を得ることじゃなくて、竜騎士になって自分の――私達の竜に乗ることだもん」

「……ああ、竜好きだったか。女なのに」

今さらながらそんなことに気付いた。

「女の人だって嫌いじゃないでしょ。いい男が乗せてくれる竜なら」

いい男などという言葉が、彼女の口から出たのに驚いた。

「……アリアンセでも、そんなことを考えるのか？」

「私は自力で竜に乗りたいって言ってるでしょ。他の女の子達が言ってるの。ルースが竜騎士になったら乗せてもらいたいって女の子もいっぱいいるからね」

「の、乗せられるはずがないだろう！」

国に申請して狩った竜は、国の所有物になるのだ。狩った者の所有物ということにすると、必然的に複数の所有者ができて争いの種になる。もちろん国に竜を取り上げられるなどということはない。使用するのは、あくまで狩った者達優先である。

「大丈夫。姫様がいるニース様よりも、特定の相手がいないルースの方がモテてるから！」

「そういう意味じゃないし、それは打算で近付いてくる女性達だろうがっ！」

竜は私物ではないという話をしているのに、なぜそうなる。

「王太子殿下の護衛騎士候補だもん。しかもいいところの生まれで、生まれた時からコネは完璧！」

彼女の言葉がグサグサと突き刺さる。なんてひどい女だろう。

「ア、アリアンセ、繊細《せんさい》な年頃の男の子に、それは逆効果」

「えっ？」

ルルシエに声をかけられて、首を傾《かし》げるアリアンセ。もしかして今のは励ましている
つもりだったのか。周囲の連中が噴き出した。

「男を励ますなら、もっとなんかあるだろ」

アリアンセの後ろの席にいたマノンさんが言った。

「あ、忘れてた。やっぱ顔がいいから、同年代の子からは格好いいって言われてるよ！」

前に可愛いと言って私に嫌がられたためか、言葉を選んだようだ。

「竜騎士になろうっていうんなら、やっぱりお飾りのお坊っちゃまじゃダメなんだよね。

実力も大切。ルースは実力があって、地位があって、後ろ楯《だて》もあるから完璧！　ますま
すモテるよ色男！」

なんというか、これほど嬉しくない褒《ほ》め言葉もない。私は額《ひたい》に手を当ててじっと俯《うつむ》
いてしまう。

「……褒めてるのになんで沈んでるのよ」

「ルースぐらいになると、見知らぬ人が褒めてた、モテてるなんて言われたって嬉しく
ないんだよ。そんなの慣れてるからな。女の子達から逃げ回るぐらいには」

首を傾《かし》げるアリアンセに、マノンさんが教えている。

「そういえば前のパーティーでも逃げ回ってたっけ。贅沢《ぜいたく》な話よねぇ」

「女の人は結婚相手で残りの人生が決まっちまうからな。男選ぶのにも人生かかってるんだよ。アリアンセみたいに自立してるならともかく、下手な男選んで苦労する女性は後を絶たないしな」

「確かに。でも、男の人でも相手の裏の顔を見抜けず選び損ねる人は多いですけどね」

「そりゃあアリアンセみたいな裏表のない子も珍しいしな」

アリアンセも女なんだから、もう少し裏表があってもいいと思うんだが。友人のエステルも、笑って済まされる程度には魔性を発揮してカルニスを振り回してるっていうのに。

「そうだ、アリアンセ。無事に竜を狩れたら、付き合うか」

私はぎょっとして、発言者のマノンさんを見た。こんなところで女を口説《くど》くとは！

「奢《おご》りですか。私はけっこう飲みますよ」

アリアンセは軽く受け流している。

「こういう場合の〝付き合う〟は、男女交際の方だろ」

「ははは、マノンさんみたいな遊び人は冗談でも嫌です」

「あ、ひでぇ」

こいつらは誇り高き竜騎士になろうっていうのに、こんな下品な冗談を言い合うのか……

するとマノンさんは思わぬ方向に話を振ってきた。

「じゃあルースはどうよ」

はっ!?　なんでそこで私を巻き込むっ!?

「やだぁ、ルースにだって選ぶ権利はありますよぉ。ねえ?」

「別に嫌というわけでは」

「え?」

アリアンセの視線を受けて、私の頭の中は真っ白になった。

心の中で呟《つぶや》いたつもりが口に出ていたらしく、続く言葉が何も出てこなかった。

──冗談だ。

そう言えばいいだけなのに、あの時私の唇は、意に反してピクリとも動かなかった。

別に、深い意味はなかった。ただ、嫌ではないというだけで。

なのに硬直して何も言えなくなるのだから、私も兄のことは言えない。

思えば初恋の人は、私がまだ子供だった頃に、想いを告げる間もなく結婚してしまった。彼女の方がかなり年上だったので当然であるが、あれ以来、特定の女性と親しくしたことはなかった。

だからアリアンセに対する感情も、実はよく分からない。少なくとも、猛禽類《もうきんるい》のような目をして言い寄ってくる女性達よりはずっと好きだ。一緒にいて苦にならない。軽口を叩かれても気にならない。むしろ好ましいのは間違いない。

「アリアンセ、そろそろ狩り場が近いから、場所替わろうか」

アリアンセの名が聞こえて、身体が硬直した。

朝食を終えて狩り場へ向かう道中、私達と歩いていたアリアンセに、ルゼさんが声をかけたのだ。彼女はキュルキュに乗って歩き、その前にはパリルが相乗りしている。

私は女性達の会話を妙に意識して聞いてしまう。

「え、私がキュルキュちゃんに乗るんですか？」

「乗らなくてもいいけど、竜を狩る時に私が出張《でば》ってたら意味ないからね。私以外で一番キュルキュが懐《なつ》いている人間はアリアンセだし」

手持ちの竜を囮《おとり》にして野生の竜を上手く誘導するには、誰かが囮の竜の背に乗っていなければならない。それをルゼさんがしたら意味がないのは確かだ。

「分かりました」

アリアンセが竜のもとに行き、私はほっと息をついた。すると周囲の年長者達に肩を叩かれる。

「いやぁ、さすがニース様の弟。可愛い」

「いや、可愛い。緊張する姿が可愛い」

「シフノスには悪いが、応援してるぜ」

聞き覚えのある名前に、私はぎょっとする。

「シ、シフノスって聖騎士の？」

マノンさんがにっこり笑って頷《うなず》いた。

「アリアンセちゃん、聖騎士連中にもモテてるんだぜ。可愛いし、真面目な連中ともふざけた連中とも話が合うからさ」

と、ニヤニヤ笑いながら言ったのはテルゼだ。

あの女が品行方正《ひんこうほうせい》な聖騎士達に？　そんな馬鹿な。

「なぁ、ルルシエちゃん」

「そうですね。本人はそういうのも冗談だと受け取ってますが」

当のアリアンセは、食事の時のことを気にする様子もなく、キュルキュに乗って首筋を撫《な》でている。私のあれも冗談だと受け取られたのだろうか。

そんなことを思いながら先に進むうち、人の作った道は徐々に獣道になってきた。と言っても、道幅はさほど狭くない。それは竜の狩り場が近い証拠なのだそうだ。竜は空を飛べるが、食料を探すために地を歩くことも多い。その跡がこういった獣道――竜の道になる。

が、竜の道があるからといって、そこに竜がいるとも限らない。竜はそもそも数の多い生き物ではないから、捕まえる以前に見つけられるかも分からない。だから十分周りに注意を払わなければならない。

なのに私の頭は、今朝の失敗と、彼女の態度に対するもやもやで埋め尽くされていた。

そんな私を見て、杖を突きながら歩くエステルが朗《ほが》らかに言った。

「そんなに気にしなくても大丈夫ですよ。ルースさんはそういうことに真面目だから、今朝のことも冗談というより、女の子に恥をかかせないようとっさに言ったことだって思われてますから」

「……そ、そうなのか？」

「そうですよ。貴族の世界で生まれ育った彼女だからこそ、良家のご子息相手に対して〝元気で可愛い〟が通用するとは思っていないんです」

確かに、良家の子女には求められない要素だ。馬に乗れる、剣を使えるだけならともかく、木登りや鉈《なた》の使い方といった技能はない方がいいと思われているだろう。――普通なら。

エステルは続ける。

「私達を受け入れてくださっている皆さんが、そういった女性の好みも含めて〝普通の良家のご子息〟とは違う、という発想はないようですね。そもそもそんな方々は、女が男の世界で出しゃばるのを良しとしませんから、私達のことを純粋にお飾りだとか、お荷物だと決めつけるんです」

確かに貴族の中には、女は下がっていろという男の方が多いだろう。だが、そんな人間にも何種類かある。

相手の女性の能力を認めながらも、男の自分が前に出ようとする見栄っ張り。

相手の女性の能力を認めず、邪魔者と決めつけて、押さえつけようとする強情っ張り。

似ているようで、大きな差がある――母が憤慨《ふんがい》してそう語ったことがある。特に後者は始末に負えないと。

「私達が竜を捕まえる準備をしていた時も、何人かの先輩方は手伝いの私にまで、女のくせに生意気だって言っていましたからね」

エステルの隣を歩いていたカルニスが顔をしかめた。彼女達がそのような嫌がらせを受けていたのを知らなかったらしい。他の人達も同様に不快感を露《あら》わにしている。

「そういえば、エステル達はどうしてただの手伝いなんだ？」

先ほど私を可愛いと言っていた先輩竜騎士が尋ねた。

「私は竜の手綱《たづな》を操れるだけの握力がないですし、あそこまで大きい動物はあまり好きではないので。こういうのは深い愛情がないと厳しいですよ。ルルシエは高い場所が苦手だそうです。それに目立ちすぎると、周りのやっかみの方が大きくなりますからね。目立つのは後ろ楯《だて》の強いアリアンセだけで十分ですよ。ねぇ？」

と言って、エステルは同じ手伝い枠のカルニスに笑みを向けた。そういえば三人の女性の中で、貴族なのはアリアンセだけだ。

「そうそう。僕達は適度に食い付いていられればいいんだ。欲しい称号は別にあるしね」

カルニスとエステルは魔術師だ。そしてこの国の優れた魔術師に与えられるのは、月の称号。順調に進めば、彼が白月《しらつき》をもらうのは難しくないはずだ。ちなみに白月の白は、白鎧《はくがい》所属という意味である。

「誇れる技能があるというのは、いいことだな」

私は思わずぼやいてしまう。

「ルースにだって誇れる技術はあるだろう。剣術とか、王太子殿下の護衛騎士に適した真面目さとか。だいたい、ルースのじい様みたいな方がお傍にいたら、きっと殿下がドン引くぞ。ルースぐらいの方が話が合っていいに決まってるんだ」

人の亡き祖父を何だと思っているんだ。確かに素手で魔獣《まじゅう》を絞め殺すような方だったが。

「よし、じゃあ今回はルースが主導で狩るか」

竜騎士の先輩が、突然とんでもないことを言い出した。

「おーい、アリアンセちゃん、ルースが竜に縄をかけるってさ」

「えっ⁉」

竜に縄を掛ける――竜狩りの中で最も危険で、最も名誉ある役どころだ。

「マジですかっ⁉　んじゃあ、もっとキュルキュに寄らないと」

アリアンセに手招きされ、さらに皆に背を押された。つんのめって転がりそうになりながら、私はキュルキュの足下に辿《たど》り着く。

「縄は持ってる？」

「……もちろん」

アリアンセの問いに、私は頷《うなず》いた。

投げ縄は、竜を地面に引きずり下ろしたり、拘束したりするために使う。突然決められた役割だが、基本装備の投げ縄を持っていないはずがない。生き物相手である以上、予定外の行動を求められることも多々あるからだ。

すると竜騎士の先輩も声をかけてくる。

「予備に俺のも貸してやる。縄の結び方は覚えているな？　どっちもすぐに使えるよう腰に括《くく》り付けておけ」

「はい」

私は縄を受け取り、身につける。不安になったわけではないが、なんとなく兄がいる方を見た。すると、兄もこちらを見ていた。目が合うと、彼は小さく笑って力強く頷く。緊張を見透《みす》かされたようで、私は思わず目を逸《そ》らし、深呼吸して平静を装う。

「んじゃあ、近付きすぎてキュルキュに潰《つぶ》されないようにね」

「わ、分かっている」

なぜこうなってしまったのか理解に苦しむが、断る理由もない。皆の厚意は素直に受け取ろう。思惑があるのかもしれないが、悪意ではないのだから。

私達は再び先へと進む。キュルキュは獣道を歩きながら、色々なところに頭を突っ込んではアリアンセに窘《たしな》められていた。

竜は警戒心も強いが、好奇心も強い無邪気な生き物だ。野性の竜も、キュルキュほどではないにしろ、意外とこれに近いらしい。だからぐるぐると回して音を鳴らす唸《うな》り木や笛などの道具を使って、竜の気を引く。竜以外の魔獣《まじゅう》が寄ってくることもあるが、それを追い払ったり始末したりしながら進むのだ。

「パリルちゃん、恐くないの？」

「別に」

アリアンセがパリルに問うと、彼女は首を横に振って、笛をピィーと鳴らした。何度も断続的に音が鳴る。小さな女の子が無邪気に笛を鳴らしているようにも見えるが、そうではない。

「また来るよ」

パリルは前を指さした。皆は彼女の指し示した方を向いて構える。

しばらくすると、本当にのっそりと鹿が姿を見せた。

彼女の予告は必ず的中する。彼女は予言しているのではなく、笛を吹く際にある程度大きな生き物が興味を持つように魔力を込めており、さらにその音に引っかかった生き物がいるか否《いな》かも分かるのだという。わざわざ幼い少女を連れてきた理由がよく分かった。

鹿は私達と目が合うと我に返ったのか、どこかに逃げ出そうとした。が、それより先にルゼさんに仕留《しと》められた。

「ゼノン、これで夕食が豪華になるよ」

「調理するのは俺なんですから、いきなり狩らないで下さいよ」

「ははは、ごめん。そろそろ日暮れも近いし、野宿できる場所を探そうか」

「もうそんな時間ですか？」

何度か休憩したとはいえ、あまり進んでいるようには思えなかった。

「これだけ人数がいる場合は、暗くなる前にちゃんと野営の準備をしておかないと。場所を見つけるのも大変だしね」

と、鹿をずるずると引きずってきたルゼさんは、見た目だけはとても華奢《きゃしゃ》な女だ。

「あの、ルゼ様、自分が」

見かねた騎士が鹿を引き受けようとすると、彼女は少し悩んでから引き渡す。

「んじゃあ、空からいい場所がないか見てくる」

「だからあなたが行くなよ」

自力で飛んでいこうとするルゼさんに、思わず素で突っ込んでしまった。

「そうですよ。私がキュルキュちゃんで行けばいいんですよ」

アリアンセがまともなことを言うので、私も頷《うなず》く。すると彼女はパリルを抱き上げながら言った。

「パリルちゃんは降りてて。ルース」

私は腕を伸ばしてくるパリルを抱いて、そっと地面に降ろしてやる。

「ありがとう」

「どういたしまして」

礼を言える子供は嫌いではない。

アリアンセはキュルキュを少し開《ひら》けたところまで歩かせると、その首筋を撫《な》でた。

「じゃあ、キュルキュちゃん、ちょっと飛ぼうか」

「きゅう」

可愛らしい声で鳴き、キュルキュが羽ばたいた。空に飛び上がり、旋回《せんかい》しながら周囲を探る。やがて何か見つけたらしく、アリアンセが声を張り上げた。

「あっちぃ、あっちにぃ、背の高い木があってぇ、近くにちょっと開けてるところがありますっ！　野営場所にできそうですよ！」

キュルキュが蛇行《だこう》しながらゆっくり進んでくれるので、どちらに向かえばいいのかは分かった。空の上から人を誘導するのは楽しそうだ。少し羨《うらや》ましい。

私達は誘導に従い、ゆっくりと進む。そしてアリアンセが言っていた大きな木のすぐ側まで来た時、パリルが隣を歩いていたルゼさんにしがみついた。

「ルゼ様、ルゼ様っ！」

少女のただならぬ声に、皆は足を止めた。

「今、大きいのがキュルキュに気付いた！」

パリルの言葉で、一同に緊張が走る。

「アリアンセっ！　何か来るよ！　相手の姿を見たら下りてきて！　キュルキュ、落ち着いてっ！　アリアンセの言うことを聞いて！」

ルゼさんが慌てて頭上のアリアンセとキュルキュに声をかける。

よく見れば、キュルキュの飛び方がおかしかった。何かの気配を察知して、興奮しているのだ。

私は少し悩み、アリアンセが先ほど目印とした背の高い木に登った。縄一本あれば、これぐらいは難しくないのだ。周囲の木々よりも上に出たところで、枝に足を置き周囲を見回す。

キュルキュは興奮しているが、アリアンセを振り落とすような感じではない。だが、やはり何かを警戒して、鼻息を荒くしている。

その時、かなり離れたところから竜が木々の上に飛び出てきた。深緑の大きな竜だ。

「出た！　アリアンセ、とっとと地上へ下りろ！」

「うわ、ルース、いつからそんなところにっ⁉」

「私に驚いている場合かっ！　竜が出たんだぞっ⁉」

野生の竜は警戒しながらゆっくりと近付いてくる。その顔は牙と敵意を剥《む》き出しにしていた。あれは求愛などではない。身体はキュルキュよりも大きいが、しゅっとした顔つき。それを見て、私は顔色を変えた。

「ヤバい、あれ、たぶん雌《めす》だぞっ」

雄だったら求愛しようと隙だらけだったろうが、雌は縄張りに入ってきた余所《よそ》の雌を歓迎することはない。キュルキュも威嚇《いかく》するように唸《うな》っていた。

「落ち着いて、空中戦をしても不利なのはキュルキュよ！　ルゼ様のところに行こう！」

「キシャアッ」

キュルキュはアリアンセの命令を拒絶するように吼《ほ》える。

「ああ、ダメだ。真っ向勝負する気だ、この子！」

どうやらキュルキュは見知らぬ竜に威嚇されて、気が立っているようだ。他の竜に比べるとお淑《しと》やかと言っていいほど大人しい彼女が、あのような鳴き声を発するとは尋常ではない。相手の雌竜《めりゅう》はこちらのことなどお構いなしに、大きく蛇行《だこう》しながらゆっくりと接近してくる。

私は自分のすべきことを考える。上手くいくか、上手くいっても止められるかどうか分からないが、このままではアリアンセが危険だ。

元々持っていた投げ縄に借りた縄を繋《つな》ぎ、輪っかになった部分を手元に残して、もう片方の端を下に垂らす。もし長さが足りなければ誰かが足してくれるはずだ。

私は皆を信じて邪魔な枝葉《えだは》を剣で打ち払ってから、深緑の竜に狙いを定めて投げ縄を回す。首や角などに上手く引っかけられたら、下にいる皆がどうにかしてくれるはずだ。

「投げてくれたら私が術で引っかける！　迷わず投げてっ！」

下からルゼさんの声が聞こえた。敵に回すと苛立《いらだ》つ彼女の傀儡術《かいらいじゅつ》も、このような場合はとても心強い。

竜は縄張りを荒らされた場合、まず相手に接近して威嚇《いかく》する。それで相手が逃げれば縄張りから出るまで追いかけ回す。逃げなければ全力で攻撃する。

人工飼育されたキュルキュも本能的にそれを理解しているらしいが、逃げることを自分に許さず、迎え撃つつもりでいる。こちらとしては背を見せて低い位置に相手を誘導してくれた方がありがたいのだが、よほど気位《きぐらい》が高いのかその気はないらしい。

私も覚悟を決める。女性の矜持《きょうじ》を守るために手を貸すのも男の役目だ。

深緑の雌竜は空中でキュルキュと対峙《たいじ》すると、大きく吼《ほ》えた。キュルキュも同じように吼える。

私とアリアンセの目が合う。すると彼女は小さく頷《うなず》き、キュルキュの手綱《たづな》を引いて語りかける。

「キュルキュ、あの子に勝たせてあげるから言うこと聞いてね。これから私達はあの子を引きずり下ろすのよ」

恐らくそう言ってるのだろう。キュルキュは首筋を叩かれると、雌竜を誘導し始める。自分が引かなくていいと分かって、協力してくれる気になったようだ。

「何だか……ちょっと楽しいな」

私は小さく呟《つぶや》いた。高い場所は好きだから、木の上に立つのはさして恐くない。自分が縄に絡まれる側になる方がよほど恐い。

雌竜が左手側からやってきて、キュルキュを追って私の前を横切ろうとする。私は自分の右手側で縄を回す。

すぐにでも投げたいのをじっと我慢する。相手が縄に気付いても避けられない、かつ投げ遅れない限界の位置に来るまで待ち、投げる。

縄の先に作った輪が大きく開《ひら》き、雌竜は口先からそれに突っ込んだ。ルゼさんが上手くやってくれたので、輪っかは角に引っかかることなく竜の首に嵌《は》まる。下から歓声が聞こえた。私は油断せずに、縄を持ったまま枝の上を素早く移動して幹を一周する。

その直後、竜は首が絞まったのに気付いて暴《あば》れ、急に方向転換をした。私が上の枝に移動して幹にしがみついた途端、木が大きく揺れて激しい音を立てる。

先ほどまでいた場所を巻き込んで、縄が幹に食い込んでいる。私はそれを見下ろしてほっとした。太い木ではないし、あまりの揺れに生きた心地もしないが、そうそう折れはしないだろう。

実のところ竜は、世の人が思っているほど怪力ではない。乗り手があまり重いと飛び立つことすらできないのだ。だから竜騎士は、大柄でない方がいいと言われている。竜の武器で恐いのは爪と角、そしてその巨体による体当たりだ。

雌竜は、飛んで縄を引きちぎろうとしても首が苦しくなるだけだから、爪で縄を切ろうとするはずだ。が、この縄は丈夫で、ナイフでも切りにくい。混乱している竜が逃げられる可能性は高くない。

大変なのは、ここから無事に地上に引きずり下ろすことだ。このまま首を絞めすぎれば、竜とて気を失ったりして墜落死することもある。縄が木を回り込んでいるから縄を引っ張るのは少し骨だろう。

竜は、まるで釣り針を呑み込んだ魚のように必死に抵抗している。当然だ。私達は大切にしてやるつもりだが、彼女にはそれが分からないし、望んでもいない。

「本当に釣りみたいだな……こんな大物は初めてだけど」

祖父達ほどの華々しい武勇伝にはならないが、珍しい事態になったものだ。小さな自慢ぐらいにはなるだろう。私は腰に付けていた予備の縄を手に取った。先ほど借りたのとは別の短いものだ。

「危ないっ」

アリアンセの声が聞こえ、私は雌竜の方を見た。雌竜は、自分を拘束する縄が近くの木に絡んでいることに気付き、体当たりしようとしていた。ちょうど私がいる枝のすぐ下に。

私は迷わず枝を蹴り、雌竜の首に飛びついた。皆の悲鳴が聞こえた。

もう一度悲鳴が聞こえる前に、首にかかった縄を掴《つか》んで引っ張る。

そして、手にした縄を首に叩き付けるようにしながら、竜が首を回した勢いを借りて

一周させ、即席の手綱《たづな》にしてしまう。

「ちょ、あんたなんて危ないことをっ！」

アリアンセが悲鳴を上げる。さすがに言い返す余裕はない。振り落とされないように しっかりと太股で竜の首を挟み、木から縄を外すべく手綱を使って誘導する。

無事縄が外れると、下にいる仲間達がかけ声を上げながらその縄をたぐり寄せる。

キュルキュはすれ違いざま、弱り始めた雌竜《めりゅう》に少しちょっかいをかけ、それから下へ 下へと彼女を誘導し始めた。

この根気比べが無性《むしょう》に楽しくて、私は両足で竜にしがみつきながら、喉《のど》から笑いを漏らす。

「さあ、観念して私達のものとなれ」

そうしたら、大切に大切に、姫君のように扱ってやろう。


しばらくの格闘の後、力尽きた深緑の竜はさして高くないところから墜落した。そこに待ち構えていた仲間達がすぐさま彼女を縛り、轡《くつわ》と足輪を取り付けることに成功する。

轡は竜を御《ぎょ》し、鋭い牙を封じるために必要不可欠だ。足輪は所有者が存在することを示すものである。それらの装備には、暴《あば》れた時に痛みを与えて大人しくさせる機能もっいている。使いたくはないが、動物と向き合う際に大切なのは、どちらが強いか教えてやることだ。そうすることで初めて信頼関係を作ることができる。もちろん虐待にまで至ったら元も子もないので、加減は必要だ。

私は竜の背に乗り荒い鼻息を間近で聞きながら、皆の作業を眺めた。その間も暴《あば》れ出そうと藻掻《もが》く竜の背を優しく撫《な》でてなだめる。滑《なめ》らかな硬い皮膚《ひふ》は鱗《うろこ》に覆《おお》われているが、撫で心地は悪くない。

それが功を奏したのか、単に疲れただけなのかは分からないが、竜はやがて大人しくなる。私は拘束が終わるのを見届けてから、名残惜《なごりお》しく思いつつその背を降りた。

「ルース、無茶なことをするなよ」

竜が地面に墜落した際、真っ先に飛びかかってきた兄様が、息を荒くして詰め寄ってきた。

「無茶だったろうか？　下には傀儡術師《かいらいじゅつし》がいたから、もしもの時は受け止めてくれただろう。そのためについてきてもらったはずだ」

「そうだけどな……」

私の反論に、兄様がため息をついた。

「ちょっとルース、いきなり危ないことして！」

今度はアリアンセが、キュルキュの背から転がるように降りて走り寄ってきた。目がずいぶんと吊り上がっている。

「もう、本気で楽しかったって顔して信じられない！　空の上でも楽しそうに笑ってたし！」

「ん、まあ。正直、楽しかった。昔から暴れ馬に乗るのは好きだったし、釣りも好きだし」

思い出しても興奮する。子供の頃に戻ったようだった。

「あのねぇ、だからって釣った獲物に飛びかかるんじゃないわよ！　背に乗る必要はなかったでしょ⁉」

「あのまま木の上にいる方がよほど危なかったんだ。それに、動物を相手にする時はどちらが上か教えるのが大切だって言うだろう。最初が肝心だ」

それを聞くなり、アリアンセはため息をついた。

「男の子って、本当にどうしてこう……」

「まあ、心配してくれてありがとう。だが、キュルキュがあの竜を威嚇《いかく》した時は私もアリアンセを心配したんだ。あれには胆《きも》が冷えた」

彼女は驚いたように目を見開《みひら》いたが、すぐに目を逸《そ》らした。

「私だって、あれには驚いたわよ。言うことを聞いてくれなかったことなんて、今までなかったから」

そのキュルキュは今、地に伏《ふ》す雌竜《めりゅう》を見下ろし、さらにその身体に前脚までかけてご満悦だった。この様子を見る限り相当敵愾心《てきがいしん》を燃やしていたようだから、本当にまったく言うことを聞かなかったんだろう。

「思ったよりも負けず嫌いだったんだな……」

「人間の女の子にはよく懐《なつ》いてるのに、同種の女の子は好きじゃなかったのかな？」

「ひょっとしたら、敵意を向けられたからじゃないか？　いつも一緒にいる黒竜は信じられないほど扱いやすくて大人しいって聞いた。人間の女性もキュルキュに威嚇《いかく》したりしないだろう。怯《おび》えるか可愛がるかのどちらかで」

「なるほど。なんだかすごく自慢げだし、自分が一番じゃないと気に入らないのかな？」

キュルキュは気取った風に白い尻尾を振っている。美しく、無邪気な女王様だ。だが私が捕まえたこの竜だって、負けたままにしておくつもりはない。甘やかされて育った彼女よりも、強く立派に育ててみせよう。美しさで勝つのは難しそうだが。

じっと竜を見比べていると、竜騎士の先輩達に小突かれた。

「ルースはそんなに竜が好きだったのか。積極的じゃないふりして、人が悪いな」

「おまえみたいな竜馬鹿は嫌いじゃないぜ。あの乗りこなしっぷりは、見事だった」

「あ、ありがとうございます」

そう受け取られるとは思ってもいなかったので、戸惑いながら礼を言う。

「そうだ。調教もルースが主導でやれよ。あれだけ御《ぎょ》せる奴はそういないからな」

突然の指名に、私は驚いた。

「そこまでするのは皆に悪いです。狩った者全員の楽しみでもありますし」

狩った竜が心を開いてくれる瞬間は、竜騎士にとって一番感動する時だと聞いたことがある。私達もこの雌竜《めりゅう》を乗りこなせるようになったら、きっと言葉にできないほど嬉しいに違いない。皆もそれを楽しみにしているはずだ。

「何も全部やれって意味じゃない。最低限の命令を聞かせられるようになるまではけっこう危ないから、やれる奴はどうしても限られてくるんだよ。他にできそうな奴と交代でやればいい」

「そうなんですか？」

「そうだよ。それに長い目で見れば、おまえみたいに乗りこなせる奴が最初に調教した方が竜の負担も減るんだ。命綱なしで荒竜を乗りこなしたおまえなら間違いない」

「……なるほど。それでしたら喜んで引き受けます」

竜の牙は轡《くつわ》で封じられても、武器である爪とその巨体を封じるわけにはいかない。だから踏みつぶされたり爪で大怪我《おおけが》を負ったりする前に、痛みを与えて言うことを聞かせなければならないのだが、やりすぎると竜にも負担がかかってしまう。それ以外の方法で制御できる人間がいれば、それに越したことはないのだろう。

するとルゼさんも声をかけてくる。

「じゃあ、ルースはしばらくその竜をつきっきりで世話してね。睨《にら》みを利《き》かせて、上下関係を教えるのよ。だからキュルキュ、あなたは上にならなくてもいいの。ルースがやるから。興奮するのは分かるけど、落ち着いてこっちにいらっしゃい」

そう言ってキュルキュの手綱《たづな》を引き、調子に乗っている彼女を叱りつけた。

「そうだアリアンセ、さっきの竜が出てきた場所に案内してちょうだい。雌《めす》だから、卵とか子供とかがいるかも」

「た、卵!? はは、はい、案内します！」

アリアンセはぱっと顔を輝かせて頷《うなず》いた。大きくて凶暴な竜よりも、可愛い雛《ひな》の方が気になるらしく、そそくさとキュルキュの背に乗った。ルゼさんも一緒に乗って今度はギルネスト殿下に声をかける。

「じゃあギル様、私が先に行きますから、見つけても対処できなそうなら応援を呼びます」

「分かった。油断するな。気を付けろよ」

彼女達は再び飛び立つ。

残った私は凶悪な目つきの雌竜と見つめ合う。彼女はキュルキュがどこかに行ったのが気になるらしく藻掻《もが》いている。鼻息は荒く、轡をつけた口から漏れる息が唾液を泡立たせていた。このじゃじゃ馬を従順にさせるのは大変そうだ。

「よかったな、ルース」

ギルネスト殿下に声をかけられ、私は片膝をついて礼をとる。

「ありがとうございます。全ては殿下と奥方のご協力があってこそ」

「いや、僕らがしたことと言えば、キュルキュを囮《おとり》に貸したのと、ルゼが縄を引っかけたことぐらいだ。それよりおまえの方がすごいじゃないか。普通はなかなかできることではない。その勇気と判断力、さすがはロスト家の男だ」

褒《ほ》められると、くすぐったくなった。

「すごかったけど、あんなふうに竜を釣るなんて、誰かにまたやってもらうのは難しいよなぁ」

テルゼが腕を組んで竜を見ている。

「そうか？　むしろ普通に狩るよりもやりやすいだろう」

悩むテルゼにギルネスト殿下が言った。

「慈善院《じぜんいん》の傀儡術師《かいらいじゅつし》を何人か連れていって、魔力を通しやすい素材の縄を投げさせればいいんだ。あいつらなら二本三本引っかけられれば、安全に引きずり下ろせるだろう。墜落させるための場所を決めておいて、下に柔らかいものを敷いておくという手もある」

「なるほど！　それはいい！」

テルゼは目を輝かせて頷《うなず》いた。

「あいつらに土産《みやげ》を運び続けたかいがあった。よし、今度俺の国に連れていくか」

ギルネスト殿下が傀儡術師達の子供らを集めた慈善院を建てたのは知っているが、どうやらテルゼはそこの子供達を既に手なずけているらしい。

「さすがに俺は国外には行きませんからね。しかもテルゼ様の国ってずっと遠いんでしょう？」

ゼノンが先んじて釘を刺している。恐らく彼もその慈善院にいたのだろう。

「余所《よそ》の国に行って、まだ食べたことのない美味《うま》いものを食べるのも修業だぜ」

テルゼがめげず勧誘するも、ゼノンはそれを無視して、先ほど途中になっていた野営準備を黙々と再開する。テルゼは肩をすくめたが、ふと手を打った。

「そうだそうだ。この竜の名前は何にするか決めているのか？」

問われて、皆は顔を見合わせた。

「まだです」

「最初に名前を決めといた方が、後からこの子が混乱しなくて済むぞ。仮の名前をつけたり二人称で呼んだりすると、それが自分の呼び名だと覚えて、名付けてもなかなか反応しなくなることがある。なのに飼い主がその子を馬鹿だって決めつけたりするんだ。そうなると信頼関係も何もないだろ。竜は繊細《せんさい》だから、最初が肝心なんだ」

「へぇ、そうなのか」

木の根に腰かけたギルネスト殿下が、伏《ふ》したままの雌竜《めりゅう》を見上げて言った。

「キュルキュって名前は、うちの牧場に出入りしてたガキが『キューちゃん』って呼んじゃってたから、仕方なく反応しやすそうな名前を付けたんだ」

ああ、単純なんだか変わってるんだか分からない名前だとは思っていたが、そういう経緯があったのか。竜を大量に飼育しているテルゼの助言は信頼できる。余計な苦労をするぐらいなら、彼の言う通りにしてしまった方がいいだろう。

「竜の名付けは一番貢献した者の特権だ。ルース、何か付けたい名はあるか？」

兄様にそう問われて、私は雌竜《めりゅう》を見つめた。

最初はメリーとかアネットはどうだろうと思っていたが、野性的な彼女には似合わない。

「雌《めす》ですし、今回の竜騎士志願者では紅一点のアリアンセからもらって、アリィとかアリーゼとかでいいんじゃないですか？　アリアだとあいつの愛称と被ってさすがに紛らわしいですし」

「……へぇ」

ニヤニヤと笑うギルネスト殿下を見て、私は眉をひそめた。

「ふ、深い意味はありませんよ。彼女も竜が好きですし、可愛がってくれるでしょうから」

「いや、悪い案じゃない。我が国初の女性騎士の活躍ぶりも世間に広められるしな。ゼノン、今夜はご馳走《ちそう》を作れよ」

ギルネスト殿下は夕食の支度をしているゼノンの背中に声をかけた。

「鹿がありますからね、はなからご馳走ですよ。追加で欲しければ狩ってきますし」

「もう日が暮れるから、追加で狩るのは明日、砦《とりで》に着いたらにしよう。保存してある酒は好きにしていいと言われているんだ。飲み尽くしてしまうか？」

殿下はひどく楽しそうだ。

私はご馳走や酒よりも、この竜に食事を与えるのが楽しみだ。竜は、少し飢《う》えさせてから食事を与えることで、より従順にしやすくなるらしい。慣れてくれば手ずから餌《えさ》を食べさせられるようになる。つまり攻撃してこない、懐《なつ》いてくれている証《あかし》だ。

ああ、その日が来るのが楽しみだ。


それから本当に竜の卵が見つかって、かなりの大騒動となった。

母竜がまだ人に慣れておらず暴《あば》れる可能性があるから、彼女に卵を返すわけにもいかない。そこで安全に卵を孵《かえ》すためにも、アリアンセにキュルキュで一旦都に戻ってもらい、応援を頼んだ。応援の竜騎士達はすぐにやってきて、卵は無事搬送された。

私達は砦にもう一泊し、ギルネスト殿下が言ったように酒とご馳走で簡単な祝いをしたが、卵が気になるのか誰一人として泥酔《でいすい》する者はいなかった。

卵を孵化《ふか》させて育てれば、とても従順な竜が手に入る。母親も健康でしっかりとした竜だから、生まれてくる竜にも期待ができた。

それから三週間近くが経った。その間、狩りに行った全員が毎日一度は卵の様子を見に行っている。

本来なら竜の卵を人工孵化《ふか》させるのはとても難しい。だが、今回は専門家とも言えるテルゼが一緒にいるため、上手く孵《かえ》すコツを教わることができた。普段王宮の竜を診《み》ている獣医師《じゅういし》も、テルゼから与えられる新しい知識にひどく興奮していた。

そして竜の雛《ひな》は、早ければ今日にも孵るらしい。

きっと可愛いに違いない。じっとしていられない気持ちはあるが、私達が騒いでどうにかなるものでもない。よって、生まれてくるのを待つしかないのだ。

「アリィには言っても分からないだろうけどな」

アリィと名付けた竜は、自分の卵のことなど忘れたかのように、竜舎の中で与えられた野菜にかじりついている。自然にはない甘みのある野菜が気に入ったらしい。他には鳥の肉も好んで食べる。

こうして美味《おい》しいものを食べさせて、人間に慣れさせる。まだ手ずから食べさせるのは危険だが、私を見ても露骨《ろこつ》に警戒したりはしなくなった。よく足輪や首輪を掻《か》いて鬱陶《うっとう》しそうにしているが、次第にこれに慣れて、美味しい食料を人間からもらうことが当たり前になるのだ。

「このアリィには、もう見合いの申し込みが来ているんだぞ。気が早い話だろ」

竜の世話の指導をしてくれている先輩竜騎士にそう言われ、私はびくりと肩を震わせる。

「ん、どうした？」

思い切り反応してしまったせいか、彼は怪訝《けげん》そうな顔をした。

「ああ、気にしないで下さい。ルース自身にも見合いの申し込みが殺到しているらしくて」

マノンさんが笑いを堪《こら》えるように口元に手を当てて言った。

「ああ、ルゼ様のファンクラブの会報の影響か」

まさかマノンさんに知られているとは思わず、私は愕然《がくぜん》としてしまう。

ルゼさんが竜狩りに参加したことが会報で特集されたらしいのだが、その中に私のことも書かれていたようなのだ。

「あれのせいで、俺も身内の子にルースのことを聞かれて。竜に颯爽《さっそう》と飛び乗った少年ってどんな子なのかとか」

しかも、実際には成り行きでやったこと、狙ってやったように書かれてしまったから、女性達が過剰に反応しているらしい。

「それでこいつ、実家に帰ると母親に見合いの話をされるから、休暇も取らずに毎日この竜舎に来ているんですよ」

「ほ、放っといて下さい。まさか母も本気ではないだろうし、帰らなくたっていいんです。だいたい、あんな記事を見て私を知った気になっている女性と見合いなどしても、ろくなことにならない！」

マノンさんはくすりと笑ってアリィにニンジンを投げる。彼女はニンジンが好きなのだ。

「しっかし、移動させるのにもあれだけ苦労したじゃじゃ馬が、食べ物でここまで大人しくなるなんて。癒《い》やされるなぁ」

マノンさんはにやつきながらアリィを見つめる。

彼女の移動には、本当に苦労させられた。特に砦《とりで》までの獣道が大変で、荷車は使えないし、かといって引きずったら傷つけてしまう。なので、荒れ狂うアリィを何とかなだめて歩かせたのだが、その時と比べると今は別の竜のように大人しい。

竜の調教は、じゃじゃ馬娘に淑女《しゅくじょ》教育でもしている気分になると言っていた竜騎士がいたが、なんとなく理解できた。凶暴な彼女が私達の躾《しつけ》によって少しずつ素直になっていく。その様は、本当に感動させられるのだ。

「これなら、命令をちゃんと聞いた時には、特別な食べ物をご褒美《ほうび》にするのもありだな。もう少ししたら、蜂蜜《はちみつ》とか砂糖とか与えてみるか。アリィは何が一番好きかなぁ」

見れば彼女は、ニンジンがもっと欲しそうな顔をしている。

「甘いものが好きだなんて、アリィは意外と女らしいなぁ」

私もそんな彼女を眺めて呟《つぶや》いた。すると、背後からダン、と地を踏む音が聞こえた。

「それじゃあ、私が女らしくないみたいじゃない。もう、だから似た名前は嫌だって言ったのに」

アリアンセの声だった。言葉の内容には棘《とげ》があるが、口調はどこか浮かれている。私が振り返る前に、アリィが立ち上がりピギャッと声を上げた。

「へぇ。母親だから分かるのかな？」

続くアリアンセの声に、私達は恐る恐る振り返る。

彼女の腕の中には、小さな犬ぐらいの大きさの幼い竜がいた。

「ききゅ」

その小さな竜は、高く、可愛らしく鳴いた。アリアンセの隣には身悶《みもだ》えるエステルがおり、さらにその隣にはカルニスがいた。

「生まれたのか！」

マノンさんが目を輝かせてチビ竜の顔を覗《のぞ》き込むと、アリアンセが元気に頷《うなず》く。

「はい。様子を見に行ったら卵がぐらついてて、そのまま待ってたら出てきたこの子と目が合っちゃったんです」

「へぇ。俺、生まれたての竜なんて初めて見た。かっわいいなぁ。刷り込み成功したか」

「はい。それで私から離れなくなったので連れてきました」

竜は生まれてすぐに歩くことができるものらしいが、その上この幼竜は目も開いているし、顔つきもしっかりしたものだ。鱗《うろこ》は母竜の深緑色よりも薄く、新緑のようである。

「いいなぁ。可愛いなぁ」

うっとりするエステルに、カルニスが苦笑しながら忠告する。

「エステル、こいつ半年もすれば大型犬ぐらいまで大きくなるんだって」

「そ、そんなに早く大きくなるの？」

「そうだよ。そこからキュルキュぐらいまでになるのもあっという間だそうだよ」

それを聞いて、エステルは肩を落とした。そのくらいになると、彼女の好みからは外れてしまうらしい。

「それで、その子を連れて皆に知らせて回ってるのか？」

二人のやり取りからそっと目を逸《そ》らし、アリアンセに尋ねた。

「そんなわけないでしょ。一応、実の母親にも会わせてあげようと思って。ほら、エルド」

と、彼女は小さな竜を地面に下ろし、アリィの前に差し出した。しかしチビ竜は母親の巨体に怯《おび》えて、よろよろとアリアンセの足にしがみつく。一方アリィは自分の子だと分かったのか、必死に首を伸ばして雛《ひな》に近付こうとしている。

「ほらほら、エルド、怖くないよ」

「あのな、なんだ、その……エルドって」

雛《ひな》を親に近付けようとしていたアリアンセは顔を上げた。

「え、この子の名前よ。エルドルースから取ってエルド。ルースが私の名前から勝手に名付けたんだから、私が雄のこの子にあなたの名を借りてもおかしくはないでしょう？まさか嫌なの？」

と、彼女は恨《うら》めしげに見つめてきた。まさか名前をもらったことを嫌がったり根に持ったりするとは思わなかった。

「別に、嫌じゃないが」

「ならいいじゃない。ほら、エルド、怖くないって。もう、エルドは恐がりね」

「いや、今、ものすごく嫌な気分になった」

不服を述べるも彼女は耳を貸さず、ピィピィ鳴く小さな竜の背中を押している。

「一度付けた名前を後で変えると竜が混乱するから、諦めろ」

マノンさんに肩を叩かれた。

「それに大丈夫だって。嫌いな相手の名を、これからたっぷり可愛がる大切な竜に与えたりしないから。しかも自分に懐《なつ》いてる可愛い竜だぞ」

「そ、そりゃあそうですよ」

浅くはない付き合いをしているのに実は嫌われていたとかだったら、かなり傷つく。

「ふ、深い意味はないですよ！」

アリアンセはエルドを押し出しながら、言い訳するように言った。

「一番いいかなって、思っただけで。可愛くて、勇敢《ゆうかん》な子になってほしいですからね！」

その言葉に小さく唸《うな》った私は、エルドをアリアンセの手から取り上げ、母竜の柵《さく》の中に押し込んだ。

彼女は私を勇敢だと思ってくれているということだろうか。でも可愛いとも言ったな。母やルゼさんのような年上の女性ならともかく、同年代の彼女にまで可愛いなどと言われるのは腑《ふ》に落ちない。

私はぴゃーぴゃー鳴いて嫌がるエルドをなおもアリィに近付けてやると、アリィは尻尾を使ってエルドを引き寄せ、身体を舐《な》め回した。そして野菜を噛み砕いて与え始める。

すると次第にエルドも緊張を解いて、与えられた野菜を食べた。

「でもいいのか？　アリィはまだ人間に慣れていないのに、こんな風に会わせたりして」

自分の子を人間に返すのを嫌がって、暴《あば》れたりしないだろうか。

「エルドをこの竜舎で育てていいって、許可が下りたの。やっぱり親子を引き離すのは気が引けるし、それに」

そこまで言って、彼女は両手を伸ばす。

「エルド、おいで」

名を呼ぶと、エルドは小さな翼をわずかに広げ、生まれたての動物特有のよちよちした動きながらも、意外に素早く母親の拘束から抜け出し、アリアンセの足下に戻ってきた。

「いざという時にこっちに呼び戻すのは簡単だし」

「キシャア！」

アリィがアリアンセに向かって威嚇《いかく》した。可哀想なので、もう一度エルドをアリィに渡してやる。

「エルドが竜舎から逃げ出さないように気を付ければ、大丈夫よ」

「だが、母親は子と引き離されるのを嫌うだろう。今のうちに親子の情を深めすぎて後々影響はないか？」

エルドにも色々仕込まなければならないから、どこかに連れ出さなければならないことも多々あるはずだ。

「んーでも、母竜に乗る時に子供を抱えていれば、あまり振り落とそうとしなくなるから、自分の子だって認識させるのも大切だって、テルゼさんが」

「そうなのか？」

「この子にも当てはまるかどうかは、やってみないと分からないわよ。でもアリィ、夜になると切なそうに鳴いて可哀想だったから」

確かにアリィは、日が暮れて人の気配が消えると卵の喪失を思い出すのか、嘆《なげ》き悲しむように遠吠えしていた。変わった方法で釣り落とした竜なのだから、そんな風に変わった方法で躾《しつ》けてみるのも、面白いかもしれない。

にこにこと笑うアリアンセの横顔を見ながら、これから先の楽しいことを考えた。

私が王太子殿下のお傍に仕えるにしても、それはまだもう少し先の話だ。

それまでには、この竜達を立派な騎士団の一員にしてみせる。

ああ、楽しみで仕方がない。

第四話　身分違いの恋の行方　～ウィシュニアの場合～

夕食後、ゆらゆらと魔術の光が天井で揺らぐ中、いつものように編み物をする。

まだ汗ばむ季節だが、冬に備えて靴下やら手袋やらを作るのは楽しい。私の娘リゼのもの、そして旦那様であるギル様のもの。普通に商人を呼び出して買ってもいいのだが、これが私の趣味だから。同じ部屋では、エリネ様や侍女、巫女《みこ》達が、本を読んだり刺繍《ししゅう》をしたりしている。

出来上がったものを身につける愛娘《まなむすめ》を想像し、へらへら笑いながら編み物をしていると、私の主《あるじ》、エリネ様が読んでいた本を閉じた。

「はぁ、明日は大変そう……」

そう呟《つぶや》いて椅子の上で身体を丸める。

ここは、いつもの神殿のエリネ様の部屋ではない。私達は今、都から少し離れた領地にある屋敷にいた。同じ敷地内には、エリネ様の植物を育てる力を大規模に実験するための農場がある。ギル様が、土地を借りて作らせたものだ。そして明日、エリネ様は大きな実験を控えている。

「仕事を作ってしまい、申し訳ありません」

先日聖騎士として復帰し、制服姿でエリネ様のお傍についていた私は、今回の実験を決めたギル様の妻として彼女に謝罪する。

「いえ、ルゼ様のせいではありません。必要な実験ですし、ついでに未来が悪い方向に行くのを防げるなら、それが一番いいのですから。干魃《かんばつ》なんて、私の村も他人事ではありませんし」

エリネ様は首を横に振りながら微笑《ほほえ》む。

ギル様は以前、干からびて作物がダメになった土地に立つことになる、との予言を受けた。それは否応《いやおう》なしに、私達に干魃の発生を予期させた。

予言をしたのは、エリネ様を狙う敵対勢力——つまり小娘一派の自称予知能力者。予知夢を見ることで、未来を知ることができるらしい。その予言が信用できるかと言えば、はっきり言って信用できない。予知ではなく単なる夢だという可能性もあるし、私達を騙《だま》して楽しもうとしている可能性もある。だがそれらしい能力があるのは本当のようだから、一応手を打つことにしたのだ。

彼女達は、行動によって未来は変えられるとも言っていた。

だから枯れる寸前まで乾かした畑を意図的に作ってギル様を立たせ、わざと予言された状況を作り出すことにしたのだ。こうすることで干魃そのものが防げるかは分からないが、このまま何もしないでいるときっと後悔するだろう。ついでにエリネ様のお力が干魃でダメになった畑に効くかどうかの実験もできるのだから、一石二鳥《いっせきにちょう》というわけだ。

「力を使う練習になりますし、もしもの時に私がどれだけお役に立てるか確認するためにも、ちょうどいいと思います。穀物を一から育てるよりは楽なはずですし」

冬の頃に、エリネ様の力のみで大規模に穀物を育てる実験をしたことがある。その実験では、エリネ様が全力を出せば、見渡す限りの麦畑が種蒔《ま》きして一週間ほどで収穫できるようになることが判明した。ただしかなり疲れるので、よほどのことでなければ続けてはやりたくないとおっしゃっていたけど。

エリネ様はまたため息をつく。

「それよりも、警備の多さの方が憂鬱《ゆううつ》です。神官の皆様の視線が……」

「それはまあ、前に一度誘拐されていますから。神官達が直接護衛をしたがるのも、目の前にいるエリネ様に崇拝の視線を向けるのも、無理のないことです」

と、巫女《みこ》のモラセアが何かを思い出すように目を伏《ふ》せた。

以前、訪問した植物園に刺客《しかく》が職員として入り込み、エリネ様を誘拐したことがあった。以来エリネ様の訪問先の者達は徹底的に身元を調べられ、その上神官達まで聖騎士に交じってエリネ様を警護するようになったのだ。普段は姿を見るのも難しい聖女様の警護ということで神官達は気合いを入れているし、その視線は熱を帯びていた。エリネ様としては少々気づまりらしい。

だから、いつもの侍女と巫女《みこ》、そして私しか部屋にいない今、彼女はとても気を抜いている。

モラセアは続けた。

「ギルネスト殿下もエリネ様のご負担を慮《おもんぱか》って、面倒な接待は引き受けて下さっているようですね」

ギル様達は今、この屋敷の管理人や領主とかと一緒に男同士で飲んでいる。それも仕事のうちだ。

「妻としてついていこうとしたら、従騎士《じゅうきし》達だけで十分だと断られました」

「公的なパーティーならともかく、自分の妻をお酒の出る場所に連れていきたくないのは当然でしょ。ルゼは特にお酒に弱いのだし」

カリンに言われて、私はむぅと唸《うな》る。

「愛されているんだからいいじゃない。それとも、リゼがいないからじっとしているのが苦痛？」

　そういえば、いつもならリゼに絵本を読んであげている時間だ。まだ長距離の移動は早いから今回も置いてきたのだが、この時間にあの重みが膝の上にないのは少し寂しい。

「苦痛じゃないけど、落ち着かないのかも。遠出したギル様が、帰ってくるなりリゼを構い倒してた気持ちがちょっと分かったかな」

　数日顔を見なかっただけで、大袈裟《おおげさ》なと思っていたけど。

「ギルネスト殿下は寂しがり屋ですものね」

　カリンは刺繍《ししゅう》をしていた手を止めて言う。

「そういえば、今日は珍しくセルが居座らなかったわね」

　寂しがり屋で思い出したのか、カリンは部屋を見回した。セルも普段、あまり一人でいることのない男だ。

「セルはセルで、他の神官達の相手をしているわ。ただでさえ嫉妬される立場だから、彼らの目の前で私達に交ざってダラダラできないのよ。あれでも空気を読める人だから」

　セルことセルジアスは、神官医の中で最年少であるにもかかわらず、エリネ様の専属医として彼女の健康を管理し、またエリネ様付きの神官として、彼女に聖職者に必要な教養を教える立場だ。

溢れんばかりの才能があるのは間違いないが、ギル様の従弟である彼は、身内の七光りで今の地位にいると陰口を叩かれがちである。

なお神官達の相手をするというのは、仲良くするという意味ではなく、そういう陰口を叩く連中に格の違いを理解してもらうためのお話をする、ということらしかった。

「そう、あまり可哀想なことをしていなきゃいいけど」

カリンは布地に目を落としながら言った。

「セルがいなくて寂しいの？」

「そんなわけないでしょ」

カリンは頑《かたく》なだなぁ。本当は気になっているくせに。などと思っていると、大きなため息が耳に入った。ウィシュニアが虚《うつ》ろな目で私達を見ている。

「ウィシュニア、どうしたの？」

「い、いえ。ちょっと……」

様子がおかしいので、カリンが彼女の手元を覗《のぞ》き込んだ。

「何を読んでいるかと思えば、流行《はや》りの恋愛小説？」

「ええ、遠出をすると言ったら、妹が貸してくれたの……」

「面白くないの？」

「面白くないわけでは……」

もう一度ため息をつく。

「ただ、騎士と姫君の身分違いの悲恋で……」

ウィシュニアは俯《うつむ》いてしまう。彼女は姫君ではないが、それに近いぐらいに身分の違う恋をしている。その手の悲恋ものは辛《つら》いだろう。そこへ結婚している私や、強がる余裕のあるカリンを見たものだから、余計に憂鬱《ゆううつ》になったのだろうか。

「もしかして遠回しに、諦めて身分の釣り合う人を見つけろって言ってるのかしら……」

「妹さんはティタンのこと、知っているの？」

「どうかしら。弟は知っているみたいだけど……」

ウィシュニアは本の表紙を撫《な》でながら、三度目のため息をついた。

ため息ぐらい、いくらでもつけばいい。ため息をつくと幸せが逃げるなどと言う人もいるけど、ため息はほんの少しとはいえ、胸の中のもやもやを外に出してくれる。

「ウィシュニアは家族に愛されているね」

私が言うと、ウィシュニアは苦笑した。

「あなたはお相手が殿下だったから、反対されるどころか万々歳《ばんばんざい》だったでしょうけど」

「うちでも色々と葛藤《かっとう》はあったと思うよ。ギル様の姻戚《いんせき》ともなると、やっぱり広い人脈や財力も必要になってくるし。ゼルバ商会がうちの後ろにいなかったらダメだったかも」

最初からゼルバ商会の伝手《つて》があったのは幸運だった。その点も考えて、ギル様は私を選んだのだろうけど。

「それでウィシュニア、期限内に落とせそうなの？」

ギル様は、ティタンが二十歳になるまでに落とせなければ、ティタンに身分の釣り合う女性との見合いをさせると言っていたのだ。もし落とせたら、ティタンをどこかの貴族の私生児に仕立て上げるなどといった協力をしてくれるらしい。そしてその期限までは、もう一年もない。

このことはティタンには知らされていない。ウィシュニアから何の前触れもなく〝結婚を前提に付き合ってほしい〟と言われて以来、一緒に買い物に行ったり力仕事を手伝ったりしているらしいが、一線を越えたりはしてないそうだ。

「ティタンさんが私のことを鬱陶《うっとう》しく思っていないか不安で……」

「鬱陶しかったらもう少し嫌そうにしているよ。あれはまんざらでもなさそうな顔だから」

ティタンは彼女の気持ちが本気だと理解しているし、嫌ってもいない。ただ、身分違いを意識しすぎて覚悟が決まらないのだろう。ウィシュニアが庶民の女の子だったら、きっと今ごろは付き合うどころか、結婚までしているに違いない。

「ルゼさんに言われると逆に不安になるわ」

「そうね。鈍感を絵に描いたような子だものね」

希望を見出している私に、ウィシュニアとカリンはなぜか疑いの目を向けてきた。

「な、なんでそこまで。男の下心ぐらいは気付くよ？」

「本気の好意に気付いたことないでしょ？」

「ギル様ってそんなに本気の好意、私に向けてた？」

他に選択肢がなかったからプロポーズしたと思っていたんだけど、実は本気だったのか？　だとしたらびっくりだよ。

「殿下じゃないわ」

「他には……あ、マディさん？　好かれているのは分かってたけど」

男装した私を兄と勘違いして、妹さんを下さいと言ったのだ。

「あれは私も予想外だったから、気付かなくてもいいと思うわよ」

「そうだよね。他に誰かいたっけ？」

「ギル様と結婚したのだから、誰かなんて知る必要はないでしょう」

「……確かにそうか」

私は納得して頷《うなず》いた。そんなことを知る意味はない。誰かは知らないが、私が結婚してしまった以上、その人も今さら知られたくないだろう。秘めておくべき想いというのもあるのだ。

「彼のヘタレは今に始まったことじゃないから、無理もないしね」

カリンのひどい言葉に、ウィシュニアも頷いた。……ということは、ウィシュニアも知っている相手なのか。誰なんだろう。気になるな。探ったりしないけどさ。

「ヘタレと言えば、ニース様のヘタレぶりはどうにかならないものかな」

私が言うと、エリネ様は首を傾《かし》げた。

「そういえば、ルゼ様はニース様を応援していらっしゃいますが、ルゼ様のお兄様と姫様もただならぬ仲だと噂《うわさ》になっていますよね。よろしいのですか？」

そんなことがエリネ様の耳にまで。

「兄はヘタレじゃないですし、子供でもないので、姫様が欲しければマメに文通するなりして自分でどうにかしますよ」

そこまでして〝欲しい〟と思わないのであれば、私がどうこうするつもりはない。

「それもそうですね。というか、ニース様をヘタレな上に子供だと思っていらしたんですね」

「そりゃあ、好きな人に素直になれないのは子供の特権ですもん」

「そうですね」

エリネ様も認めて頷いた。だけどそろそろ何とかしないと、姫様が嫁《い》き遅れになってしまう。

「というか、カリンもそろそろ考えないと、嫁き遅れ」

「だから放っといてちょうだい」

素直でないこと。この中で私が一番最初に嫁に行くとは思いもしなかったよ。

「優先して何とかしなければならないのは、明確な期限があるウィシュニアでしょ」

カリンが話を戻すと、ウィシュニアは肩を落とした。

「しかもその期限については本人に言っちゃいけないんでしょう？　知らないからティタンはのんびりしているのよね」

私達はため息をついた。ぬるま湯が好きなティタンの腰を上げさせるなど、なかなか難しい。

「期限と言っても、その日が来たらティタンさんに見合いの席を用意するだけの話なのですよね？　でも、そうなれば逆にティタンさんもウィシュニアさんのことを考えるようになるのでは？」

エリネ様は首を傾《かし》げた。

「それで焦ってくれればいいんですが。彼の色恋に関しては、私も予想がつかないですね。そういう話題は今までなかったんで」

少なくともウィシュニアを傷つけたくないとは思っているだろう。傷つけたくないと言ってずるずると答えを先延ばしにする男もいるが、そんなひどい男ではないと思いたい。一緒に買い物に出かける時は、妙に気合いの入った格好して浮かれているように見えるし。

カリンが冷ややかな目で見てくる。

「ルゼには分からないでしょうね。結婚したのも成り行きだし、そういう肝心なところをちゃんと観察していなかったんだから」

うん。戦うための観察とかはしてても、男の人が自分をどう見てるかなんて観察はあまりしなかったからね。言葉もないです、はい。

しかし、期限について説明せずにティタンを焦らせるには……

「そうだ。ティタンの期限じゃなくて、ウィシュニアの期限を作ったらどう？」

話してはいけないのはティタンの期限の方で、それ以外は制限されていない。

「期限を、作る？」

ウィシュニアは首を傾げた。

「そう。嫁《い》き遅れになってしまうとお父様が焦っていて、見合い相手を探しているらしいとか」

これなら問題なくティタンを焦らせることができるだろう。

「なるほど。それはいけるかも」

カリンも迷わず賛成した。

「で、でも、ギルネスト殿下は小細工するなってお怒りにならないかしら」

一瞬目を輝かせたウィシュニアは、すぐに不安げに胸を押さえた。

「最初の約束と法に触れなきゃ別にいいと思うよ。ただ焦らせるだけだし、もしティタンがウィシュニアのこと何とも思ってないなら成立しない仕掛けだもの。恋とは戦いなのよって言えば大丈夫！」

こう反論すれば丸め込めるはず。そこまで考えていなかったギル様が悪いのだ。

「ですが、もしティタンさんに、おめでとうなんて言われてしまったら……」

「結婚を嫌がっている女の子にそんなこと言うクズ野郎だったら私がぶん殴るし、だいたいそれなら最初のうちにウィシュニアを振ってるから」

ウィシュニアは何か考え込んでいるようだった。私はさらに畳みかける。

「確かに一《いち》か八《ばち》かだけど、このままじゃ期限が来ちゃうでしょ。これならあいつもかなり動揺して何かしら行動に出るはず」

それを聞くと、ウィシュニアは頬《ほお》に手を当てて顔を赤らめた。

「……ただ、相手はヘタレ二号のティタンなのがねぇ。一号よりははるかにマシだけど」

ここまで言っておいて何だが、私は思わず本音を漏らしてしまう。

「そうね。ティタンも油断しすぎて月夜に釜《かま》を抜かれるような人だものね」

ひどく油断していることの譬《たと》えだが、カリンから見てティタンはそんなに隙だらけなのか。ただ消極的なだけだと思うんだが。

「厄介なのは諦め癖があるところだわ」

「……そうね。ティタンさんは諦めることに慣れすぎていらっしゃるわ」

カリンが言い、ウィシュニアも頷《うなず》く。心当たりのない私は首を傾《かし》げた。

「何か諦めてたの？」

「欲しいものがあったのに、それをギルネスト殿下に譲っていたわ」

「ああ、ティタンは人に譲るのに慣れてるから……」

孤児院でも、子供達が欲しがれば食べ物でも玩具《おもちゃ》でも簡単に譲っていた。それがいいところであり、悪いところでもある。今だって他の誰かがウィシュニアを好きだと聞いたら、どうしていいか分からなくなるだろう。もちろんやすやす譲ったりしたら、ウィシュニアに対して失礼であることぐらいは分かっているはずだから、まずゼクセンあたりに相談するんだろうけど。

「それはともかく、やるならその手で行くしかないわね。具体的にどういう風に彼に持ちかける？」

カリンは皆を見回しながら問う。そこで私がまず提案した。

「せっかくこうして旅行先にいるんだから、まずこっちでいい雰囲気の場所を探して、いつもと違う状況を作ろう」

皆が頷いた。実際には旅行じゃなくて仕事だけど、それはどうでもいい。

恋愛にはやはり雰囲気が大切だ。とても大切だ。それを大切にしてくれない旦那様がいるからこそ、強くそう思うようになった。あの人は、美しい景色に気持ちを駆り立てられてとか、そういう感性が希薄すぎる。だけど普通の感性を持っているティタンなら、景色の綺麗な場所で二人きりになったら、色々と考えてくれるだろう。

「見合い相手云々《うんぬん》については、あくまで〝親が探しているらしい〟ってことで話すのが大切。後で取り消せない嘘は自分の首を絞めるから」

「そうね。そういう言い回しを考えるのはルゼが得意そうよね」

「どうしてそんな風に思うのか、とっても不思議なんだけど」

そう返すと、カリンは何を今さらとばかりに私を見てくる。

まあ、確かに私は、嘘なら任せておけと言えるほどに嘘つき歴が長い。嘘つきで私の右に出るのは本職の詐欺師《さぎし》か商人ぐらいだろう。……そう考えると世の中には大嘘つきがたくさんいるな。私の嘘なんて実に可愛いものじゃないか。性別、年齢、身分、余命を詐称していただけだから、彼らには到底敵《かな》わない。うん。

「まあともかく、大切なのはウィシュニアがそれを〝伝え聞いた〟っていうことよ」

皆は頷《うなず》く。ここまでは賛成のようだ。

「そして、ティタン以外と結婚したくないって涙を流すの」

「涙を……そんなことできるかしら」

「想像して。好きでもない、そう、ハワーズのような男に嫁《とつ》ぐことになったとしたら」

ウィシュニアの頬《ほお》が引きつった。

「な、泣けそうだわ」

自分で想像させておいて何だけど、そんなに嫌か。あいつも一応聖騎士なんだけど。まあ、ハワーズだから仕方ないのか。これ以上は考えないことにしよう。

「ウィシュニア、女の多少の我儘《わがまま》は男心をくすぐるんだよ。それに涙は女の最強の武器よ。そして美人の〝あなただけ〟という言葉に感動しない男はそうそういないの」

美人の求愛にあまり反応しないのは、ギル様のような一部の例外だけだ。

「そういうものかしら」

「カリンは擦《す》れすぎ。カリンだって言ってみれば？　喜ぶと思うよ」

「誰によ」

私はニヤニヤと笑っておく。これぞ人妻の余裕である。

「あなた……ギル様にそんなこと言ってるの？」

「もう少し遠回しに言わないと、熱を測られるけどね」

「やっぱりそうなるんじゃない」

カレンはつんと顔を逸《そ》らした。ふふふ、カリンも言ってみたかったのかな。可愛い反応だ。こんな反応をしていることを、男の方は知らないのだ。ああ、教えてあげたい。そんなことしたらカリンが怒るからしないけど。

「後は場所ですね。近くにいいところがあるとよろしいのですが」

エリネ様が窓の外を見ながら言う。

「そうですね。私が明日にでも管理人の奥様に聞いてみましょう」

この屋敷の管理人の妻であればこの辺のこともよく知っているだろうし、聞くとしたら人妻である私が一番自然に聞き出せるだろう。夫と歩きたいとかなんとか言って。本当の事情を話したら、お節介をされるかもしれないしね。女の人は他人の色恋沙汰に首を突っ込むのが大好きなのだ。

「じゃあ、明日のためにも早く寝ましょう」

カリンが刺繍《ししゅう》の道具をしまい、立ち上がった。

作戦決行のためにもお肌のためにも、睡眠が一番である。


翌日。エリネ様が実験をしている間に、私は管理人の奥様と領主の奥様、そしてその娘さんと色々とお話をした。遠回しな聞き方になってしまったが、最終的には今回の作戦にいい場所を二つほど聞き出せた。

一つは綺麗な並木道。今の時期は木に花が咲いて、アーチ状になっているらしい。

もう一つは屋敷から少し離れているが、湖のある森。そこに行くまでの道は整備されているため、馬でならそれほど時間が掛からないそうで、近隣の若者達の遊び場でもあるらしい。

　これを聞き出すまでに、私やエリネ様の私生活を聞かれたりして大変だった。お忍びだから聞き手が三人だけで済んだが、そうでなければ街のお嬢さん達も押し寄せてきてさらに大変だったろう。聖女様と聖騎士達がいると聞いたら見てみたいに決まっている。自慢できなくてつまらないと言うお嬢さんに、全ては人々の幸せのためだと笑顔で手を握り、誠心誠意《せいしんせいい》お願いしなければならなかった。

「ルゼ、何を話していたんだ？」

　情報を得て皆のもとに戻ってきたら、ギル様が胡散臭《うさんくさ》そうに私を見た。

「娘さんが私達の滞在を周りに自慢したくてうずうずしている様子だったので、釘を刺しておいたんですよ」

「……ああ、あれぐらいの歳の子は口が軽いからな」

「〝二人だけの約束〟をしたので、まず大丈夫でしょう」

　経験上、ああいう子はそれを守ってくれると言い切れる。女聖騎士も年季が入ってきたから、年下の女の子に約束を守らせるぐらいちょろいもんである。

「そのうち自分の妻が、女達に向かって子猫ちゃんとか言い出さないか心配だ」

「ははは、そんなキモくて軽いこと言うはずがないでしょう。真実味がなくなります。

私は女性には誠実に対応しているんですから」

軽い言葉と胸がときめく言葉は、似てはいるが微妙に違うのだ。女性の胸をときめかせるには、軽さとぎりぎり紙一重ぐらいの、誠意ある言葉が有効なのである。

「ギル様、昨夜は皆さんと何のお話をされていたんですか？」

「今日の予定と、よくある雑談だ。近くに綺麗な道と湖があるらしいぞ」

ちっ。知られてしまった。

「じゃあエリネ様にお暇をいただいて、午後から二人きりで行きましょうか？」

仕方がないのでドレスに着替えて、デートついでに下見をすることにした。下見をしておけば、より完璧に雰囲気作りの計画が立てられるからである。

並木道は、淡い紫色の花を咲かせた枝が空を覆《おお》い、その間を鳥が飛び交っていて、幻想的で綺麗だった。うっとりとそれに見とれながら、後ろで馬の手綱《たづな》を握る愛しい旦那様の胸に身を委《ゆだ》ねるのは悪くなかった。私達には珍しく、いい雰囲気のデートだった。私がいつまでも文句を言うので、ギル様も成長したのだろう。

湖は小さかったが、水が澄んでいてこちらもなかなか綺麗だった。浅い部分では水底に沈む枯れ枝が見え、深い場所でも大きい魚が悠々と泳ぐ姿がよく見えた。

私達以外にも何組か恋人達がいて、それぞれ適度に距離を置き、ここには自分達しかいないかのようにいちゃついていた。木陰に隠れるように釣りをしているおじさんもちらほら見える。湖畔《こはん》には歩きやすそうな道もあり、長閑《のどか》でいい場所だった。

というわけでその夜、私達はエリネ様の部屋から護衛の男達を追い出して話し合いをした。名目は、新しい生地を身体に合わせるためだ。私がいない間に、領主の奥様から美しい赤の布地をいただいたらしい。

この辺りは赤の染料で有名だそうで、なかなかいい生地だったから、実際に自分のドレスも作ってみようかと思う。リゼがもう少し大きくなったら、何か作ってあげるのもいいかもしれない。

とはいえ、ささっと布地を見た後は、例の話し合いである。

「確かにいい雰囲気の道だったよ。少し遠回りだけど、そこを通っていったら湖にも行けたし」

普通にいいデートになった。二人きりのデートなんて、滅多《めった》にできないしね。

「柄《がら》にもなく心がときめいたよ。綺麗な魚と鳥がいたな。たまに野生の獣や魔獣《まじゅう》が出るらしいけど、釣りをしていたおじさんもいたし、危険ってほどじゃないみたい。私達は夕方頃に行ったから人がいたけど、午前中なら空《す》いているらしいよ」

「午前中ですか」

「うん。朝の散歩代わりに誘ってみるのはどう？」

エリネ様の実験にはもちろん侍女もついていかなければならないが、必要な計器などの設置が終わるまでは少し時間がある。その間に行って帰ってくればいいのだ。

「ギル様は、ウィシュニアさん達のための下見だと感付いていませんでしたか？」

「それは大丈夫かと。確かにきょろきょろしてしまいましたけど、初めての場所では当然の反応ですから」

心配するエリネ様に答える。

「バレていたとしても、デートぐらいなら快く送り出してくれますから、何ら問題ありません」

「それもそうですね」

別に悪いことをしているわけではないのだ。私が今ここで、今日のデートについて話しているのは想定内だろうし。ただ、本当の目的を知らないだけで。

「ああ、どきどきするわ。ティタンさんは一緒に来て下さるかしら」

「大丈夫よ。誰よりも早起きだから時間がないなんてこともないでしょうし、邪魔する人もいないでしょうし」

二人のことは、花冠《かかん》の騎士団全員が応援しているのだ。ただ応援しすぎて、明日余計なことをしないか心配なんだけど。

「明日は成功を祈っているよ」

ニース様じゃあるまいし、わざわざ後をつけて見張る必要はない。前にデートしているところをつけ回したのは、ニース様だからだ。

ティタンは頭突きなどしないだろうし、たぶん大丈夫なはずなのだ。


翌朝、ウィシュニアはティタンを連れ出すことに成功した。

ティタンは毎朝欠かさずに基礎訓練をしているのだが、そこに声をかけたところ、一緒にいたレイドに行ってこいと背中を押されたらしい。

レイドも当初は友人の身分違いの恋に戸惑っていたようだが、それでもティタンがウィシュニアに惹かれつつあるのは気付いていたのだろう。今では快く応援してくれている。ティタンがまだその気になれなかった頃は応援していなかった。レイドは友人思いのいい奴なのだ。

後はティタンが、私が思っていたよりひどい男でないことを願うばかりだ。あいつもそろそろウィシュニアとの関係をどうにかしなければならないと分かっているだろう。

ここまできて結論を出さずにいる男は、優しいのではなく、ただの優柔不断な、自分が可愛いだけの身勝手な奴だ。

ああ、ドキドキする。ウィシュニアが上手く誘導できればいいんだけど。これがニース様だったら期待すらしないけど、上手くいく可能性がちゃんとあるのだからドキドキしてしまう。

ウィシュニアを見送った私達がそわそわしていると、何かあると察したのか、事情を知らない聖騎士達までそわそわし始める。

気を静めるため、私達は優雅な朝食を楽しむことにする。目の覚める爽《さわ》やかな香りのお茶をいただきながら、友人の恋を応援する。なんだかごく普通の奥様のようである。

「君達さぁ、なぁに企《たくら》んでるの？」

ようやく少し落ち着いた私達を横目に、同じテーブルでお茶を飲み終えたセルが問うた。彼はいつもこうやって平気で女の輪に入ってくるのだ。聖騎士達みたいに訓練や警備で外に出る必要がないからっていうのも大きいんだろうけど。

「企む？　一体何のことかしら」

「カリンはいつからそんな嘘をつける子になってしまったんだろうね」

「まあ、女の大多数は生まれた時から嘘つきよ。ご存じなかったの？」

ころころと笑うカリンに、流し目を向けながら笑みを浮かべるセル。

「君のそういうところも可愛いね」

一転、カリンはセルに白い目を向ける。

この二人は、だいたいこんな感じだ。カリンの男嫌いが治っていないから仕方がない。最初に出会った頃は幼い印象のあったセルも、成長してずいぶんと大人びた。同年代の私が結婚するぐらいだから、成長していなかったら可哀想なんだけどさ。

「まあ、どうせここにはいないウィシュニアとティタンのことなんだろうけど」

「分かっているならわざわざ言わないでちょうだい」

カリンは妙につんけんした言い方をする。

「もし違ってたらと思ってね。ギル兄さんには内緒にしておいてあげるよ」

「悪さをしているわけでもないのに、どうしてそんな発想が出てくるのかしら」

私とエリネ様はそんな二人のことも温かい目で見守る。昔は他人の色恋沙汰なんてあんまり興味はなかったけど、意外と楽しいもんである。

「……なんだか外が騒がしいですね」

セルに嫌味を言っていたカリンが、ふと顔を窓に向けて呟《つぶや》いた。

耳を澄ますと、確かに外で複数の聖騎士達が騒いでいる。見に行こうかと思ったその時、ドアがやや乱暴にノックされた。

「失礼します」

ギル様の声だ。私は立ち上がってドアを開《ひら》く。

「どうしたんですか？」

「ああ、ルゼ。ちょっと問題が発生した」

「問題？」

「ああ、これから山狩りだ」

……え……えっと。

「今、山狩りとおっしゃいました？」

私は思わず問い返す。

「そうだ。この近くの村に魔獣《まじゅう》が出たらしい。畑が荒らされ、人が襲われたんだ」

朝の優雅な一時《ひととき》を楽しんでいた私達は、思わず顔を見合わせた。

魔獣とは、魔物のようでありながら言葉を話せるだけの知性がない、獣に似た生き物のことだ。ただし魔力があるから、普通の獣とは違う生態や行動を見せる。

「まあ、怪我《けが》をなさった方がいらっしゃるのですか」

エリネ様は心配そうにすっと立ち上がった。

「怪我といっても軽いもので、その者もすぐに立ち上がって山狩りに参加しようとしていましたので、ご安心下さい。既にマディセルも向かっているので、すぐに完治するでしょう」

エリネ様はほっと胸を撫《な》で下ろす。

聖騎士になった時は魔術の魔の字も知らなかったようなマディさんだが、最近ではすっかり治癒術《ちゆじゅつ》が上達した。これも、厳しい訓練で毎日怪我をしまくる同僚達で練習した結果である。どこぞの王子様の治癒術と違って、かけられても怪我が悪化するようなことはないから、皆安心して身を任せていた。

「ですので、事後報告になりますが聖騎士達をお借りしています。ああ、ついでにセルもお貸し下さい。魔獣は一度里に下りて味を占めると、追い払ってもまた来るようになるので今の段階で仕留《しと》めます」

「ええ、そのようになさって下さい」

エリネ様は愁《うれ》いを帯びた顔で、ゆっくりと頷《うなず》いた。

「ですが、怪我をなさらないように気を付けて下さい」

「もちろんですよ。慣れている地元の者達と協力いたします。罠《わな》を仕掛けるのは彼らに任せ、僕らは見つけた魔獣の殺処分と、地元民の護衛です」

地元民と協力するのは魔獣狩《まじゅう》りの基本だ。

「それで、どんな魔獣なんですか？」

私は念のためギル様に尋ねた。

「小さな熊に似た魔獣で、群れても数匹だ。竜で脅かして追い詰めて、罠《わな》でどうにかするのが一番効率がいいだろうな。キュルキュも借りていくぞ。おまえはエリネ様のお傍にいろ。ああ、他の者達も集めないと。もしまだ何も知らない聖騎士や神官がいたら、そいつらにはエリネ様のお傍にいるように言ってくれ」

私はエリネ様達と顔を見合わせた。まだ全員には知らせていない段階なのか。ということは、ティタンがいないことをギル様が知っているのかどうか……

「ところで、山とはどの辺りなのですか？」

カリンが尋ねる。

「ああ、昨日ルゼと行った湖の方らしい。出たのが昨日でなくて良かったな。いや、おまえならもしものことがあっても始末していたか」

それを聞いて私達は同時に頭を抱えた。

「どうした？」

「ティタンとウィシュニアが……」

「あぁ……だから珍しくおまえが誘ってきたのか」

ギル様は彼がいないこととその理由に気付いて、こめかみに指を当てた。

「ちょっとティタンに術で呼びかけて戻るように伝えます」

「無理だ」

「え？」

「今朝、おまえの魔力封じの腕輪を貸した。訓練か何かだと思って特に気にしなかったが、おまえが覗《のぞ》いてくるのが心配だったんだろうな」

……えっと、腕輪って、結婚する前に私の傀儡術《かいらいじゅつ》の暴走を防ぐために作らせたあれ？　だから無理なのか。あれをつけると傀儡術での念話《ねんわ》もできなくなるから。ウィシュニアは私と魔術の相性が悪いから、念話できないし……というか。

「まだ持ち歩いてたんですかっ⁉」

「心配だからな」

「何を心配するようなことがあるんですっ⁉」

「おまえはたまに情緒不安定になるだろう。ある日突然、必要になるかもしれん」

「そんなことありませんよ！　疑うなんてひどい！」

「自分の胸に手を当てて考えろ」

そりゃあ、色々やってきたけどさ……物を壊したり、人を殴り飛ばしたりとか。でもそれって、ギル様が変なことして驚かせたからって場合も多いんだけど。

「連絡がつかないなら、私、先に迎えに行ってきます！　馬借ります！」

「待て待て」

ギル様に肩を掴《つか》まれたが、私はそれを振り払う。

「大丈夫です。帰るように言うだけです」

「ウィシュニアを保護しなければならないんだから、一人で行くなと言っているんだ。僕も行く。指揮は誰かに任せる。ゼクセン、そういうことだ」

ギル様は振り返って部屋の外にいるらしいゼクセンに言う。するとセルも口を挟んできた。

「兄さん、保護なら、馬よりもエリネ様の馬車を借りた方がいいよ。あれはとても頑丈に作ってあるから。それに二人の他にも人がいるかもしれないし」

確かに、もしもの時に盾にしたり立て籠《こ》もったりできるように作った頑丈な馬車だ。何かあったとしても、ウィシュニアを安全な場所に置いておくだけで、かなり楽に動けるだろう。ウィシュニアだけでなく、朝から釣りをしている人もいるかもしれないし。

「そうか。ではエリネ様、馬車もお借りします」

「ええ、どうぞ何でもお使い下さい。ウィシュニアさんをよろしくお願いします」

エリネ様は友人でもあるウィシュニアを心配して祈るように手を合わせる。

「お任せ下さい。すぐに戻ります」

私は傍らに置いていた剣を取り、馬車のもとへと向かった。


二人だけでは何かあった時に危ないということで、念のためニース様を含め聖騎士も六人ほど連れていく。キュルキュも私達と一緒だ。山狩り本隊の指揮は、聖騎士の中でも特に冷静で有能なバルロードに任せる。彼らは魔獣《まじゅう》が出た村で地元民と合流してから、湖のある山に入ることになった。

湖の畔《ほとり》まで行く道は小道しかなかったため、その手前で馬車を停めなければならなかった。馬車とキュルキュの番のために二人ほどそこに残し、私達は神経を尖《とが》らせて小道を進む。

「静かにね。静かに。物音は立てないように」

「魔獣相手に、そこまでしなくてもいいだろう?」

私が皆に注意を促《うなが》すと、ギル様が舐《な》めたことを言ってきた。

「色々と、あるんですよ」

ギル様を睨《にら》みつけて言うと、彼は呆れたような顔をする。

「……ウィシュニアが何か仕掛けようとしているのか？」

まあ、ここまで言えば気付かれるか。

「仕掛けるだなんて人聞きの悪い。勇気を出して一歩前に踏み出そうとする健気《けなげ》な乙女心に対して失礼です」

私に覗《のぞ》かれないように先手を打ったティタンにも、何か決意があったのだろう。ああ、余計な邪魔さえ入らなければ、引っ付くかもしれないのに！

「もしそういった事態だった時は、ちょっと待ちましょう。どうせ本隊が来るまで少し時間がありますから」

この人数で来たのは、万が一のことを考えてのことなのだ。ギル様の言う通り、そこまで危険な事態ではない。

ああ、ドキドキする。私達が到着するまでに、頑張っていてくれたらいいんだけど。

「完全に浮かれてるぞ、おまえ」

「放っといて下さい。大切な友人と兄のようなティタンの大切な日なんですから。ニース様と違って、あの二人はやる時はやりますから」

「ニースと比較してやるな」

ギル様はため息をついて、ちらりとそのニース様を見る。聞こえていなかったようなので、ギル様もそれ以降は黙ってついてきた。

私は足音を殺して耳を澄まし、傀儡術《かいらいじゅつ》を応用した探査術で周囲の気配を探る。

「ん？」

私は違和感を覚えて意識を集中した。

「誰もいない……」

「いない？」

ティタンはともかく、ウィシュニアを見つけられないなんてことはないはずだ。

「急ぎましょう。誰か戻ってキュルキュを連れてきて」

聖騎士の一人にそう頼むと、私達は忍び足を止め、走って辺りを見回り始める。

湖の周囲に、やはり人はいなかった。

ただ、大量の血と何かを引きずったような痕《あと》があった。

第五話　身分違いの恋をされ　～ティタンの場合～

「ティタンさん、私、行きたい場所があるんです。連れていって下さいませんか？」

俺が同僚のレイドと朝の訓練をすべく屋敷の裏庭に出た時、不意に駆け寄ってきたウィシュニアさんが俺をひたと見つめ、こう懇願《こんがん》した。朝から綺麗に赤髪を整え、きっちりとした格好をしている。日頃からちゃんとした人だけど、さすがに早朝からここまで準備万端な姿をしているのは初めてだ。

「行きたい場所？」

「はい。綺麗な木のトンネルと湖があるそうなんです」

昨日ギル様が、ルゼといい雰囲気の湖に行ってデートしたと言っていたのを思い出した。ということは、ウィシュニアさんのこの発言も、間違いなくルゼが絡んでいるのだろう。

最近あいつは自分が幸せな分、他人の世話を焼くようになった。昔はそんなことする奴じゃなかったから、それだけ今が幸せってことなんだろう。

本当にルゼはいい意味で変わった。ギル様でなければ、ルゼをこんな風には変えられなかっただろう。だから、ルゼに普通の女の子らしい幸せを与えてくれたギル様には、すごく感謝しているのだ。

「とても素敵だったと、ルゼさんがおっしゃっていたので……」

ウィシュニアさんはもじもじしながら、わずかに強張《こわば》った顔で付け加える。ルゼと違って、演技し切れていないのが可愛らしい。不自然にならないぎりぎりのところまで着飾り、それでいて断られる覚悟を決めたような目をしている。そんな彼女を見ると、ルゼが何か企《たくら》んでいそうだから、などという理由で断るのは気が引けた。

何より、自分がそこに行きたいのではなく、俺と行きたいのだと思ってくれているのが分かるから。

ふと天を仰ぐ。今日は天気がいいし、俺の愛馬も走りたいだろう。

すると、隣にいたレイドも背中を押してくれる。

「行ってこいよ。訓練前で服も綺麗だし、ちょうどいい。遅れて戻ってきても、俺達はギル様のお傍にいる以外に仕事があるわけでもないし」

確かに、俺達の上司であるギル様はエリネ様の警備の指揮をしているが、そうそう何かあるわけでもない。基本的には警備をする聖騎士を監督するだけ、そしてギル様の従騎士《じゅうきし》である俺達はただお傍にいるだけなので、エリネ様の実験中はいてもいなくても差し障《さわ》りはない。

「そうか。じゃあウィシュニアさん、少し待ってて。準備してくるから」

「は、はい！」

たったそれだけのことで、眼鏡の向こうの綺麗な瞳が輝いた。

俺はできるだけ急いで馬の準備をして、ついでにギル様に出かける旨《むね》を伝えた。

「そうだ。ギル様、ひょっとして今日も魔術封じの腕輪を持っていますか？」

「あるぞ」

ギル様は胸元から腕輪を取り出した。まさか持ち歩いているとは……

「……まだ使ってるんですか？」

「いや、念のためだ」

念のため……まあ、いいんだけど、夫が妻の術を封じる道具を常備しているというのは、やはり何とも言えない気分になる。

「少しお借りしてもいいですか？」

「別に構わないが……壊すなよ」

「もちろんです。ありがとうございます」

妹分に対する複雑な気持ちを振り払った俺は、ギル様に礼を言い、馬を連れて先ほどの裏庭に戻った。そこで、ウィシュニアさんが待っている。

「お待たせ。行こうか」

「はい」

ウィシュニアさんを馬に横乗りさせる。できるだけ接触が少なくなるよう気を付けつつ、自分も後ろに乗って出発した。

陽気が良くて、顔を撫《な》でる風が気持ちいい。ウィシュニアさんは帽子を押さえながらも景色を楽しみ、時折振り返って俺に微笑《ほほえ》んでくる。

本当に気品のある美人だ。自分などがこうして相乗りさせてもらっていることが信じられない。

元々馬に乗れなかったわけではないけれど、こんな風に楽しめるほど上達したのは、彼女とのデートのためだ。俺は彼女に交際を申し込まれ、一緒に出かけるようになったことがきっかけで、本格的に乗馬の練習を始めた。彼女の想いなどすぐに冷めるのではないかと思いつつ、自分のためにもなると思ったから。

最初のうちはそんな風に彼女に好かれていることが信じられなかったけど、今では愛されていると心から実感できるようになった。愛されているのが嬉しくて、いつの間にか好きになってしまった。

その〝好き〟が、ルゼに対して抱いていたものより大きいか否《いな》かは、まだ分からない。ルゼのことは今でも好きだ。もちろん、妹のような存在として。

そう思えるようになったのは、ウィシュニアさんのおかげだ。彼女のことで頭を悩ませているうちに、ルゼのことで胸が痛まなくなった。

とはいえ、ウィシュニアさんに関する悩みも、決して軽いものではない。俺に彼女と釣り合う身分さえあれば、こんなに悩んだりはしなかっただろう。

身分についてはどうにでもなるから気にするなとギル様は言っていたが、そういうわけにもいかない。俺は現在ギル様の従騎士《じゅうきし》という立派な地位にいるが、元々は孤児院育ちだ。他人の粗探《あらさが》しをしたくて堪《たま》らない人達には、格好の攻撃材料になるだろう。

俺は何を言われても平気だけど、ウィシュニアさんのような気位《きぐらい》の高い子が、それに耐えられるかは心配だった。俺には彼女を完全に守ってやれるほどの甲斐性《かいしょう》はない。苦労させてしまうのは目に見えているのに、安易に彼女の想いを受け入れるわけにはいかなかった。結婚してしまった後では、たとえ気持ちが冷めても引き返せないのだから。

……こんな風に考えてしまうから、ルゼにヘタレと言われるんだ。情けないと思うが、これぱかりはどうしようもない。

悩む間も馬は俺達を乗せて駆けていき、ギル様の言っていた幻想的な木のトンネルを抜けて、湖へとやってきた。ギル様が珍しく褒《ほ》めていただけあって、雰囲気のいい場所だった。

馬から先に降りて、ウィシュニアさんの腰を支えながら地面に下ろす。

何度やっても緊張する。聖騎士達のように自然にできれば様《さま》になるのだろうけど、それはいつのことになるか。それでも、幸せそうに頬《ほお》を赤く染めるウィシュニアさんを見ていると、とても幸せな気持ちになる。

「ギル様にも聞いていたけど、綺麗なところだね」

「はい、素敵な場所ですね。珍しい植物がたくさんあります」

ウィシュニアさんは頬を赤らめたまま頷《うなず》いた。まず植物に目が行くのが彼女らしい。彼女は植物が好きなのだ。野に咲く花を見て目を輝かせる姿がとても可愛い。ルゼなら間違いなく見向きもしない。下手すると踏みつけていく。

ルゼとは正反対で、根っから真面目な性格だが、融通が利《き》かないわけではない。芯は強いけど、俺の前では可愛らしい姿を見せる女性。

俺は気付かれないように息を吐き、ギル様から借りた腕輪を見た。そうして指に引っかけるようにして握る。緊張で掌《てのひら》にまで汗をかいている。もう一度深呼吸しようとした時、ウィシュニアさんが手元を覗《のぞ》き込んできた。

「それは……ルゼさんの？」

「あ……うん。ギル様に借りてきたんだ」

そう言うと、彼女は肩を落とした。

「ルゼさんは、ついてきていません」

「それは分かってるよ。でも心配しすぎて、ということもあるからさ。念のために」

きっと彼女は、俺がまだルゼのことを気にしていると思っているのだろう。

「ルゼは最近お節介だからさ。昔はあんなんじゃなかったんだけどね。少なくともギル様と出会う前までは」

昔は荒《すさ》んだ目をした子供だったのに、ギル様のおかげで暗い部分が抜けて、生来の溌《はっ》剌《らつ》とした部分だけが残った。俺にはできなかったことだ。

「結婚してからギル様に染まってきたかな。ギル様もお節介なところがあるから。あ、これはギル様には内緒にしてほしいな。ギル様のそういったところは、半分以上ちゃんと感謝されているから」

「感謝されていないこともあるんですか？」

「まあ、たまにね。本人は気付いてないけど、主にレイドが被害を食ってるかな。あいつは偉い方の従騎士《じゅうきし》なんて、本当は性格的に合わないから」

俺も人のことは言えないけど、あいつはほぼ強制的にギル様に引き抜かれた。そうでなければ北を護《まも》る赤剣《しゃっけん》の騎士団で、もう少し気楽に過ごしていただろう。ギル様は気さくな方だが、それでも王族という立場や突拍子もない言動ゆえに、時折とんでもない緊張を強いられる。特に彼のお節介は、その緊張を倍増させることも多いのだ。

「最近ようやく慣れてきたみたいだから、これも内緒な」

「ええ、内緒ですね」

ウィシュニアさんは唇の前で指を立ててから、ルゼの腕輪に指を掛けるようにして俺の手を握ってきた。可愛らしい仕草と手の温もりに胸が騒ぐ。

それから俺達は黙って歩いた。

最初の頃は、二人きりの沈黙が苦手だった。今はそんなことはない。手を握り、湖畔《こはん》に腰を下ろし、身を寄せ合うだけで十分だ。

だが、ウィシュニアさんが物言いたげにしているのに気付き、俺の方から声をかける。

「そういえば、この前ウィシュニアさんの弟さんに会ったけど、彼は初対面の人間との付き合い方が上手いよね」

気の利《き》いた話題ではないが、他に思いつかなかったのだ。

「兄弟が多いので、空気を読むようになったのだと思います。ティタンさんのことは、かなり気に入っているようです」

「それは嬉しいな」

彼女の家族に嫌われていたら、本当にどうしようもなかっただろう。

「男の子は、強い男性に憧れるみたいです。父は……その、父は……」

ウィシュニアさんが言葉を詰まらせた。

彼女の父親には何度か会ったことがあるけど、歓迎してくれているとは言いがたい、値踏みするような雰囲気だった。それでも娘を諦めろとは言われなかったから、嫌われてはいないと思っていた。

「お父さんに、反対された？」

俺が長いこと曖昧《あいまい》な関係に甘んじていたから、元々俺を気に入っていなかった彼女の父親が、いい加減腹を立ててもおかしくはない。彼女はそのせいであんな思い詰めた顔をしていたのだろうか。それでルゼが協力したということか。

不安に思いながら彼女を見つめると、彼女は何度も首を小さく横に振った。

「反対は、されていません。ですが……ですが……」

ウィシュニアさんは俯《うつむ》いた。手が震えている。彼女がこんな風になっているのは、全部俺の覚悟が足りないからだ。

「ごめん、ウィシュニアさん。俺がはっきりしないから。俺は」

「テイタンさん！」

ウィシュニアさんは俺を遮《さえぎ》るように声を上げ、抱きついてきた。

「わ、私、やっぱりティタンさんが好きです！」

拒絶されるとでも思っているのか、彼女は珍しく必死の声を出して俺の肩に額《ひたい》を擦《こす》りつけた。

「ウィシュニアさん。あの、その」

「お父様は反対なんてしていません！」

彼女は再び声を上げる。

「何があっても私がティタンさんを守ります！　誰にも何も言わせません！」

泣いているのか、震える声で訴える。

俺も何か言うべきだと分かっているが、頭が真っ白になって上手い言葉が出てこない。

「ルゼさんのように強くなって、何も言わせません！　何か言う人がいたら、ルゼさんのように上手くいなします！」

ウィシュニアさんは肩を震わせながらしがみついてくる。

「ですから、私と結婚して下さい！」

ああ、言わせてしまった。本当は全て男が言うべき言葉だったのに。

こんなだから、俺はニース様と同列に並べられるのだ。

「ごめんね。俺がはっきりしないから」

彼女の背中に手を回して、もう一度謝罪した。

「俺がしっかりした男だったら、君にそこまで言わせなかったのに」

思わず吐息を漏らす。

「俺は言い訳ばっかりだな」

身分が違うから、甲斐性《かいしょう》がないから、しっかりしていないから。ルゼのことが好きだった頃も同じように言い訳をして、結局想いを伝えることすらしなかった。

最初はルゼが子供だったから、適齢期になるまで待っていた。気付いたらあいつが貴族になっていたから躊躇《ちゅうちょ》した。そのうちギル様が先に口説《くど》いてしまったから、諦めた。

ギル様が嫌な奴なら頑張れたかもしれないけど、俺みたいなどこの馬の骨とも分からない男を、実力で重用してくれる素晴らしい人だったから。

次第に俺の中で覚悟が固まり始める。

「俺は」

言いかけて、言葉を切った。躊躇《ちゅうちょ》したからではなく、愛馬の威嚇《いかく》するような鳴き声が聞こえてきたからだ。いくら人が多く来る場所とはいえ、ここは自然の中である。何か害獣《がいじゅう》が出たとしてもおかしくはない。俺は意識を切り替えて周りを警戒した。

「こっちにおいで」

俺が呼ぶと、愛馬が寄ってくる。ゼクセンさんに選んでもらった馬で、とても警戒心が強く、それでいて飼い主の命令をよく聞く賢い子だ。

「ティタン……さん？」

「本っ当にごめんなさい。何かいるっぽいから、ウィシュニアさんはいつでも逃げられるようにこの子に乗って。君に怪我《けが》なんてさせたら、皆から袋叩きに遭《あ》うからね」

俺はあえて軽い口調でそう言ってから、剣を抜いて再び周囲に意識を向ける。ウィシュニアさんは小さく頷《うなず》くと、自力で馬の背に乗った。横乗りではなく、しっかりと跨《また》いで乗っている。

ここで状況を察してくれずキャンキャン騒ぐ女の子だったら、最初のうちにうんざりできたのだろう。だけど彼女はとても落ち着きがあって、自分にできることは極力自分でやろうとする女性だった。だから自分とは違う世界に住んでいた俺に、懸命に合わせようとしてくれる。

「大した奴じゃないといいんだけど。それか臆病《おくびょう》で、人の気配を感じて逃げてくれるような奴なら……」

近くにいる何かへの警告のために指笛を鳴らす。これで寄ってくる場合もあるが、熊みたいに強くても臆病な動物なら逃げてくれる。人里近くに住んでいる野生動物は、人の怖さを知っているのだ。

しかし、それはのっそりと出てきた。顔立ちは少し熊っぽく、身体つきは狼をごつくした感じだ。そして魔力を感じる。

「魔獣《まじゅう》……しかもまだ子供か。厄介だな」

生態が熊寄りなのか狼寄りなのか、よく分からない。それが分かるだけでも対処法を考えられるのだけど。どちらにしても、子供がいるなら近くに親がいそうだ。子供のいる親は気性が荒くなっているから、さっさと行動しないと。

「ごめんね、ウィシュニアさん。この埋め合わせは必ずするから、ここを離れよう」

「は、はい」

芯が強いせいか、こんなことになっても返事をするぐらいの余裕はある。俺を信じてくれているから、というのもあるのだろう。

「その前に、魔獣《これ》をどうにかしないとな」

見たことのない魔獣《まじゅう》を相手にするのは緊張する。まだ子供だからといって油断はできない。ルゼなら何の躊躇《ちゅうちょ》もなくぶった切り、ついでに親も探してねぐらごと処分してしまうだろう。それはそれで正しいんだが、俺はいきなりそんなことができるほど思い切りのいい人間じゃないし、優れた人間でもない。一人でできるルゼがおかしいのだ。

片手で剣を構え、もう片方の手で服の下に隠し持っていたナイフを取る。

まだまだ剣よりもこちらの方がしっくりくる。故郷の鍛冶屋《かじや》のじいちゃんに作ってもらったナイフだ。俺が十二の頃に安く売ってもらい、ずっと愛用している。

魔獣はこちらの様子を窺《うかが》いながら、ゆっくりと左右に動く。狙っているのは馬らしく、諦める気はないようだ。馬を狙うということは、既に家畜の味を覚えているのだろうか。だとしたら親は何度か人里を襲っているはずだ。魔獣はあまり人間は食わない。家畜の方が美味《うま》くて狩りやすいからだ。

こいつは子供だから今までずっと親に守られていて、たまたまはぐれたから無鉄砲なことをしているってところだろう。今は警戒しながら目の前をうろうろしているけど、こちらが怯《ひる》んだと知ったらすぐに飛びかかってきそうだ。

そうなると面倒なので、ナイフの背を持ち、すっと持ち上げて耳の後ろの辺りで止める。そして狙いをつけて、力一杯腕を振り下ろして投げた。

喉元《のどもと》にナイフを喰《く》らった魔獣は、ギャン、と鳴いた。もちろんルゼじゃあるまいし、この程度では殺せない。なので相手が怯んだ隙に走り寄り、これ以上苦しまないように剣でとどめを刺した。

「ふぅ」

仕方がないこととはいえ、ウィシュニアさんの前で血を流してしまった。

だが、落ち込んでいる場合ではない。一刻も早くここを離れ、地元の人達に魔獣の子供が出たのを知らせて親を狩るよう警告しなければならない。

「ティタンさん」

ウィシュニアさんに呼ばれて振り返る。何が言いたいのかは分かった。愛馬がまだ警戒を解いていない。

「親が近くにいるのか」

魔獣に突き刺さったナイフを抜き、湖でさっと洗い流して鞘《さや》に戻す。

「とにかく、報告に戻ろう」

「はい」

いつもとは逆で、ウィシュニアさんの前に乗る。彼女は俺の腰に手を回して密着してきた。

柔らかな感触からできるだけ意識を逸《そ》らし、馬を走らせようとしたところで俺は舌打ちをした。進もうとした道の方から、数匹の獣が走ってくるのが見えた。たぶんさっきの魔獣《まじゅう》の仲間だろう。しかもかなり足が速い。

「ウィシュニアさん、少し遠回りして帰るね」

「え、遠回りですか？」

「大丈夫。昨日ギル様がここに行くって言った時に、念のためここら辺の地理を調べたんだ」

実際に走るのは初めてだから迷わないとは言い切れないけど、一本道のはずだし、俺も方向感覚は悪くないから、大丈夫だろう。

自分の〝大丈夫〟は、なぜか大丈夫でなくなることが多い。それを俺はすっかり忘れていた。

「ごめん……道に迷った」

道が獣道《けものみち》みたいになってきたなと思っていたら、本当に獣道になった。普通、これを道とは言わない。少なくとも馬が通れるぐらいの幅がある一本道だったはずなのに、どこで間違ったのだろうか？

「途中で木が倒れていた場所がありましたけど、ひょっとしたらあの辺りに道があったのではないかしら？」

ウィシュニアさんは俺よりも冷静に周りを見ていたらしい。

「ああ、なるほど。ごめん。いつも余計なものは見つけるのに、肝心なものは見つけられなくて……」

「いいえ。ティタンさんとこうしているだけで、私は幸せですもの」

ウィシュニアさんは楽しそうに笑いながら、俺の背中に頬《ほお》を擦《こす》りつけた。

俺が間抜けな姿を見せても、変わらずこうして微笑《ほほえ》んでくれる。そんな彼女を見ると、切なさで胸が締めつけられる。

従騎士《じゅうきし》になった俺を慕《した》ってくれた女の子は他にも何人かいたが、こんな間抜けな姿を見せたら幻滅していただろう。彼女達は、王族のギル様に実力を認められたってことで俺に興味を持っていたんだから。

……あの魔獣達はまだ俺達を追ってきているだろうか。持っていた食べ物を先ほどの場所にばらまいてきたから、こちらのことは忘れているかもしれないが、来た道を戻るのは憂鬱《ゆううつ》だ。かといって、このまま進むのも危険だ。

俺はため息をついた。せめて颯爽《さっそう》と帰還できていたら、いくらか格好がついたのに。

「ウィシュニアさんは、雰囲気を大切にしたい方？」

俺は背後のウィシュニアさんに尋ねた。

「え、あの、その……雰囲気？」

突然問われて、彼女は戸惑った。当然だろう。

「来週、一緒にどこかに出かけようか」

「どこ……か……」

「ここじゃあ、ギル様の世にもひどいプロポーズと変わらないから」

「ぷ、ぷろっ」

ウィシュニアさんが動揺する。反応が可愛い。

「嫌、かな？」

「い、いいえ。そんな、滅相《めっそう》もないっ！　どこへでもご一緒いたします！」

慌てた感じが可愛いな。これだけ言えば、今まで俺が与え続けてしまった不安は消えるだろう。俺がこんな嘘をつくような意地悪な男でないことは知っているはずだし、素直な人だから、ルゼみたいに斜め上の変な解釈もしないはずだ。

これ以上不安にさせたくなくて思わず言ってしまったが、いくらなんでもこんな間抜けな状況でプロポーズはできない。ギル様は、犯罪組織を壊滅させたドサクサでプロポーズしていたが、俺までそれを見習う必要はない。ルゼもアレに関してはずっと怒っていたし。

ああ、でもプロポーズするなら、ギル様に本格的に相談しないと。身分については手があると言っていたから、とっくに手はずが整っている気がするけど。

「……あ」

俺は今さらながら、手に腕輪を握りしめているのに気付いた。

「これ外して、ルゼに竜で迎えに来てもらえばいいんだ」

どうして気付かなかったのだろうか。知らせは早い方がいいに決まっているのに、本当に間抜けだ。

「あら、もう迎えに来てもらうのですか？」

ウィシュニアさんは拗《す》ねたように言い、俺の背中を指で撫《な》でる。

「う、馬で知らせに行くと時間が掛かるから。早く魔獣《まじゅう》のことを知らせないと、何も知らない民間人が来てしまうかもしれないし」

「ええ。そうですね」

ウィシュニアさんは俺の背中にぎゅっと抱きついて、柔らかい身体を押しつけてくる。

嫁入り前の良家の女の子がこんな風に異性にしがみついていたら、はしたないと顔をしかめられることだろう。そんな常識を破って、彼女はこうして抱きついている。もちろん意図的にだろう。俺に想いを伝えようとして。

「ウィ、ウィシュニアさん、連絡をしたいから、ちょっと離れてもらっていいかな。心の中で呼びかけるから、雑念があるとちゃんと届かないんだ」

「はい、分かりました」

腕を緩《ゆる》めてもらい、ほっとする。ハワーズ辺りなら役得だと受け入れそうだが、自分にはまだ無理だ。好きな子だから余計に。ルゼにヘタレ二号と言われるのも仕方ない。ヘタレで間抜けで悪運だらけの俺をこんな風に慕《した》ってくれるのだから、逆にどう接していいのか未だによく分からない。けれど次こそは誰かの手を借りることなく、自分で雰囲気のいい場所に彼女を連れていき、男らしく自分の口から言わなくては。

俺は心を落ち着かせて、ルゼに呼びかけた。しばらくすると、ルゼの声が頭に響いてくる。

『ティタン!? 無事!?』

「ああ、無事だよ。そんなこと聞くってことは、こっちの状況はもう分かってるのか？」

心の中だけでもいいのだが、俺はあえて声に出す。その方が伝えやすいし、ウィシュニアさんにも状況が分かりやすいだろう。

『ええ。近隣に魔獣《まじゅう》が出て、山狩りの準備中。さっきからティタンに連絡してたのに、ちっとも反応がないからどうしようかと』

「ごめん。とりあえずそっちの状況を教えてくれ」

『本隊が山に入る前に、私達数人で二人を迎えに来たんだけど、湖のとこには血溜《ちだ》まりがあっただけだった』

「それはたぶん俺が一匹やった痕《あと》だな。そしたら帰り道をそいつの仲間に塞《ふさ》がれたから、奥に続く道を馬で走ってきたんだ。俺がやったのは子供だったから、大人が死骸を持ち帰ったのかも」

『ふぅん。怪我人《けがにん》がいないならいいんだけど。それで今はどうしているの？』

「別の道を通って……真っ直ぐ進めば帰れるはずだったんだけど、道に迷った。途中にある木が倒れて正規の道が塞がっていたっぽい」

『正規の道が…………ねぇ、まさかとは思うけど、近くに何かない？』

「は？　近くに何かって？」

『いや、犯罪者の根城《ねじろ》とか』

「は？」

……いや、あの、いくらなんでも。

「なぁ、ルゼ。俺を何だと思ってるんだ？　犯罪者の根城《ねじろ》なんてそうそう見つかるわけが……」

そこで俺は言葉を切った。地面をよく見ると、愛馬以外の馬蹄《ばてい》の跡があった。雨でぬかるんだところに付いたものが固まったのか、くっきりと残っている。

「なんか、人の来なそうな獣道に馬の足跡が」

『分かった。ちょっとそっち行くから、危なくないならそのまま動かないで』

「あ、うん。じゃあ、待ってる」

そう言って俺は集中を解く。すると、背後からくすくすと漏れ出るような、甘い笑い声がした。

「ティタンさん、また何か見つけてしまったの？」

「いや、ほんと、ごめんね……」

「いいえ。ティタンさんらしくて」

彼女は身体を折り曲げて、堪《こら》え切れないとばかりに肩を震わせて笑う。

「ティタンさんの、そういうところも面白くて好きです」

「そ、そう？　悪魔呼ばわりされてるんだけど」

「私は被害を受けたことはありませんし、隠したいことも特にありません。それに、テイタンさんは見つけた他人の日記を勝手に読んでしまうような方ですか？」

「そんなことはしないよ」

　ギル様の日記をたまたま見つけて、開いていたそのページが目に入ってしまったことはあるけど。ルゼへの愚痴《ぐち》らしきものが書いてあったが、詳しい内容は分からない。ルゼに言うつもりもない。ただ、少しギル様が気まずそうにしていただけだ。前に『暴《あば》れて困るものはない』と言っていたし、大したものではないのだろう。たぶん。

「なら、いいじゃないですか。うちのお父様が悪いことをしていないか、心配にはなりますけど」

「俺は人の家では、いつもできるだけ大人しくしているよ」

　道を歩いていたら誰かの浮気現場に遭遇《そうぐう》、なんてどうしようもないことはよくあるけど。

　その時、頭上を大きな影が過《よ》ぎった。キュゥー、という鳴き声もする。あれはキュルキュの声だ。

「もう来てしまったわ」

「心配して、近くまで迎えに来てくれてたみたいなんだ」

　すると竜は、俺達から少し離れた場所に下りたようだった。すぐにルゼの声が頭の中に響く。

『ティタン、動物の巣穴っぽい洞窟に人間が隠れてた！　指名手配犯みたい！』

「指名手配犯……なんで、どうやって動物の巣穴を乗っ取ったんだ……」

『嫌いな臭《にお》いを充満させてやると、巣穴から追い出せるでしょ。私達もよくそうやって狩ったじゃない。でも、人間にとっても臭《くさ》いのによく中にいられるよね。こいつらが何したか知らないけど、ついてないねぇ』

「……ああ、そう」

ルゼは笑っていた。笑うしかないだろう。昔からこうだった。こんな風に俺が変なものを見つけた時は同情などせず、笑って受け流すのだ。

「んで俺達、湖の方に戻っても大丈夫？」

『たぶん大丈夫。地上からも人が来ているから、そのうち合流できるはず』

「そう。ウィシュニアさん、こっちに人が来ているから、たぶん戻っても大丈夫だって」

「そうですか。残念だわ」

こんな場所でも、一緒にいられれば嬉しいのだろうか。俺としてはある程度安全な場所でないと落ちつけないのだが。

さて、俺もギル様みたいにプロポーズ予告をしてしまったわけだけど、今さらながら自分の思い通りに実行できるか心配になってきた。ギル様とルゼの干渉を受けるだろうし、ギル様の〝身分をどうにかする手段〟というのをまだ聞いていない。

覚悟はできているが、あの夫婦はたまに想定以上の無茶苦茶な展開を用意してくれるから不安だ。それはウィシュニアさんも同じだけど。

……本当に、俺の何がそんなに良かったんだろうか。

魔獣《まじゅう》を退治したり強盗団を捕縛したりと、さんざんな中でエリネ様が実験を終えた数日後。

俺の上司が、またとんでもないことをしてくれた。いや、元々とんでもない人だったけれど。

俺は認知されるらしい。血の繋《つな》がらない人との養子縁組じゃなくて、とある貴族の正式な跡取りとしての認知。つまり〝実子〟に仕立て上げられるのだ。

ルゼの気持ちが分かってしまった。ルゼは本来孤児だったが、色々あってルーフェス様の双子の妹に仕立て上げられた。あの時のルゼも、きっとこんな気持ちだったんだろう。なんというか、そんな無茶なと言いたくなる、もやもやとした気持ち。

俺はあの時、ああ、ルゼならそういうこともあるかもしれないなって思ったんだ。でもまさか、自分までそんなことになるとは。

とはいっても、ウィシュニアさんの家は血統を重視する古い家柄だから、縁付《えんづ》くにしてもせめて片親ぐらいはまともな出自じゃないと、世間からひどい中傷を受けるらしい。

ちなみに母親は、貴族である父に仕えていた使用人、という設定だ。主人のお手つきになって妊娠した母は、堕胎《だたい》させられることを恐れ、父から離れて一人で俺を産む。だけど産後の肥立《ひだ》ちが悪くて死んでしまい、そのまま俺は孤児院に預けられた、とのことらしい。まあ、よくある話だ。その場合、女が男に捨てられたり、その妻に追い出されたりってことがほとんどだけど。

俺の父となる人は大変人柄のいい人なのだが、早くに妻子を亡くしていた。

彼にしてみれば、今から後妻をもらって男児を産ませるにしても、上手くいくか分からない。けれど、どうやらかつて愛した女が男児を産んでいた〝らしい〟。そのたった一人の息子が偶然にも王族の側近《そっきん》として重用されているのだから、ぜひ引き取りたい。家は、家位《かい》も低く大した財産もないから、他に跡継ぎだと主張する者もいないだろう――とのことだった。

「ルゼ、ごめん。俺、全然分かってなかった。すごく反省してる」

俺は、ギル様の執務室にやってきたルゼに、今さらながらに謝罪する。

「ああ、ようやく私の気持ちが分かったんだ。まあ、頑張りなさい。とは言っても、必要なマナーとかは、もうゼクセンに教えてもらっているでしょうけど」

女装したルゼは、椅子に座って足を組み、ほほほと笑った。

いつも平気な顔をしていたが、突然貴族の娘にされた時はきっと苦労したのだろう。人に苦労を見せない奴だから、俺は当時の彼女の悩みを理解できなかった。だが、今はそれが分かる。分かるようになってしまった。

「ティタンが決断してくれて本当に良かったよ。まあ決断できなくても、いい経験にはなっただろうけど」

ゼクセンさんが我が事のように喜んでいる。

「これで残りはニース様だけですよ」

「レイドは」

「レイドはモラセアちゃんと上手くいってます」

矛先《ほこさき》を逸《そ》らそうとするニース様にゼクセンさんが答えると、レイドは三回も頷《うなず》いた。

するとニース様は泣きそうな顔をする。

こんなに美形なのに、なぜヘタレ筆頭《ひっとう》なんだろう。まあ、ニース様だから仕方ないか……すごく強いんだけどなぁ。

「決断って言っても、まだはっきりとウィシュニアさんに伝えたわけじゃないんで。明日、二人で出かけて、そこではっきり答えを出してきます」


俺は約束の日に向けて色々と考えた末、無理をせずエノーラさんに頼ることにした。

そうして、プロポーズに相応《ふさわ》しい贈り物を用意したのだ。エノーラさんを訪ねた際、ようやくこの日が来たとばかりにすぐさま品物を出された時は驚いたけど。

そのうち約束の日が近付いてきてそわそわしていたら、ギル様から突然、準備が整ったと教えられたのだ。それが以前ギル様の言っていた、ウィシュニアさんと俺とを釣り合うようにする方法――例の〝認知〟である。

ギル様は少し笑いながら俺を見た。

「明日は楽しんでこい。覗《のぞ》きに行こうとする心配症達は僕が阻止してやる」

「ありがとうございます」

それだけが心配だった。

ルゼも悪気はないんだろうけど、ニース様にしていることを俺にまでされたら堪《たま》らない。だけど、ニース様は覗かれても仕方がない。以前姫様に頭突きをして気絶させたとのことだし。

「だから、どこに行くかは言わなくていいぞ。おまえのことは信頼している。ルゼのことはしていないが」

無難に恋人達が好む場所に行く予定だが、言わない方がいいようだ。

「そこから先が大変だろうから、覚悟しておけ」

「はっ、覚悟はできております」

昔の自分だったら認知なんて拒絶していただろう。貴族なんて柄《がら》じゃない。

だけどこれがウィシュニアさんのためだと思うと、勇気が湧《わ》いてくる。ウィシュニアさんに『守る』だなんて言わせないためには、貴族になることも、必要な教養を身につけることも嫌がってはいられない。やはり男は、好きな子を守ってこそだろう。

守られるのは、趣味ではない。女の子が自分を守ろうとする姿を見るのは、心臓に悪い。できれば守る男でいたい。

「俺、頑張るんで、ニース様も頑張って下さい」

そう言うと、ニース様の頬《ほお》が引きつった。

ニース様のことは本当に理解できない。本来なら、一番簡単に解決できるのがニース様のはずなのに、なぜ独り身組の代表になっているのだろうか。

何にしても、もうウィシュニアさんを不安にさせないように頑張ろう。

第六話 兄の威厳 ～弟兄の差《ルースとニース》～

私は目の前に座る男を睨《にら》みつけた。

情けない男だ。まったく情けなさすぎて涙が出そうだ。この男――ニース様とは、私が男装していた頃からの付き合いだが、あまりの進歩のなさに呆れ返ってしまう。

「ニース様、現在世の女性達の間では、弟君が話題の女竜騎士と互いの竜に名前を付け合ったとかで、熱愛が噂《うわさ》されていますが」

ギル様の執務室で、姫様につれなくされたとしょんぼり愚痴《ぐち》を言うニース様を見て、私は思わず嫌味を口にした。

「ああ……あいつはすごいな。そのつもりがないのに、ちゃんと進展させられるのだから」

最近揃って竜騎士になったルースとアリアンセは、名付けに深い意味はないと否定しているが、その様子はまんざらでもなさそうだった。特にルースは、否定とはいっても過剰反応したりしない。恥ずかしそうに目を逸《そ》らし、『アリアンセに失礼だから、憶測《おくそく》で物を言うのはやめてくれ』と言うのだ。彼女を気遣っているだけで、深い意味があるに決まっていると思わせる、可愛い反応だ。

そのせいで聖騎士達の一部は泣いている。ルースは、見た目は可愛いし実力も確かだし、竜騎士という華やかな道を歩もうとしているし、竜のことでアリアンセといつも一緒にいるしで、連中は勝ち目がないと最早《もはや》諦めている。自分達も華やかな聖騎士だということを忘れているんじゃなかろうか？

一方、兄であるニース様は、私の嫌味に何も返せないでいる。ギル様も諭《さと》すように言った。

「ニースも、ルースみたいに可愛らしい反応をしろとは言わない。ただ、過剰に自分の気持ちを否定しないだけでもいいんだぞ」

ニース様は黙っている。彼も分かってはいるらしい。

「まあ、そういう感情を顔に出さないように育てられたおまえには、難しいのかもしれないが」

それは意外だった。

「そうなんですか？　けっこう顔に感情出してますけど。というか、むしろ露骨《ろこつ》に出ているような」

「全ての感情を殺せという意味じゃない。戦いの時に、甘さや弱さを顔に出さないよう厳しく躾《しつ》けられたんだ」

「姫様との会話は戦闘か何かですか」

「ここまでくると、戦っている方が楽なんだろうな」

ニース様の前で言いたい放題言っていると、彼は青菜に塩を振ったようにどんどん萎《しお》れていった。

「本当に、どうしてこうも残念なんでしょうね。ルースはあんなに可愛いのに」

意外なほど度胸はあるし、簡単に人を信じて命を預けてくれるし、可愛くて仕方がないというのに。

先日、小さな竜を抱っこしながら母親竜の背中に乗っていた彼の姿は、それはもう楽しげで可愛かった。竜のエルドちゃんも可愛くて、私も何度か抱っこさせてもらったほどだ。ニンジンが好きらしくて、食べる姿もすごく可愛かった。

「わ、私が可愛くなれるはずないから、比べるな」

「大きくてゴツい人にでも、可愛いって思うことはありますよ。ルースみたいに頬《ほお》を赤らめて目を逸《そ》らしたら、ニース様だって可愛いはずです」

「無理なことを言うな」

私達はため息をついた。

「リゼ、駄目なお兄さんですねぇ」

私は腕の中の愛娘《まなむすめ》に語りかけた。彼女はさっきからずっと隣に座るラントちゃんに手を伸ばしている。ラントちゃんが好きとは、さすが私達の娘だ。

「とりあえず、また姫様を外に連れ出せるような催《もよお》しを企画しますから、頭突きとかしないよう頑張って下さい」

「う……できるだろうか」

「女性に頭突きせずにいられないなら、死んだ方がマシですよ」

「それもそうだな」

ニース様、弟にまで先を越されそうになって、よっぽどこたえているな。

さてさて、姫様に月弓棟《げっきゅうとう》から出てもらって、後でニース様と二人きりにしやすい催しか……

「そうだ。ルースが竜騎士になったお祝いなんていかがです？　前は竜舎に籠《こ》もりっきりで誘っても断られそうでしたけど、近頃はアリィも言うこと聞いてくれるようになったみたいですし、ちょうどいい時期だと思うんです。祝い事なら姫様もお誘いしやすいですよ」

「ああ、それはいい。調整してみるか」

ギル様も乗り気になってそう言うが、なぜかニース様は沈んだ顔をするのだった。

「おおっ、上手く飛んでるじゃないか」

 ギル様は竜舎の前で、飛び上がったアリィを見上げて言った。

 まだ人を乗せるのに慣れていないのでかなり乱暴な飛び方だが、それでも背中にいるルースは振り落とされたりしない。もちろん彼の身体は、アリィの背中に鞍《くら》ごとベルトでしっかりと固定されているから、予期せぬ動きでぶん回されて気を失っても、振り落とされることはまずないらしいけれど。

ちなみに先日竜狩りに行った竜騎士志願者達は、ルースやアリアンセ、マノンさん含め全員が竜騎士になれたらしい。めでたいことだ。

しばらく旋回《せんかい》した後、ルースはアリィを竜舎の前に着地させた。そしてベルトを外して地面に降りると、アリィの口元に駆け寄って、撫《な》でながら何かを口に含ませる。

「それは？」

「焼き菓子……というか、甘味の強い乾パンですね。彼女用のご褒美《ほうび》です」

匂いにつられてか、ギル様の竜のリフちゃんがのっそりと動き、ルースのポケットに鼻先を寄せた。するとアリィは自分のおやつを取られるとでも思ったのか、リフちゃんの下がっている頭を踏む。

「キュウウウウゥ」

リフちゃんは踏まれるがままになってギル様に助けを求めた。

「リフ……おまえ」

「リフちゃんはキュルキュにもこんな感じですよね。気が弱いってわけじゃないのに」

「相手が雌《めす》だからか？」

私は思わず笑ってしまったが、ギル様は複雑そうだ。リフちゃんはこんな性格だが、立派な男の子である。

彼は黒い体躯《たいく》をくねらせて、ようやくアリィの足の下から抜け出した。アリィはふんと鼻息を鳴らして、リフちゃんを見下ろしている。

「まあ、喧嘩《けんか》しないだけいいけど」

キュルキュはアリィと仲が悪く、目が合うたびに喧嘩をするのだ。だから、今日はキュルキュを連れてきていない。

「なにせ、これから一緒に旅をするのだし」

そう、私達はこれから竜を連れて小旅行に行く。行き先はニース様の実家。以前パーティーに招かれた都の邸宅ではなく、都の外にある本宅の方だ。

ルースのお祝いをするはずがなぜこうなったかというと、ちょうどこの話が出た頃、アリィに少し長めの移動をさせようという話が竜騎士達の間で持ち上がったからだ。そしてその移動先は、ロスト家の本宅が最も適切ということになった。ロスト家の本宅には、竜を数匹入れておける竜舎がある。ロスト家の男はよく竜を狩りに行くため、竜と共に宿泊できるよう作ってしまったのだという。

それを聞いた私達は、彼らの計画に乗じてルースのお祝いをロスト家で行うことにした。一緒に竜騎士になった人達のお祝いもできるしね。ついでに先日ルースと竜狩りに協力してくれた先輩竜騎士達も訓練を名目についてくるらしい。ロスト家の人々もルースが手に入れた竜を見てみたいし、お祝いもしたいとのことで快く承知してくれた。

そして現在王宮の竜舎の前には、ロスト家に向かう騎士達に、私達夫婦とリゼ、ギル様の従者としてついてくるティタン、そしてニース様と姫様がいる。

姫様はニース様のことは嫌っているが、ルースのことは可愛いと思っているらしく、お祝いに来てくれることになった。当然だ。私もルースの方が可愛いと思うし。

その姫様が、ルースに声をかけている。

「ルース、慣れていない場所を飛ぶんだから、気を付けるのよ。落ちてもルゼが拾ってくれるだろうけど、生き物が相手だと不測の事態はつきものよ。多少の怪我《けが》なら治してあげられるけど、竜が相手だと多少では済まないこともあるから」

ルースは兄嫁予定の美女に心配され、頬《ほお》を赤くしながら頷《うなず》いた。

「はい。十分気を付けます。ありがとうございます」

彼は姫様に対しては、特に素直で可愛い。

「さて、出発いたしましょう」

そんなマノンさんの号令で、一路ロスト家本宅へと出発することになった。

竜に人間を乗せて飛ばせたり、地上を歩かせたりするには、訓練が必要だ。なだめてなだめて、竜が道中飽きて嫌にならないようにしなければならない。

「キュウ」

慣れない旅支度に苛立《いらだ》ちを見せるアリィを心配したのか、リフちゃんが彼女の顔を覗《のぞ》き込んでいる。

「キシャアッ！」

吼《ほ》えられてしゅんとして下がるリフちゃん。

しばらくするとルースを乗せたアリィが飛び立ち、ギル様を乗せたリフちゃんもそれに続く。そしてすぐにアリィの先を飛び始めた。どうやら彼は、荒くれ者の新人にお手本を見せているつもりらしい。アリィが反発しているのは、きっとそんな優等生が鬱陶《うっとう》しいからだ。

二匹の竜を交替で見守りながら、私達を乗せた地上の馬車は進む。周りには、馬に乗った騎士達一行。

私は水を口に含み、息を吐く。娘のリゼは、空を飛ぶ竜達に手を伸ばした。今乗っている馬車は、日よけの幌《ほろ》がついているだけで周囲は覆《おお》われていないので、心地よい風が私達の間を吹き抜けていく。

「りぅぅ、りぅぅ」

リゼは楽しそうにリフちゃんの名を呼んでいる。

「リフちゃんとお父様ですよ」

小さな手を空の上のギル様に向けて振ってやると、リゼはきゃっきゃと喜んだ。

「すごいですね。もう名前を呼べるんですね」

と、馬車の横で馬を走らせていたアリアンセが言う。彼女はエルドちゃんを抱っこしながら馬に乗っている。とても可愛らしい光景だ。

「でも一番最初に呼んだのは、ラントちゃんの名なの」

「……えっと」

「正確には『ぅあー』って言いながらラントちゃんに手を伸ばしてただけだけど。でもギル様がすごく嫉妬して」

「ギルネスト殿下って、そういうの気にするんですね」

「意外と子煩悩《こぼんのう》よ。暇さえあればリゼに話しかけているの。話しかけた方が言葉を早く覚えるって言われたから」

きっとお父様と呼んでほしいのだろう。今も可愛いが、おしゃべりが始まったら堪《たま》らなく可愛いに違いない。

「でも、今回リゼ様を連れてこられるなんて、予想外でした」

と、アリアンセはリゼを見る。

「ロスト家の皆様には、ギル様が色々お世話になっているから、娘を見せたいのよ。ギル様は子供の頃、あちらのお屋敷に入り浸《びた》っていたそうだし」

ニース様のご両親はリゼの出産祝いにも来て下さったし、いい機会だ。

「あ、でもその割に、ルースはギルネスト殿下には硬い態度のような」

私が言うと、隣に座る姫様は首を傾《かし》げて言った。

「歳がちょっと離れているからじゃない？　私が昔見た時は、一緒に遊んでいた気がするわ。そう、木登りをしていたわね」

「そういえば、竜狩りの時は紐《ひも》を使ってするすると木を登ってましたよ」

あれはかなり手慣れていた。するとアリアンセも思い出したように言う。

「ああ、あれはビックリしましたよ。おまけに、気付いたら竜の上にいるんですもん。何でも木登りは遊んでいるうちに得意になったんだそうです。幼い頃、木の上に置き去りにされてそこで一晩明かして以来、高いところが好きになったそうで」

普通は嫌いになるところだろう、それ。思わず隣を馬で併走しているニース様を見ると、彼はうっと呻《うめ》いた。

「ひどい兄ね。ギルも一緒だったんでしょうけど」

姫様はニース様を睨《にら》んでいるが、アリアンセはケラケラと笑う。

「まあ、存在忘れられて置き去りにされる弟って、よく聞きますけどねぇ。私も、よく兄に置き去りにされましたよ。男の子って楽しいと小さい子がついてきてるか確認しないし、一人減っても気付かないみたいです」

「まあ、そうだね。私の実家ではティタンがそういう子を回収してたな……」

「そんな頃からあんな性格だったのね」

姫様は、今度は少し前で馬に乗るティタンを見た。

彼は今回、上流階級に慣れる訓練も兼ねてついてきている。ロスト家は貴族の子息を預かることが多いため、そういうことを教わるにはうってつけなのだという。都の邸宅でもそういった指導を受けたことがあるらしいが、本宅は初めてなので、かなり緊張している様子だ。

が、これも全ては愛のためだと、気合いの入った顔をしていた。

日が暮れる前には、無事ロスト家に到着した。速く飛びたがるアリィを追っているうちに、思ったよりも行程がはかどったのだ。

「あら、可愛い竜ねぇ。まあまあ、本当に懐《なつ》かれているのねぇ」

ニース様のお母様――エニル様は玄関まで出てくると、アリアンセが抱っこする可愛いチビ竜に目を輝かせる。エルドちゃんも首を傾《かし》げて、自分を見つめる彼女を見上げた。

「うふふ、本当に可愛らしい子だこと。この子にエルドって名付けたそうね」

「はい。ルースがそこにいる母親竜に私の名を付けたので、付け返しました」

それを聞くと、エニル様はころころと笑った。

「ずいぶんと仲良くなったのね」

「ご子息には日頃から気遣っていただいています」

アリアンセは淑女《しゅくじょ》教育のため、ギル様の紹介でロスト家に世話になったことがある。そのためエニル様とは顔見知りなのだ。

女騎士は普通の女性のように振る舞う必要はないけれど、かといって粗野《そや》でもいけない。垢抜《あかぬ》けないのも可愛いが、それが許される年頃のうちに成長しなければならないのだ。

だから護身術程度とはいえ、女性も武術をたしなむロスト家で学ぶのが一番だ、とギル様が言っていた。いわゆる女性騎士としての淑女教育である。ロスト家としても、将来活躍する女性と繋《つな》がりが持てるという利点があった。

「息子と仲良くしてもらえて嬉しいわ。兄の方は武術にばかり気を取られて、女性の扱い方が身につかなかったから。いえね、ルースも身についているとは言いがたいんだけど」

「興味を持ってくれる女の子から逃げちゃってますからね」

「まだ逃げている？」

「お見合い話が嫌でこちらに帰りたがらないぐらいには」

「ごめんなさいねぇ。でもアリアンセさんのおかげで、ずいぶんと女性に慣れたと思うのだけど」

会話の最中、ロスト家の息子二人はそそくさと逃げようとしたが、皆に捕まっていた。他人の家で、そうやって置いていかれても困るのだ。

「私が孫の顔を見るのはまだまだ先ね。ギルと一緒に育ったのに、こんなに差が出るなんて」

彼女はため息をついて、今度は愛娘《まなむすめ》を腕に抱くギル様に向き合った。

「まあリゼ、しばらく見ない間に、大きくなって」

「エニルおば様がリゼを見に来た時は、まだ首もすわっていない頃でしたから」

「ああ、可愛い。こんなに可愛い孫を抱けるなんて、アデアが羨《うらや》ましいわ」

そういえばエーメルアデア様も、娘は可愛くなくても孫は多少可愛いのか、姫様に対するような冷たい態度は見せない。もちろんデレデレになっているわけではなく、気にかけている程度だけど。

姫様は、ギル様の双子の妹だ。男女の双子は不吉なもので、女が男の出世を阻《はば》むとか殺すとか言われている。しかも姫様は魔族と同じ金目。だからこそエーメルアデア様は余計に不吉だと言ってギル様から遠ざけたらしい。世の中には理由もなく実の子を嫌う親もいるから、それに比べれば説明できるだけマシなのかもしれない。

その双子の片割れであるギル様がため息をつく。

「父は用もないのに毎日娘の顔を見に来ますよ。こちらに連れてくると知った時は一緒に行くと言い出しました」

「当然だわ。孫の顔は毎日見たいものよ。しかも跡取りとは関係ない女の子なら、甘やかし放題できるもの」

甘やかしすぎる祖父母というのは、貴賤《きせん》を問わず迷惑なものと決まっている。そこで、ルースが声をかけてきた。

「母様、私はアリィ……竜の世話をしてくるから、皆を頼む。彼女は初めての場所で興奮しているから」

ふと振り返れば、アリィはリフちゃんになだめすかされ何とか大人しくしているものの、今にも好奇心のままに動き出してしまいそうだ。

「その方が良さそうね。では、皆様をお部屋にご案内するわ」

多人数《たにんずう》での訪問となってしまったが、新人竜騎士達には門下生の宿舎を貸してもらえることになっている。貴族の子弟を預かることが多いので、けっこうちゃんとした部屋になっているのだそうだ。

手慣れたようにてきぱきと動くエニル様や使用人達を見て、他の貴族の邸宅では感じない居心地の良さのようなものを覚えた。

私達一家と姫様、そしてアリアンセは、特別に屋敷内の客室を用意してもらった。リゼのために、代々使っているというベビーベッドまで出してきてくれて至れり尽くせりだ。

客室に荷物を置くと、私達は談話室へ通された。一部の竜騎士達やティタンは、他の部屋で待ち構えていたニース様の叔父様から何かの教えを受けているらしい。ギル様や、マノンさんなどロスト家で訓練したことのある竜騎士数名はこちらに逃げ出してきたから、よほど厳しいお方なのだろう。ニース様や残りの竜騎士達もどこかに行ったようだ。

しばらくするとアリィの世話を終えたルースが戻ってきた。意外と早く戻ってきたので驚いたが、アリィもずいぶん人に慣れたため、先輩竜騎士と交代で面倒を見ることになったらしい。最初の当番を終えたルースは、後は里帰りを満喫《まんきつ》しろと先輩に命令されたそうだ。

彼の足下にはアリィと一緒に竜舎に行ったはずのエルドもいて、アリアンセを見るなり駆け寄り、構ってくれるようにねだる。その姿はほぼ犬だった。未だにエステルが可愛い可愛いと言って足繁《あししげ》く通っているそうだが、気持ちはよく分かる。

ついでにテルゼも通っているらしい。彼は竜好きだから。しかも生まれたばかりの地上の竜。観察に余念がないようだ。竜の扱いが上手いからすっかり懐《なつ》かれていて、他の竜騎士にどうしたらそんなに懐かれるのかと縋《すが》られたこともあるらしい。

「ルース、あなたの竜にまだ訓練はさせないの？　慣れない場所で夜に飛ばせたりするのも大切よ」

エニル様が問うと、ルースは首を横に振った。

「ああ、それは明日に。今回は移動そのものが訓練だし、今日は疲れているだろうから、美味《うま》いものを食わせて休ませてやらないと」

「そうね。初めての遠出だものね。あなた達にも美味《おい》しいものをたんと用意してあるわよ」

「ありがとう。皆も喜びます」

ルースは母親に向けて屈託《くったく》なく笑う。親の前だと気も緩《ゆる》むようだ。

「そういえば、兄様はどうしたんですか」

「部屋に行くと言って戻ってきてないわね……」

そう言うと、エニル様は頬《ほお》に手を当ててため息をついた。さっきの女性云々《うんぬん》の話題と姫様から逃げたか。すると仕方がないとばかりに、リゼを抱いたギル様が姫様の肩に片手を置いた。

「グラ、ちょっと迎えに行ってこい」

「私が？　なんで？」

「忘れているかもしれないが、おまえは一応、あいつの婚約者だぞ」

「それまだ続いてるわけ？　さっさと解消して、ニースにまともな相手を探した方がいいでしょ」

露骨《ろこつ》に嫌そうな顔をする姫様を、ギル様は真剣な目で見つめた。

「あの奥手なニースに、そんなことができると思うのか？」

「……奥手なの？」

「ああ。おまえの前でいつもむっとしているように見えるのも、緊張しているからだ」

私もうんうんと頷《うなず》いた。

「ニース様はあれで不器用で可愛げのある人ですよ。多くの人々は、あの見た目と実力と、いつも一緒にいるギル様の存在のせいで華やかな人だと勘違いしていますが、本当はどちらかと言えば人付き合いが苦手な、大人しい方です。人付き合いの部分をギル様が上手くやってるから、火矢《ひや》の会以外のお友達もいますけど」

火矢の会とは、前の聖女様を攫《さら》った犯人を追うための組織だ。ギル様がいなかったら、それ以外の人達とはほとんど付き合いがなくてもおかしくない。

「私も早くグランディナを娘と呼びたいわ。娘が欲しかったの」

エニル様が屈託《くったく》なく微笑《ほほえ》んで言った。

男の子二人だから、女の子も欲しいと思うのは当然だろう。私だって男の子も欲しいけど……その子が置かれる立場を考えると、もう少し先であってほしい。少なくとも義兄の王太子殿下に息子が生まれるまでは、リゼ一人でいい。

ギル様が再び姫様を促《うなが》す。

「ほら、行ってこい。おば様以外で部屋を知っているのは僕とおまえだけなんだ」

使用人とかはいるけど、それは数に入れていない。姫様がらみの感傷で自室に逃げ込んだのだから、使用人に行かせたって出てこないだろう。そこに姫様本人という劇薬を放り込んで少しでも前進してもらいたいと思うのは、友人として当然だ。

「……はぁ。分かったわよ」

おお、姫様が折れた！　空気を読んだとも言うけど、それでも少しは態度が軟化したと見ていいのだろうか？

姫様が部屋から出ていくと、皆で安堵《あんど》の息をついた。

「ああ、私が孫を抱くのはいつになるのかしら。ギル、リゼを抱かせてちょうだい」

「はい」

ギル様はエニル様にリゼを渡した。リゼは抱っこが好きだから、機嫌がいい。

「この子は人見知りしなくていいわねぇ。ルースは私以外が抱くとすぐに泣いて大変だったのよ」

そういう子もいるのか。それは大変だ。

「ああ、女の子は可愛い！　ふわっふわのふりっふりね！」

リゼを抱きしめてエニル様がはしゃいだ。ギル様の趣味により、リゼは私でも引くほどの少女趣味な格好をさせられている。私にはあまり飾り気のない露出の多い服を着せたがるのに、娘にはとにかく可愛らしい格好をさせたがるのだ、この人は。幸いにもリゼはギル様に似たのか、誰が見ても美形な可愛い赤ちゃんだ。ギル様は私に似てくれたと喜んでいるけど、私は絶対にギル様に似たと思う。だからそのぶりぶりの格好もとても似合うのだ。

「でも、人見知りしなすぎるというのも、切ないものですよ。僕ら夫婦がいなくてもけろっとしていますから」

両親が二人とも不在の間もいつもとまったく変わらなかったと乳母から聞いて、夫婦で切ない思いをしたものだ。まあ、私も聖騎士に復帰してエリネ様の警護で数日出かけることもあるから、ありがたいんだけど。さすがに赤ちゃんは連れていけないことが多いし。

「ルース、あなたもそろそろこういう可愛い娘がいてもおかしくない年頃なのよ」

「確かにおかしくはないけど……おかしくないだけで、まだ早いですよ。私はまだまだ未熟でやらねばならないことだらけですから」

それもそうだ。何よりもまずは跡取りの兄を片づけるのが先だろうし。

「たくさんお誘いがあるのに」

それから逃げているルースは、母の言葉にむっとして唇を引き結んだ。

「今、私の恋人はアリィだ」

そう言ってから彼は、はっとしてアリアンセを見た。そして目が合うと、気恥ずかしそうに目を逸《そ》らす。彼女からもらった名前なので、意識してしまったんだろう。一方、アリアンセに気にした様子はない。

「だったら、私の恋人はエルドね」

「そ、そいつが大きくなるのは、さすがに時間がかかるだろ。それまでつきっきりになるつもりか？」

「嫁《い》き遅れを心配してくれてるの？」

「そうは言っていない。君はモテるし」

「モテないよ。あ、女の子なら誰でもいいっていう男の人に口説《くど》かれるのは、モテるって言わないからね」

アリアンセは笑いながら、人さし指を立てて教えるように言った。たぶんマノンさんのことだろう。

「そういう人ばかりでもないぞ」

「えー、そんな人いたかな？　誰よそれ」

「私が教えるのは……違うだろ」

「それもそうか」

あっさりと引くところはアリアンセらしい。二人の掛け合いを見て、エニル様がくすくすと笑う。

「二人とも本当に仲良くなったのね。二人のことは噂《うわさ》になっているけど、私はアリアンセさんなら歓迎よ」

「母様、そういう冗談は彼女に失礼だからやめてくれ。こんなに人がいては彼女も拒絶しにくいだろう」

ルースは心なしか頬《ほお》を赤らめていた。それを見て、さすがにアリアンセも顔を赤くする。

「べ、別に拒絶なんてしないよ」

ぽろっと出たアリアンセの言葉を聞いて、和《なご》やかに笑っていた皆がしんとした。自然と彼女に視線が集まる。アリアンセは慌てたように首を横に振った。

「いや、ほら私、そういう冗談にも慣れてるし！　深い意味はないよ！」

深く考えずにそんな言葉が出たなら、けっこう脈はあるのか。なんというか、可愛いなこいつら！

青春しているって感じの二人に、思わずニヤついてしまった。ルースはニヤニヤする皆を見回し、それから黙り込んでしまったアリアンセを見た。何かを決意したような、真剣な目をしている。

「アリアンセ、来てくれ」

彼はアリアンセに手を伸ばして言った。

「え、どこにっ⁉」

「ちょっと、散歩に」

アリアンセは一瞬、私の方を見た。どうしていいか分からないとでも言いたげだ。もしや頼られているのだろうか。この私が、こういう場面で頼られる日が来るなんて！

なんてことだろう。どうすればいいんだろう。「行ってこい」と言えばいいのか、止めればいいのか。恋バナとかあんまりしたことないから、こういう時どうすればいいのか私こそ分からない。

だけど私が何か言う前に、アリアンセは意を決したような顔をして立ち上がる。

ああ、なんてことだろう。これぞ青春だ。私が体験することなく過ごしてしまった、甘酸っぱいものだ。私は身悶《みもだ》えしたくなるのを堪《こら》えて、若い二人を見送ろうとした。

「あっ」

しかしルースがドアを開けて出ていこうかという時、二人は足を止める。

ドアの外に、気まずげな顔をしたニース様と姫様がいたのだ。

兄と弟は一瞬、互いを凝視《ぎょうし》した。しかしルースはニース様に声をかけることなく、アリアンセを連れて出ていった。

「なんて……積極的！」

とうとうエニル様が感動にうち震えて声を上げた。

「確かに、どこぞの兄と違って男らしい決断力！」

私も思わず同意する。マノンさんも腕を組んでうんうんと頷《うなず》く。

「ああ。あいつはやればできるって、信じてた。いや、応援したかいがあった」

「しかし、あの二人はどこに向かったんだろうか」

ギル様が首を傾《かし》げたので、私は術で彼らの気配を探る。

「たぶん……二人で馬に乗って、あっちの方に」

見えているわけではないから断言はできないが、何かに乗ったのは確かだ。大きさ的に馬。ギル様が少し考えて口を開《ひら》く。

「あちらの方にはおとぎ話の舞台にでもなりそうな、小動物の多い森の小道と湖がある」

そんな……

「まさしく青春だな。……私もそういうところでプロポーズされたかったわぁ」

「まだ気にしてるのか。やり直してやったのに」

「あれはひどかった……」

出口の塞《ふさ》がれた地下道でたくさんの人達と助けを待つ中、半ば脅迫のように求婚されたのだ。戸惑いはあったが、ときめきはなかった。まあ、ギル様は打算と諦観《ていかん》の結果私を選んだのだから、仕方がないのかもしれないけど。なお、その打算と諦観は、姑《しゅうとめ》であるエーメルアデア様のイビリに耐えられるかどうかを考えた末に出たものだというから余計に笑えない。

それでも、その後ギル様が幸せそうにしているから、あのひどい告白も許してあげているのだ。娘を溺愛《できあい》してくれているし、私にも愛情を持って接してくれる。私はそう思っている。これすら否定したら、見合い結婚の人達は幸せになれないと切り捨てるようなものだからね。

「まあ、頭突きされなかっただけマシですけどね」

言うまでもないが、ニース様である。彼はいきなり姫様にキスしようとして、頭突きをしてしまったのだ。あの時は熱があって錯乱《さくらん》していたということにして何とか乗り切ったが、ああいうのに比べればさすがにマシだったと思う。

「ああ、あの子達は本当に上手くいくかしら。連れ出すのに勇気を使い果たして、肝心な時にヘタレないか不安になってきたわ」

エニル様はそわそわと次男の心配をした。ニース様ならその可能性もあるが、あの子はきっと大丈夫だろう。思い切りのいい男だから。

「夫人的には、本当にアリアンセで問題ないんですか？」

新人竜騎士の一人が、エニル様に尋ねた。

「ええ、彼女の人柄は知っているもの。アリアンセに教えていたのは義妹だったけど、骨のある娘だってとても褒《ほ》めていたわ。身体は丈夫だし、きっと丈夫な孫を産んでくれるに違いないわ！」

アリアンセも、まさか孫を産んでくれる人扱いされているとは思っていないだろう。

「ああ、でも変に意識したらダメね。恋愛の段階では、親の介入のせいで関係が拗《こじ》れることもあるもの。話がまとまるまでは、あまり露骨《ろこつ》な態度は取らないようにしなくちゃ」

「そうですね。皆さんもあまり冷やかさないように」

私は、二人が戻ってくるなりやりかねない男達に釘を刺した。

しかし、まさかルースがこんなに積極的になるとは……

出会ったばかりの時はアリアンセ達に嫌味を言ったりして、決して褒《ほ》められた態度ではなかった。出会いの段階で悪感情の方が強かったのはニース様と姫様も同じなのに、どうしてこうも差が出たのだろうか。

見ればそのニース様は、入り口に立ち尽くしたまま、顔を引きつらせていた。

その後、ルースとアリアンセは手を繋《つな》いで戻ってきた。

結果は聞かなくても分かった。二人とも頬《ほお》を赤く染めて、幸せそうに顔を緩《ゆる》めているのだ。どういったお付き合いを始めるのかは分からないが、告白していないとか、告白して断られたとかいう状況でないことだけは分かった。

そして夕食後、私はアリアンセを誘って姫様の部屋に来た。こういう時、男性の前で露骨にからかうのは良くないが、親しい女友達がまったく何も聞かないというのは逆に戸惑うだろうからね。

ソファに座り、何も分かっていないリゼを抱きしめ、胸のドキドキを落ち着かせてから話を切り出す。

「それで、正式に付き合うことになったの？」

「つ、付き合うというか……付き合うとしたら結婚が前提になるって言われたから、その前段階の、付き合う前提での友達以上になるということで……まだ正式には」

頬を赤らめて言う姿は、いつもの元気で向こう見ずな彼女とは違い、大変可愛らしかった。

「やっぱり、付き合うとなると戸惑う？」

「そりゃあ……ルゼ様だって、ギルネスト殿下に求婚された当初は、戸惑っていらしたでしょう。ルースもモテるんだから、もっと相応《ふさわ》しい人がいそうなのに」

確かにルースもギル様ほどではないが、家柄はいいし、将来も安泰《あんたい》だし、顔もいいしで女性の人気は高い。

「でもルースは、自分がモテてるのは主にロスト家の人間だからって意識が強いから」

顔がいい自覚くらいはあるだろうけどね。

「ルゼ様も、やっぱりそう思います？」

「じゃなきゃあんなに女の子を避けないよ。実際に女の子達も、ルースがロスト家の人間だから近付こうとするんだし。なにせとても遠いけど王族の血を引いていて、王位継承権まで持ってるから」

そう言った途端、アリアンセの頬《ほお》が引きつった。

「そ、そういえば、そうでした」

「まあ、私でさえギル様と結婚できたぐらいだし、そこは気にしなくてもいいよ。ルースは跡取りじゃないし。王太子殿下の護衛騎士になったとしても、アリアンセだったら問題にならないだろうし」

「そうでしょうか？」

「むしろ誰よりも仕事に理解があるから、ルースとしては助かるはずだよ。アリアンセは元々、将来は女性王族の護衛にって期待されるくらい、偉い人達からの覚えも良かったしね。相手が長男の方でも大丈夫だったと思う」

「な、なるほど」

彼女は少し安堵《あんど》したようだ。

「でも、ルースはもちろんそんな打算でアリアンセを選んだわけじゃないと思うよ。いい意味で他の女の子と違っていたから、っていうのが大きいのかな」

「それって、変な子って思われているってことじゃ……」

アリアンセは肩を落とした。やはり気になる人には良く思われたいのだろう。

「私だってギル様に変な女扱いされ続けたよ。あれに比べればずっと純粋でいいんじゃないかな」

アリアンセとルースは時間をかけて信頼関係を築いてきた。アリィ達の世話をして、さらにお互いを意識したに違いない。それで付き合いを決めたのなら、私としては何も言うことはない。竜に互いの名を付け合うぐらい仲がいいのだからね。ルースを狙う女の子達も、付け入る隙なんてないと諦めてしまうだろう。

「いいわねぇ」

ふと、姫様が珍しく人を羨《うらや》むようなことを言った。

「目の前でさっきみたいに幸せそうにされると、恋愛って素敵だと思うわ」

確かに、二人の姿は初々《ういうい》しくて微笑《ほほえ》ましかった。あの姫様がこんなことを言うぐらいに。

「姫様って、どういう男性が好みなんですか？」

私はなんとなく聞いてみた。

「好み？　優しい人……でしょう？」

姫様は自信がなさそうに言った。たぶん自分でもよく分かっていないんだろう。

「優しい人だと、私の知る中ではホーンが一番ですが、好みですか？」

「……ちょっと……違うわね。彼はいい人だけど」

実力もあって、しっかりとした職業に就いて、顔立ちもけっこういいのに、結婚する気はあまりないらしい。女っ気がまったくないのだ。

「エディアニース様も優しいと思いますけど」

アリアンセが言うと、姫様は露骨《ろこつ》に顔をしかめた。

「あの男のどこが？」

「竜狩りの時も親切にしていただきましたし、普段キュルキュに乗せてもらう時もよく見ていて下さいましたよ」

それ、たぶんギル様に頼まれたからだ。うちの聖騎士達がアリアンセに粗相《そそう》をしないように。そう思ったが、いい機会なので加勢する。

「ニース様は意外と律儀《りちぎ》だから。ハワーズが馬鹿なことを仕出《しで》かさないか見張ってるんですよ」

これに関しては、きっと自主的に動いているのだろうから胸を張って言える。

「ああ、そういうことね。確かに心配だものね」

姫様も納得して頷《うなず》いた。

「ハワーズにいちゃん、そこまで……」

「アリアンセのことは、ハワーズにしては珍しく純粋に妹みたいに見てますね。だから私としてはそこまで不安はないんですけど、ニース様は同じ男としてすごく心配なんでしょうね」

幼馴染《おさななじ》みの女の子が急に綺麗に見えて、というのはよくあることだから。

だけどハワーズにしてみれば、アリアンセに気のあるシフノスに遠慮していたわけでもなさそうだったし、それで口説《くど》かなかったってことは本当に妹扱いだったんだろう。

そう思った時、部屋のドアがノックされた。

「どなたですか」

「その声、アリアンセか？」

部屋の外にいるのはルースのようだ。

「ど、どうしたの？」

アリアンセは緊張してるのか、上擦《うわず》った声を出した。

「え、えっと。エルドがいつもと違う環境だからか、不安がって鳴き止まないんだ。竜舎に来て少しなだめてくれないかと思って」

「分かった。すぐに行く。……そういうわけなので、今夜は失礼します」

アリアンセは私達に頭を下げた。

「ええ、頑張って」

「はい」

アリアンセが部屋を出ていくのを見送り、私は肩をすくめた。

「嬉しそうな顔しちゃって」

「今朝までは普通だったのに、告白されただけであぁも反応が変わるなんて、不思議なものね」

まったくだ。それだけ想いを告げるというのは特別なことなのだ。

たとえ普段は心が通じ合っている者同士でも、言葉にしなければ伝わらない時だってある。言葉にして、約束する。これはとても大切だ。

「ああ、帰ったらシフノスには辛《つら》い報告をしなきゃならないな。可哀想に」

「あの子、彼があんな露骨《ろこつ》に色目を使ってても気付かなかったけど、やっぱりルースのことが好きだったからなのかしら」

「露骨な好意に気付かない人は、世の中に山ほどいます」

姫様なんてまさにそれ。

「そうね。その通りだわ」

と、姫様は私をじっと見た。カリン達にも言ったけど、私には本当に心当たりがないんだよな。

すっと目を逸《そ》らした時、またドアがノックされた。

「アリアンセ？」

「いや、違う」

この声、ニース様だ。

「どうぞ。鍵は開いています」

ニース様が部屋に入ってくる。その後ろには、ギル様がいた。

「こんな時間にどうしたんです？」

「話をしようと思って」

ニース様は俯《うつむ》いて言った。

「……何の話ですか？」

普通なら姫様との将来についてとかだろうけど、相手はニース様だから一応聞いてみた。

「私は、グラと二人きりだと何も考えられなくなって、どうにもろくなことをしない。だから、その……ギルにも一緒に聞いてもらうことにしたんだ。私はルースほど、器用ではないから」

いよいよか、という思いよりも、大丈夫なのかという疑念が胸の中を占めた。今の言葉を言うだけで、なんだかいっぱいいっぱいな雰囲気だったからだ。喧嘩《けんか》を売るのは得意でも、求愛はできないんだから本当に不器用な人だ。

姫様が他人事みたいな顔をしている。そんな姫様を横目に、私は仕方なく二人を室内に招き入れた。

こういうのはどうかと思うが、また姫様に頭突きされるぐらいなら、こうしてついていた方がマシ、とギル様は考えたんだろう。けれど、顔が早くも諦めの色を帯びて見える。

「何かお飲みになりますか？」

私は眠ってしまったリゼを抱きながら、ソファに座った二人に聞いてみる。

「いいや。大事なことを言う時に酒の勢いを借りると、後々文句を言われ続けるかならな」

確かに。私は今でも言っている。酒の勢いを借りてプロポーズ予告したり、逃げられない密閉空間、しかも大勢の人の前で求婚したりするギル様が悪いのだ。

しかし、この状況はどうなのだろうか。姫様とニース様に色々工作を仕掛けても進展が期待できないのは身に染みているが。

「グラ、おまえは、私が嫌いか？」

ニース様、まさかの単刀直入《たんとうちょくにゅう》な問い。

「もちろんよ」

あ、撃沈した。早かった。瞬《またた》く間だったな。

「っ……私のどこが嫌いなんだ」

「全部ね」

あ、ひどい。ちょっと気の弱い男なら泣いてるよ。しかしニース様は言われ慣れているせいか、気にしつつも続けた。

「昔のことは、本当に悪かったと思っている。おまえの容姿を悪く言ったのも、本を燃やしたのも、本当に馬鹿な行いだった」

「そう。その謝罪は前にも聞いたわ」

「許してくれとは、言わない」

「ええ、別にもう気にしていないわ」

「欲しいものがあるなら、買ってやる」

「そんないわれはないわ。燃やされた本の弁償は、おじ様にしていただいたもの」

ニース様はぐっと唇を引き結んだ。まあ、息子の意地悪で火傷《やけど》させてしまったんだから、ニース様のお父様も弁償ぐらいのことはしているだろう。

やっぱり、今回もダメかなぁ？　それともギル様が何か言うかな？

「私はただ、嫉妬しただけなんだ」

物に嫉妬するのは情けないが、子供の頃だったし仕方ない。

「ギルを取られると思ったの？」

姫様は気味が悪そうに言った。ちゃんと目的語をつけないとこんな勘違いが生まれるのか……

「なんでそうなる!?　おまえは、私が声をかけても無視して本を読んでいただろう！」

「は？」

あ、勢いに任せて言った。だけど姫様は胡散臭《うさんくさ》そうに見返すだけだ。頬《ほお》を赤らめるとかそういう反応はない。きっと好意ゆえのことだとは微塵《みじん》も思っていないのだろう。日頃の行いって、とても大切だ。仕方がないなぁと、私はやむなく口を挟んだ。

「婚約者が自分を無視してずっと本を読んでいたら、面白くないのは当然ですよ。子供だったんですから。だから、ただの意地悪で本を燃やしたんじゃないんです」

するとの姫様はむっとしたような顔をした。やはり好意を感じているようには見えない。誤解以前に、本当にどうしようもなくニース様が嫌いなのかな。

「あとな、こいつが昔、おまえに気色悪いと言ったのも、悪気があったわけじゃない。いきなり僕と同じ顔の女が現れたから、僕が女装しているみたいに見えたらしい。子供ならではの素直な言葉だったんだ。おまえを怒らせてしまったと、後ですごく気にしていたんだぞ」

ギル様も補足した。大人が言ったらひどいが、子供なら許される言葉だ。たぶん。

「だから何？　おば様に何か言われたの？　兄より先に弟が結婚したら世間体《せけんてい》が悪いから？」

まあ、それは確かにそうだ。世間体は悪いな。

「母はそれほど無粋《ぶすい》な方ではない」

「……そう……ね。それは謝るわ」

姫様は優しいから、他人を貶《おとし》めるような嫌味は不本意だったらしく、すぐに謝ってしまった。そんな彼女が愛おしい。

「私は、その……」

ニース様はまた口ごもってしまった。

言え。二人きりになっていい雰囲気で告白しろとはもう誰も言わないから、とにかく言え。はっきりしろ。

「おまえは、最近ずっと目の色を魔術で変えているが、その……私が昔、変な色だと言ったからか？」

「そんなわけないでしょ。うちの母はもっと容赦《ようしゃ》なく言うもの」

「そ、そうか……そうだったな……」

私もエーメルアデア様に、痩《や》せすぎて不気味だとか言われる。そして胃にもたれそうなこってりしたものを食べさせられそうになる。

だけどあの人は意地悪でそんなことをしているのではなく、こんな美味《お》いしいものを本気で嫌いなはずがない、食べず嫌いだとか、いきすぎた痩身願望《そうしんがんぼう》だとか思っているのだ。

性格が悪い人に悪意を向けられるのは嫌だが、善意を押しつけられるのも恐ろしい。

考えてみれば、ギル様はよくあんな母親に構われて無事だったな。ああ、だからニース様のところに入り浸《びた》ってたのか。

そのニース様は、何とか言葉を絞り出そうとしている。

「あの時は変だと言ったが、あれは、その、変わった色という意味で、それこそ他意はなくてだな。顔もギルに似てて驚いたが、よく見ると似ていない点もあって安心した」

「そ……そうなの」

　姫様は、要領を得ない話をするニース様を訝《いぶか》しみながらも、ちゃんと話を聞いていた。やっぱり姫様はお優しい。

「私は……その、わざわざ隠さなくても、おまえの目は、綺麗だと思っている」

　つっかえつっかえではあるが、一般的に愛の告白らしき言葉を口にしている。しかし姫様は顔をしかめていた。ニース様はそれでも続ける。

「魔族の目とも、少し違う」

「そうね。テルゼの目の方が綺麗だわ」

「私は男の目を綺麗だと思ったことはない」

「じゃあよく見てみたら。よく見ると人間と少し違うの」

「テルゼの目をそんなにしげしげと見たのか」

「術を習った時にね」

「気安く他の男に近付くな」

「はぁ？」

うーん、そういうことはさらっと言えるのか……言われ慣れているのか、姫様はうんざり顔だけど。

「その、わ、私は、その……こ、婚約を解消、する気はない」

若干遠回しだが、おまけに視線を下に逸《そ》らしながらだが、ニース様は言った。

「どうしてって？」

「てって……」

それなりに親しい関係なら察するところだが、今まで最悪の関係だったのだ。察せられるはずもない。はっきりと言うしかないのだ。

「わ、私は」

ニース様は視線を上げて姫様を見た。

「私は、幼い頃からずっと……」

汗をかいている。私はギル様に視線を向けるが、彼は耐えるように目を伏《ふ》せている。

「ずっと……おまえと……結婚するものだと」

なんでそんな遠回しなんだ。それで喜んでくれるのは、相手も結婚を望んでいる場合だけだ。

「それが嫌だから、嫌がらせしたのを謝って、私の方から婚約解消してほしいと？」

「違う!」

ニース様は強く否定する。そのやり取りを見てギル様が額《ひたい》を押さえた。

ここはニース様自身が言わなければ意味がないのだ。だから私達は口を閉ざし、ただ聞いている。

「嫌がらせをしたのは、おまえが、私を見ないからだ。私は、拗《す》ねていたんだ」

「拗ねていた?」

「そうだ。子供だった」

いや、今でも拗ねてるでしょ。ヘタレだし。もちろん言わないけど。

「グラがどうしても、私を嫌いなら仕方がない。それでも、私はおまえが……」

私は心を無にした。また遠回しに言ったとしても、苛立《いらだ》ってはだめだ。落ち着け、他のものでも見て落ち着くんだ。

……ああ、リゼは寝ていても可愛いな。寝ぼけているのか、ウサちゃんぬいぐるみの耳をはむはむしている。子供ってのは不思議なもので、美味《おい》しくないものでも口に入れたがる。だから小さなものを喉《のど》に詰まらせないように気を付けなきゃならない。うちは乳母がいるから楽だけど、普通の人達は大変だな。こういった子育て環境の良さを考えるにつけ、ギル様が王族で良かったなと思う。リゼが女の子だったからこんな気楽でいられるんだろうけど。なんて親孝行な子なんだろうか。

「グラ、好きだ、結婚しろ！」

あー、これまたずいぶんと……え!? 普通に『好きだ』と言えたっ!?

現実逃避していた私は、驚愕《きょうがく》してニース様を見た。彼は目をつぶって、ぜいぜいと肩で息をしていた。訓練している時より、よほど疲れているように見える。これがニース様の全力だと思うとちょっと切なくもあるが、今までのことを考えればよくやったと言えるだろう。

「はぁ？」

その全力の告白に、姫様は予想通りの反応を返した。呆れ顔をしているから、まったく信じていない。そうだろう、そうだろう。信じないだろう。私が思わず頷《うなず》くと、ギル様に睨《にら》まれた。

「ニース、もう一度」

ギル様は短くニース様を促《うなが》した。

「も……もう一度？」

全力疾走した後のように汗を掻《か》くニース様は、愕然《がくぜん》とギル様を見つめた。

ギル様は彼をひたと見返して、無言で頷く。とにかくやれとその目が言っていた。

ニース様は深呼吸して、今度は姫様を見つめる。

「だ、だから、好きだ、結婚しろ」

まあ、言ったけど、なんというか、ニース様らしい……

「もう少し言い方を考えろ。命令はないだろ」

「わ、分かった。……グラ、結婚してっ、ほしいっ」

頑張ってるのは分かるけど、これだけで息絶え絶えだなんて……うーん、私達はどうすれば……

姫様はまるで幽霊でも見たかのような、何とも言いがたい顔をしているし。

するとギル様がため息をついた。

「ルゼ、行こうか。リゼもベッドで寝かせた方がいい」

「そうですね」

ここまで言ったんだから、後は本人達に任せよう。

「え……ちょ、ちょっと⁉　何言って⁉　これも連れてってよ」

姫様が狼狽《ろうばい》してニース様を指さした。

「お嫌でしたら、ご自分で追い出して下さい」

追い出すのは姫様の自由だ。なぜかニース様が変な顔をしていたけど、気にしない。

この期《ご》に及んで、まだ二人じゃ不安だとか言いたそうだけど、子供じゃないんだから耐えて下さい。

「では、おやすみなさい。紳士的に、砂になるまで頑張って」

姫様相手には、粘《ねば》りが必要だろう。当たって砕けて砂粒ほどに粉砕されても、粘らなければ彼に明日はない。

私は愛すべき家族と一緒に姫様の部屋を出た。後は野となれ山となれ。

姫様には幸せになってほしい。そのためには、お相手の選択肢は多い方がいい。相手の気持ちに気付いていないと選択肢にも入らないから、知ること自体は悪くないはずだ。

ここから先は、二人の問題である。

翌朝部屋に行ってみると、ニース様と姫様はまだ睨《にら》み合っていた。

「まさかおまえら、一晩中やってたのか……」

愕然《がくぜん》としたギル様の声を聞いて、二人は同時にこちらを見る。

「ギル？」

「あのな、もう朝だぞ？」

「えっ⁉」

二人に驚かれた。

一晩も何やってたんだ。ああ、睨み合いか。目の下にすっかり隈《くま》ができてるよ。

「……それで、話はまとまったか？」

ギル様が問うと、二人は同時に首を振る。

「グラは、ニースが言いたかったことを理解したか？」

姫様はむすっとしていたが、否定はしなかった。

「グラは結婚したくないのか？」

ニース様と、という聞き方をしなかったのは、友人だからだろう。

「……ええ、誰ともしたくないわ」

姫様がまず結婚すること自体、嫌がっていたのを思い出した。だけどそれは、政略結婚するなら仕事に生きるという意味だったと思う。それに、昨夜ニース様を部屋から追い出さなかったんだから、絶望的ってわけでもなさそうだ。

「結婚しなければならなかったら？」

「嫌よ」

「父はおまえが可愛いからこそ、ニースと婚約させたいんだ。ニースのことを嫌がっていると、そのうち無理やり他の誰かと結婚させられるぞ？」

姫様は子供のように頰《ほお》を膨《ふく》らませた。

「不器用にも程があるが、これでも子供の頃から一途におまえだけを想い続けてきたんだ。愛があるだけいいと思うが」

「あっ、愛っ⁉」

姫様が上擦《うわず》った声を上げる。一晩睨《にら》み合って、愛については実感しなかったらしい。

ニース様、どんな口説《くど》き方したんだろう。

「あら、ギル？」

エニル様の声が聞こえた。ちょうど部屋の前を通りかかったらしい。

「どうなさったの？」

「一晩ではダメだったようなので、もう少しそっとしてやって下さい。ルゼ、行くぞ」

「ちょ、待って、さすがに寝たいからこれ連れていきなさいよ」

姫様はニース様をこれ呼ばわりして抗議する。対してニース様は、まるで戦闘中のように感情を抑え込んだ顔のまま、姫様に向かって頷《うなず》いた。

「今日のところは出ていこう。また今夜」

「なんで夜に来るのよ」

「夜の方が落ち着いて話せるからだ」

「話せなくてもいいわよ」

「話したくなくても、来る」

二人はまた睨み合う。

それでも、それでもだ。姫様は『来るな』とは言わない。

私達の後ろで、エニル様が崩れるように床に膝をついた。

「お、おば様⁉」

ギル様が慌ててしゃがみ込み、手を貸した。

「取り乱して、ごめんなさい。でもニースが、ニースがあんなにも自分に素直にっ⁉」

産みの親のエニル様が感涙《かんるい》するほどの成長である。いささか情けなく感じるけど、それでも立派な成長だ。

「おば様、まいりましょう。後は本人次第です」

「ええ、そうね。息子を、信じているわ」

エニル様はそう言うと、ゆっくりと立ち上がった。

ここからは長丁場《ながちょうば》になりそうだから、放っておこう。

都に戻ってから、ニース様の生活は変わった。

毎日非番の時間になると、摘《つ》み立ての花と姫様の好きなお菓子を持って月弓棟《げっきゅうとう》へと向かう。誰かから〝他の研究員に渡す賄賂《わいろ》用の菓子や酒も忘れずに〟との助言を受けたようで、やたらと多くの土産《みやげ》を持っていくこともある。

元々研究員達にも、独身を貫こうとする姫様を説得するようにとの圧力がどこからか——たぶん国王陛下から——かかっていたらしい。そうしていつしか彼は味方を増やしていった。

そして現在、エリネ様の神殿では。

「あああ……アリアンセちゃん……」

「最近、自分の竜を手に入れたってんで、神殿《こっち》に来なかったもんなぁ」

「相手がルースじゃなぁ……」

前向きに頑張るニース様とは反対に、エリネ様の部屋の片隅でどうしようもなく後ろ向きに傷を舐《な》め合うやさぐれ男達がいた。

「あいつもやるよなぁ。まさかロスト家の男を射止めるなんてな。親父さん達は大騒動だろうよ」

女の子絡みでは珍しく他人事のハワーズが、余裕綽々《よゆうしゃくしゃく》で言う。

ルースとアリアンセは、まあ何とかなるだろう。アリアンセも嬉しそうだったし、ルースも付き合った途端彼女をぞんざいに扱うとかはしてないみたいだし。見る限り、彼は釣った魚に餌《えさ》をやらないどころか、喜々としてご馳走《ちそう》を与える男のようだ。他人に興味はないが、身内などの親しい人達には甘いから。

「後はカリンだな。セルとはどうなんだよ」

ハワーズがからかうように言った。どうやらカリンを恋愛対象にするのは諦めたらしい。

「セルのことはともかく、そういったことをハワーズに言われる筋合いはないわ」

ああ、カリンが笑顔なのにすごく冷たい。

「出会いがないのは、悩みですよね」

エリネ様は頬杖《ほおづえ》をついて呟《つぶや》いた。

「え、ここには適齢期の独身男性が多いんですが」

「あら、そうでした」

エリネ様はころころと笑った。それだけだった。

でも、もしかしてエリネ様も、自分が恋愛とは縁遠い立場であることを気にしていらっしゃったりするのだろうか。一番出会いが少ないお立場だし……出会わせるのも難しいし。聖女が結婚できないわけじゃないいんだけどね。かといって、ここの残り物はさすがにちょっと。

「ああ、エリネ様。こちらにいらしたんですね」

「あら、マディさん。わたくしに何かご用ですか？」

マディさんが大きめの籠《かご》を手にして部屋に入ってきた。そういえば、この人も一応残り物の一人か。

彼は聖騎士の中で唯一本当の聖職者になった、真の意味での聖騎士——神官騎士である。適性があったのは確かだけど、見た目も優しげでいかにも好青年だったのが、神官騎士に選ばれた最大の要因だろう。

神官騎士は他の聖騎士達とは違い、人前でエリネ様をエスコートする役目を負《お》う。だから見映えも大切なのだ。見た目がちょっと怖い男より、子供にも安心されるような優しげな風貌の方が望ましい。

けれどそんな風にエリネ様の傍にいるせいか、マディさんに浮いた噂《うわさ》はまったくないのだ。

マディさんが籠を机の上に置く。

「姉がこちらをエリネ様にと」

籠の中には色とりどりの綺麗な糸が入っていた。

「まあ、素敵な糸」

「姉はこういったものを集めるのが好きで。エリネ様が余暇に刺繍《ししゅう》や編み物をしていらっしゃると姉に伝えたら、ではこちらを、と。中には母が趣味で染めた糸もあるんです」

お高そうな糸もあるけど、素朴《そぼく》な麻の草木染めのものもある。編み物に使ったら面白そうだ。

「お姉様は素敵な趣味をお持ちですね」

「エリネ様にそう言っていただけると、姉も喜びます」

見た目と性格が今の地位の決定打だっただけあって、微笑《ほほえ》みが爽《さわ》やかである。

「それでは、私はセルジアスに呼ばれていますので」

マディさんは軽く頭を下げて退出しようとする。

「聖職者としてのお仕事ですか？　いつも大変ですね」

「エリネ様や人々のためですから、大変なことなどありませんよ。それでは失礼いたします」

私達は手を振りながら好青年の背中を見送る。扉が閉まったところで、私はエリネ様と向き合った。

「エリネ様、マディさんはどうです？」

「ええ……と」

エリネ様は視線を逸《そ》らした。なんか嫌がられてるし。

「前から思っていたんですが、マディさんはエリネ様に何か粗相《そそう》を？」

「そうではないんです。ただわたくしは、マディさん好みの女性とは違うような……」

「そうですか？　優しげな女性が好みだと思うんですが」

そこまで言って思い出す。そういえばあの人は猫を被っていた頃の私に惚れて、兄のふりをしていた私本人に妹さんを下さいとか言ったんだよな。きっと忘れたい過去だろう。だから私もすっかり忘れていた。

するとエリネ様は驚いたように言う。

「え、そうですか？　キツい女性がお好みなのだと」

「それはないはずですよ」

あの頃の私は、とにかく猫を被っていたし。否定していると、糸を見ていたカリンが顔を上げた。

「今思えば、マディさんはルゼがキツい女だって見抜いていて、それで好きになったんじゃないかしら。剣で完膚無《かんぷな》きまでに負けたから諦めただけで」

「そ、そんなっ」

　まさかそんな見る目があるとは思えない。

「友達の話だけど、内面を嗅《か》ぎ分けてるのかって思うぐらい、各種様々なダメ男ばかり好きになる人がいるの。相手の方々は皆、普通の見た目だけど、まったく似てはいないのよ。それに近いんじゃないかしら」

　ああ、いるいる。惚れる男の共通点がダメ男って人。

「なるほど……って、私ってそんなにキツい？」

「キツいし、厳しいわね。あなた、酔うとそれが顕著《けんちょ》になるわ」

「そう？」

「マディさんの前で、私にお酒を飲ませようとした男の鼻をつまんで罵《ののし》ってたわよ」

「あの時はお酒に変な薬を入れられてたみたいで、よく覚えてないんだよね……」

　とてもドン引きされるようなことをしたらしいけど、そのことだろうか。

「あの姿を見て、ルゼの本性に気付いたんでしょ」

「うぅ……」

　そうなのか。だからエリネ様は、マディさんを男性としてどうだと言われると微妙な受け答えをしていたのか。私の本性とエリネ様のご気性は似ても似つかないから、ご自分は彼の好みではないのに、と思っていらしたのだ。でもエリネ様はあの時の私達を知らないはずなのになぁ。

「出会いって、難しいですねぇ」

「本当に」

エリネ様は切なげにため息をついた。

第七話　話し合い　～ニースとグランディナと国王の場合～

神殿の庭のど真ん中。

私は出来上がった花束を抱えて、ほっと息をつく。この花束は女性が好むという愛らしい花々で作った。花自体も、エリネ様のお力を借りて私が育てたものだ。ロスト家長男の私が、この手で。

このように自分の育てた花で花束を作るのは、今月に入って三度目だ。もちろん婚約者のグラに贈るためである。昔は断られるのが怖くて物を贈ることすらできなかったが、今は効果がないと分かっていてもこうして贈り物を用意できるようになった。

当たって砕けて砂になれ。

最初に誰が言い出したか忘れたが、私はその言葉の意味を最近ようやく理解した。

「砕けてみないと分からないものだ」

砕けたのは、私の臆病《おくびょう》な心の殻《から》だった。

この二年ほどの間、ギルやルゼに背中を押され、グラとの関係構築を試《こころ》みた。その間に、世間一般的な挫折《ざせつ》とは違うが、それに近いものは理解できたのではないかと思う。

私は人生の大半を占める剣術において、あまり躓《つまず》いたことがない。だから剣で挫折した者が、私を羨《うらや》んだり投げやりになったりする気持ちは理解できなかった。剣の道には多くの壁があることも、それを乗り越えるのは難しいことも当たり前なのに、私よりも少ない鍛練量《たんれんりょう》で諦める連中に『天才には分からない』などととやかく言われれば、首を傾《かし》げるしかなかった。

だが今は、そんな者達の気持ちも少しだけ分かった気がする。剣と恋愛。方向性は違えど、挫折した時の気持ちは似たようなものなのだろう。

だが挫折して、そのまま終わるわけにもいかないのだ。

「どうしたの、兄様」

同じく花を摘《つ》み終えたルースが、私を見て首を傾げた。

「いや、グラはこれを気に入るだろうかと」

私がここで花をもらっていると知った弟が、自分も分けてもらいたいと言ったため連れてきたのだ。

「兄様の花束は綺麗ですね。兄様が花に興味があるとは思いもしませんでした」

「ウィシュニアが教えてくれたんだ。自信がなければ彼女に助言を求めるといい」

「なるほど」

ルースは振り返って、こちらの様子を見ていたウィシュニアに礼をした。

「ウィシュニアさん、この花とこの花を使いたいのですが、どうすれば見映えが良くなりますか？」

「小さな花ばかりなので、全体を引き締めるために少し大きめの花を追加しましょう。アリアンセさんが派手なものを好まないからといって、ここまでこぢんまりさせる必要はないわ」

ウィシュニアは大きめの赤い花を切り、ルースの花束を整える。

「本当だ。派手かと思って入れなかったのですが、こうすると可愛らしいですね」

「ええ。これだけで花束を作ると派手になるけど、少しなら上品な華やかさが増して香りも良くなるでしょう。彼女、この花の香りが好きだったはずよ」

「そうなんですか？　知りませんでした」

「きっとアリアンセさんも喜ぶわ」

「ありがとうございます」

ルースは頬《ほお》を赤らめて礼を言った。

私こそ、こいつが女性のためにこれほど積極的になれるとは思いもしなかった。初恋の相手に対しても、自分の想いを見せなかった男だから。

変わったのは、アリアンセとルゼのおかげだろう。

出世の道が約束されていると周りから囃《はや》し立てられた時も、それが自分の実力だけで得られる未来ではないと心苦しく思っていた時も、あいつはそのわだかまりをただ我慢して胸の内に抱えていた。

それも、アリアンセが竜狩りに誘ってくれたおかげで解決した。荒竜を最初に乗りこなしたという事実が、揺るがぬ自信に繋《つな》がったようだ。彼女との縁を繋いでくれたルゼにも感謝しなければならない。

そのルゼは、竜が可愛くてそれまでの悩みなんてどうでも良くなったんだろう、とひどいことを言っていたが、どちらにしても男として成長したのは事実だ。私も見習わなければならない。

「兄として、先に結婚しなくてはな」

現実問題、弟よりも結婚が遅くなるのは、世間体《せけんてい》が悪い。

ルースはウィシュニアの指導で、出来上がった花束を綺麗に紙にくるんでいた。

「ルース、私は行ってくる」

「はい。頑張って下さい」

弟に見送られて、私は古めかしく堅固な建物——月弓棟《げっきゅうとう》へと向かった。

そこに、私がぶつかるべき相手がいる。


「また来たの……」

グラは実験の手を止め、私に白い目を向けた。こんな風に嫌そうにされるのは慣れている。

「甘ったるい香りは好きではないと言っていたから、すっきりとした淡い香りの花も交ぜてみた」

「ウィシュニアがでしょ」

「今日は自分で選んだ。今日彼女に助けてもらったのはルースだな」

「ルースが？」

「ああ。聖騎士達も、恋人や妻のご機嫌取りのためにウィシュニアを頼っているんだぞ」

「彼女も大変ね」

「自分が幸せだから、他人にも優しくなれるようだ。あのハワーズにすら、頼まれれば相手に合わせた花を選んでやっている」

「あのウィシュニアが、ハワーズにっ⁉」

そんなに驚くことか？　まあ、確かに嫌ってはいたが。

「あのハワーズにまで親切にするなんて。ティタンは本当にウィシュニアを大切にしているのね」

「おまえの中では、ハワーズはそこまで……」

「だってそうでしょ。あなただって、ギルだって怒鳴りつけてるじゃない」

まあ、そうなんだが。

「でも……ウィシュニアったら浮かれすぎじゃないかしら。あのハワーズに」

おまえ、そんなにあいつのことを信用してないのか。

「ハワーズは、誰かと付き合ってしまえば浮気はしないと思うぞ。それに、あいつのことだから花束だけで口説《くど》き落とせるような女性は選ばないだろうと、ウィシュニアは言っていたな」

グラは一瞬考えて、すぐさま納得したように頷《うなず》いた。

「ああ、そういうこと。高嶺《たかね》の花が、花だけで落ちるはずがないと。望みだけは高いわね」

「ひどいことを言うな。聖騎士の妻の座ならまだ需要はあるはずだ。そろそろ聖騎士も売り切れ間近だから、あいつにだって可能性はあるぞ」

「なるほど。残り物だけど、世間的にはまだまだ価値はあるってことね」

大概ひどいことを言っているな、私達は。

だがハワーズは、いい加減な男だが性悪ではないし、聖騎士に選ばれたのだから無能でもない。自分の立場は最低限理解しているから、浮気は絶対にしないだろう。女の勘は鋭いから、浮気などしたら確実にバレる。相手が気付かずとも、ルゼやカリン辺りが些細《ささい》な変化を見抜いて動く。

「あ、邪魔だからそれ置いたら帰ってくれる？」

グラは花束を指さして、高圧的に言う。

「せっかく菓子を持ってきてやったのに。カルパが最近街で見つけた、気に入りの店だそうだ」

そういって菓子の詰まった箱を見せると、グラは少し悔しげに顔を歪《ゆが》めた。

「それも置いてきなさいよ」

「私もまだ食べていない。茶ぐらい出せ。出さないなら持って帰る」

「ったく、仕方ないわね」

彼女は渋々部屋を出ていった。

これでも彼女は無類の甘党だ。どんな菓子か知らずとも、カルパの気に入りと聞けば私を追い出すことはできない。甘いものを用意すれば無視されないというのは、ルゼから聞いた。グラは研究や趣味の魔導具の蒐集《しゅうしゅう》に私財を注《つ》ぎ込み、菓子を買う金を残していないのだ。それもどうかと思うが、おかげでこうして話ができる。

しばらくして戻ってきたグラは、ぷりぷり怒って私の目の前にカップを置いた。

「ちょっと、他の連中も似たようなの食べてるじゃない！」

「先に土産《みやげ》を渡したからな」

「うちの連中を買収しようってわけ⁉」

「案内してもらっているからその礼だ。ちなみにおまえに持ってきた菓子は、奴らより種類が多く値段も高いぞ。当然高い素材が使われ、手間暇もかかっているから美味《うま》い」

「くっ、卑怯者っ」

「おまえが食べるのだから卑怯も何もないだろう。これのために店の行列に並んだんだぞ。感謝しろ」

「あなた、自分で並んだの？」

「当たり前だ。女への贈り物を誰かに丸投げするか」

グラはそれ以上何も言わずに椅子に腰掛け、無言でアーモンドクッキーを食べた。

「美味《おい》しい」

「そうか」

そして今度は無言でパイを食べる。よほど気に入ったのか、頬《ほお》が緩《ゆる》んでいる。

「こういうところは、ギルとよく似ているな」

「そう？」

「はっきりとは言わないが、あいつもこういう菓子が好きだからな。食べるのにルゼがあまり付き合わないから、たまに寂しそうにしている」

「付き合ってもらおうとする相手が間違ってるわね」

「そうだな。娘が大きくなったら、ああいう店に並ぶいい口実ができると言っていた。男一人だと、なかなか並びづらくてな」

「これ、あなたが並んだんじゃないの？」

矛盾《むじゅん》していると思ったのか、疑うような目を向けてきた。

「もちろんこれは私が並んだんだ。菓子屋で女性への贈り物を買う男は珍しくない。ただその店には、足が速くて持ち帰りできない菓子があるんだ。そんなのは店内で食べるしかない。そういう場合、さすがにギル一人では行けないな」

「そう。それはリゼが大きくなるのが楽しみでしょうね」

グラはぺろりとパイを食べてしまい、次のタルトに手を伸ばした。

「おまえも食べたいなら、奢《おご》ろうか？　連れていくぞ」

グラは大きなお世話だと言いたげに睨《にら》みつけてくる。だがここで怯《ひる》んでもいられない。

「他の誰かにたかるわけにもいかないだろう」

暗に金がないことを指摘してみたら、案の定グラは目を逸《そ》らした。

「そ、それはそうだけど」

「自分で言っておいてなんだが、その程度の金は残しておけよ……」

研究費用が足りない足りないと言っているが、だからと言って私財を本気で投げ打ってどうする。しかも食事は、他の研究者達と同じく食堂で安く済ませているし。

彼女が、王族としての権利を行使したところなど見たことがない。魔術の教育はきちんと受けているが、それだって王族だからというわけではない。なのに、彼女は魔術にどっぷりハマってしまい、今に至る。女の子がそのようなものを必要以上に学ばなくてもいい、と国王陛下が遠回しに言ったらグラに嫌われたらしい。

「そうだ、陛下もおまえの無駄遣いを心配していたぞ」

「む、無駄遣いですって!?」

自覚がないらしい。

「父親としては、ドレスや宝石を買うためにやった小遣いを、本だの、宝石でもない石だのに変えられたら無駄遣いと言いたくなるだろう。せめてルゼみたいに見た目の綺麗なものにしろ」

ルゼが身につける装飾品は実はほぼ魔導具だが、それでも宝飾品に見えるものばかりだ。ルゼでさえそうなのに、こいつときたら。

「なんでそんなことをニースに言われなきゃいけないのよ」

「陛下に頼まれたからだ。おまえの無駄遣いを止めてくれと。陛下はおまえが美しく着飾るのを見たいだけだそうだ」

「どうしてお父様とそんな話をしているのよ」

「そりゃあ陛下はおまえを気にかけているからな。次男三男はもう諦めたが、おまえには結婚してほしいそうだ」

次男はストーカーで、三男は虫を追うのに命をかけた暴走研究者だ。それに比べればグラはまだ普通である。

「だから私も陛下に、おまえとの結婚に向けて動こうと思うとお伝えした」

「結婚なんてしないわよ。私のことをずっと放っといたくせに、お父様は勝手ね」

グラは菓子を食べながら、拗《す》ねたように言った。

「放っといたんじゃない。下手に陛下が干渉するとエーメルアデア様が動くから、あまり構えなかったんだ。エーメルアデア様はおまえを養女に出してしまいたがっていたからな。男女の双子は普通そうやって扱われるから、陛下以外に咎《とが》める者がいなかった」

それにエーメルアデア様はあれで人心掌握《じんしんしょうあく》が上手い。身内には嫌われるが、意外に味方が多いのだ。

「いっそ養女に出せばよかったのに」

「あのな。陛下にとって、おまえは初めての娘だぞ。息子が四人続いて、ようやく娘が生まれたんだ。しかも陛下はおまえの母君を愛している。おまえを愛さない理由がないだろう」

グラは不服そうに私を睨《にら》んでいる。ちゃんと意識していれば感じられる愛情も、はなからないと思い込んでいたから感じられなかったのだろう。それとも、感じてはいてもそれが愛情だとは信じられなかったのか。

「いい機会だ。場をもうけるか」

グラがさらに顔をしかめるが、ここで引いていては何も進まない。

陛下もどうせ嫌われているのだから、やってみればいいのだ。

私だけが砕けるのも癪《しゃく》だから、皆砕けてしまえばいい。

――ルゼ曰《いわ》く、飴《あめ》と鞭《むち》は使い分けが大切らしい。

ある日の午後、極上の菓子を並べた茶会にて。

私はエリネ様の応接室に集まった面々を見回した。この部屋の主《あるじ》であるエリネ様に、リゼを抱いたルゼや侍女、巫女《みこ》達、そしてギルや護衛の聖騎士達など。いつもと違う面子《メンツ》はエリネ様の名で招かれたグラと陛下、その護衛達だけだ。和《なご》やかな雰囲気の中、私は頃合いを見て周りに合図を送った。

「では、わたくしは庭の手入れがありますので少し失礼します」

まず最初にエリネ様が立ち上がり、続いてルゼとギルも立ち上がった。

「えっ……今から？」

グラは驚いて首を傾《かし》げた。まあ、当然だろう。グラが好きそうな菓子をいただいたからぜひに、とエリネ様に招かれたのに、そのエリネ様が出ていくのだ。しかもいつもは庭の手入れなど午前中にしているから、不自然だ。

そして直前までグラには知らされていなかったが、今回は国王陛下も同席している。なのに途中で席を外すなど、普段のエリネ様ならありえない。

「せっかくの美味《おい》しいお菓子が余っていますので、姫様と陛下はごゆるりと。すぐに戻りますので」

しかもグラに残るように言い残す。当然、罠《わな》に嵌《は》まったと気付いたグラは、私を睨《にら》みつけた。

以前言った通り、エリネ様に相談して〝場〟を作ってもらったのだ。グラとしては、エリネ様まで巻き込むとは思っていなかったから、騙《だま》し討《う》ちにされた気分なのだろう。

陛下は緊張した面持ちで、娘と目を合わせない。気持ちは分かる。私も実家で一晩睨み合う前は、彼女と目を合わせるのすら怖かった。自分が嫌われていると分かっているから余計に。今でも少し怖い。それでも彼女に目の前にいる自分を見てもらえるのは、嬉しいことだった。

ぞろぞろとエリネ様について部外者達が部屋を出ていく。

「では、私もエリネ様と」

私も二人にとっては部外者だ。いない方が話しやすいだろう。

「エディアニース」

腰を浮かせたところで陛下に呼び止められた。

「いかがなさいました」

「私の騎士を下げるから、君は残りたまえ」

つまり、一人だと娘とちゃんと話せないから、私に盾になれと。

「かしこまりました」

気持ちは分からなくもないので承諾した。

陛下の護衛騎士達は、私に向かって力強く頷《うなず》いてから立ち去った。彼らは、陛下が娘を愛していることをちゃんと知っている。

意外にも最後まで残っていたのは、エリネ様の次に立ち上がったはずのルゼだった。いかにも不安そうに私を見つめ、唐突にリゼを差し出す。

「今は乳母がいないので、庭の手入れをしている間、よろしくお願いします。リゼ、ニースお兄様といい子にしているのよ」

「あぅ」

まるで理解しているかのように声を上げるリゼ。

「いや、その……まあ、いいが」

正直言って私も緊張しているから、何か仕出《しで》かさないとも限らない。そんな時、リゼがいれば場が和《なご》むかもしれない。基本的に人懐《ひとなつ》っこいから、楽と言えば楽な子だ。

ルゼが去った後、残された私達は沈黙する。無邪気なリゼの意味をなさない声だけが応接室に響いた。

これではいけない。私は幼い頃に習った通りに呼吸をする。気を静めるには、深い呼吸が有効だ。そうして少し落ち着いたところで口を開《ひら》く。

「グラ、そうむっつりするな。せっかく陛下が時間を作って下さったんだ。話をするのは久しぶりだろう」

「そうね。最後に会ったのは、リゼが生まれた頃かしら」

そんなに……王宮から月弓棟《げっきゅうとう》までは徒歩だと時間がかかるとはいえ、嫁に行ったわけでもないのに、そんなに長い間会ってないとは。互いに忙しい身とはいえ、あまりにもひどい。

「陛下も、もう少し月弓棟に足を運んではいかがですか？　そうしたら月弓棟の者達ももう少し整理整頓して、セレイン様に処分されるような怪《あや》しい危険物なども厳重に保管するでしょうし」

「あの報告はセレインが大袈裟《おおげさ》に書いているのだと思っていたが、まさか本当にグランディナがそのような危険な場所に？」

陛下は顔をしかめてグラを見つめた。グラは余計なことを言うなとばかりに私を睨《にら》み、庭で採れたハーブティーを飲む。

「あんな危険物はもうないわ。さすがにどうかと思ったし。ちゃんと正式な監査も受けてるのよ」

そういった監査が、抜き打ちでは行われないから問題なのだろう。それをここで言うと、ヘソを曲げそうだから言わないが。

「本当か？　おまえだけでなく、他の魔術師にも何かあったら国の大きな損失なのだぞ」

「分かっているわ。彼らの管理はちゃんとしているつもりよ」

グラは気まずげに菓子に手を伸ばしながら言う。

陛下はため息をついた。これ以上追及しては機嫌を損ねると判断したのだろう。

「……グランディナ、その菓子は美味《うま》いか？　おまえは昔からこういうものが好きだろう？　それは私が用意させたんだ。私のところに来れば、そういったものが毎日出るぞ」

陛下は嫌われたくないのか、話題を変えることにしたようだ。甘いものを土産《みやげ》に持っていけば邪険《じゃけん》にされないと私が言ったから、菓子で釣ろうとしている。

「美味《おい》しいわ。さすがはお母様の選んだ菓子職人ね。とても贅沢《ぜいたく》なお菓子だわ」

まあ、陛下はエーメルアデア様の尻に敷かれているから、彼の食事や菓子を用意するのは、大体エーメルアデア様お抱えの料理人だろう。母親との仲が最悪なグラが皮肉を言うのも仕方がない。

陛下はまた小さくため息をついた。自分との仲もそうだが、母娘の仲の悪さもどうにかしたいというところか。

だが、そもそもエーメルアデア様は女に対して厳しい方だ。気に食わない女は基本的に切り捨てるが、ルゼのように切り捨てられない女だと、自分の色に染めようとするのである。そんな母親に無理に引き合わせれば、グラの胃がずたぼろになるだけだと分かっているから、陛下も下手なことは言えないのだろう。

私は自分にできることを考えた。

私にグラを口先で丸め込めるような能力があれば、こんなに苦労はしていない。ここはあれだ。ただ真実を言って、なるがままに任せるしかない。それも陛下の出方を見てのことだが。

私はとりあえず陛下が口を開《ひら》きやすくなるよう、リゼを構うことにした。ルゼが置いていったリゼ用の菓子を手に取り、彼女に見せる。するとリゼは持っていたぬいぐるみを離して受け取った。それを上機嫌に振り回して遊び、時折口に含んできゃあきゃあと笑う。私は転げ落ちそうになったぬいぐるみをテーブルに置くと、手をつついて遊んでやった。

「エディアニースは子守りが上手いな」

陛下に褒《ほ》められて、私は苦笑した。

「弟や従弟《いとこ》の世話をよくしていました。当家は年長の子供が年少の子供の面倒を見るのです。それでも女の子は初めてで、緊張します」

赤ん坊のうちは男も女もないが、女の子だと思うと可愛らしく見えるから不思議だ。

「陛下も抱いてみますか。いつもは乳母かルゼがいるから、あまりゆっくり抱いたことがないでしょう」

「ああ、そうだな」

私は立ち上がり、陛下にリゼを渡した。リゼは陛下の頬《ほお》をぺしぺしと叩き、陛下は孫との触れ合いに相好《そうごう》を崩す。

「幼い頃のグランディナに似ているな」

「そうかしら？　ルゼに似ていると思うけど」

「髪質などはルゼに似たが、全体的には父親似だろう」

確かに全体的に見ればギルに似ている。ただそこに、ルゼの柔らかい雰囲気が加わっている気がする。

「グランディナにもこれぐらいの時期があった。初めての娘だから、それは可愛がったものだ」

グラはむっとした。物心ついた頃には既に蔑《ないがし》ろにされていた彼女には、納得できないのだろう。陛下はそれを見てまた苦笑する。

「本当に、グランディナには苦労をかけたな。エーメルアデアはあれでいて、とても迷信深いんだ」

「知っているわ。お母様はギルを可愛がっているから、私を近付けたくなかったんでしょう」

「それでも赤ん坊の頃は、おまえのこともそれなりに可愛がっていたものだ」

グラが遠ざけられた理由は、双子の妹であるから。それだけのはずだ。ならば生まれた時から疎《うと》まれていたのではないか。私達は思わず疑いの目を向けていた。

「本当だぞ。ギルから遠ざけてはいたが、娘を欲しがっていたセルマにおまえを自慢するぐらいには構っていたんだ」

それは不思議と想像ができた。そういった理由があれば、自慢するだろう。

「だがな、幼い頃のギルが、強すぎる魔力を持て余していたのだ。それが原因で熱を出したり、声を上手く出せなくなったりした」

だからギルに魔術を習わせたと聞いたことがある。魔力の使い方が分かれば、自然とそういうこともなくなるからと。

「それも知っているわ。それで念のため、私にも魔術を習わせたって。お母様はギルが寝込んだのも、私の魔力のせいだと思っていたでしょうね。私よりギルの方が魔力は強いのに」

金色の目の人間は魔力が強いことが多いらしい。だからグラの方が魔力が強いと思っていたのだが、違っていたようだ。

「それもあるだろうが……それ以前に弱っている子の方を大事にするのは、母親の性《さが》らしくてな。ギルが弱っている姿を見ているうちに、これも双子の因果《いんが》だと考えてしまったのだろう」

男の子の方が可愛い、というのが本音だろうが、こういう言い方もできるのか。

確かにエーメルアデア様も、本当にグラが憎くて仕方がないというわけではないだろう。もちろん良い親などとは間違っても言えないが。

「あれがルゼにきつく当たるのも、ルゼの双子の兄が病弱だと聞いたかららしい。昔のおまえ達と重なるのだろうな」

「え、自分よりも細いからじゃないの？」

「ん、細すぎる女性を見ると、太らせようとすることはあるな。食べなければ肌もすぐに衰《おとろ》えると。実際ルゼは難産だったから、なおのこと言いたくなるようだ」

化け物みたいにいつまでも若々しい美女が言うと、説得力があるようなないような……

「だからルゼのことも、心の底から憎んでいるわけではないはずだ。憎んでいたら、食事に誘ったりはしない。自分の言うことを聞かせたいだけなんだ。好みが違うルゼにとっては迷惑だろうが」

迷惑がっていると分かっていても、誰も彼女を止められないのだ。

「そういう我が道を突き進むところは、セレイン殿下がそっくりですね」

「そうだな。本人達に自覚はないが、あれが一番母親に似ている」

グラも、セレイン殿下については心当たりが山ほどあるせいか、納得して頷《うなず》いている。

エーメルアデア様に悪意がないと言われると戸惑うものの、セレイン殿下に悪意はないというところから入ると、多少納得しやすくなるだろう。いや、嫁が気に入らないという姑《しゅうとめ》らしい悪意はあるだろうが、ルゼ個人が憎いという意味での悪意はないはずだ。

「グランディナ、あれと仲良くしてくれとは言わないが、あまり恨《うら》まないでやってくれ。悪いのは止め切れなかった私なのだ」

「仕方がないわ。双子の女の方を引き離すのは、誰でもやっていることだもの。私も今の暮らしに何の不満もないしね」

グラは頭がいいから、子供の頃からその辺りのことは全て理解してい
るからこそ、諦めていた。自らギルの傍には近寄らず、私からも逃げていた。理解していた。幼かった
当時は、婚約というものすら理解していなかったので当然だろう。いや、私が色々やらかしたのも大きいんだが。

「仕事は楽しいし、友人にも恵まれているわ。姪《めい》は可愛いし、本当に不満はないの」

グラは陛下が抱くリゼを見つめた。リゼもグラの視線に気付いて見つめ返す。グラはそれを見て愛おしげに笑った。

「この子が可愛いか。おまえとギルネストが仲良くなってくれて嬉しいよ」

「ギルと仲良くなったわけではないわ。ルゼと仲がいいのよ」

グラは誤魔化《ごまか》すように菓子を口に含む。そしてそれを呑み込むと、思い出したように付け加えた。

「まあ、ギルとも仲が悪いわけじゃないけど」

素直でない言葉に、陛下は小さく笑った。昔なら、それすら否定していただろうから。

「私はな、おまえには幸せになってもらいたいんだ」

陛下はリゼを抱き直しながら言う。

「グランディナは忘れているかもしれないが、おまえが幼い頃はよく私が連れ出したものだ」

「ロスト家でしょ。覚えているわ」

「いや、それよりも前にな。おまえはまだ幼い頃のノイリ様にもお会いしたことがあるんだぞ」

それは知らなかったらしく、彼女は目を見開《みひら》いた。

ノイリとは、エリネ様の前にいた癒《い》やしの聖女様のことだ。ずっと前に誘拐されたが、今は竜族の王族に嫁《とつ》いで、一児の母になっている。ルゼは彼女に仕えるために育てられたらしく、再会した今もグラやエリネ様を交えて交流しているのだ。

「同年代の女の子だから、きっと将来おまえとも関わってくるだろうと思ってな。まさか今のような形でノイリ様に関わることになるとは」

もしノイリが攫《さら》われていなかったら、今ごろどうなっていたのだろう。グラは聖女であるノイリの世話をしたりしていたのだろうか。

「もしそうなっていたら、ルゼもあそこまで極端ではなかったのかしら」

想像する。ノイリに引っ付いて離れない図体のでかい子供。思わず私も口を挟んだ。

「そうだろうな。ルゼがあそこまで強くなったのは、ノイリを探すために死に物狂いで腕を磨いたからなのだし。エリネ様にするように、過保護にしていたことは間違いないだろうが」

それに元々強《したた》かで頭の回転は早いから、周りの大人をいいようにやり込めていたに違いない。

「ぶうぅ」

私がその光景を想像していると、リゼが抗議するように菓子を握った手を振りかざした。

「リゼは自分が生まれたのが、偶然の積み重ねの結果だと分かっているのか？　賢い子だな」

陛下はリゼの頰《ほお》を撫《な》でた。

ああ、和《なご》むな。リゼがいてくれるおかげで、陛下もグラも雰囲気や言葉が柔らかい。可愛いリゼを泣かせたくないから、自然とそうなるのだ。置いていってくれたルゼに感謝しなければ。

しかし可愛さとはほど遠いあの夫婦から、よくこんなに可愛い娘ができたな。ラントと乳母のおかげか。

「そうそう、ノイリ様のところ以外にも、海や川など色々な場所に行ったぞ。ギルはエーメルアデアがつきっきりだったから、グランディナだけだ」

「そういえば、ギルは陛下と一緒に出かけたりはしませんでしたね」

気付けばギルは、家庭教師ごとロスト家に泊まり込んで、我が家の家族のようになっていた。

「そんなこと言われても、私は覚えていな……」

グラは途中で言葉を切って考え込んだ。

「そういえば、小さな頃……大きな魚を見た気がするわ」

「クジラだろう」

「夢だと思ってた……」

よほど印象的だったのだろう。

「覚えていてくれて嬉しいよ。おまえと一緒に海に行った時のことだな。ギルネストはそこでルゼに二度目の求婚をしたそうだ。どこか雰囲気のいい場所はないかと聞かれたから、私が教えてやった」

ルゼの強い抗議により海に行ってプロポーズをやり直したと聞いていたが、陛下が教えたのか。

「どうして私だけで、ギルは連れていかなかったの？」

「エーメルアデアが海を嫌っているんだ。気味が悪いとな」

「お母様、海が嫌いなの？」

「海は深いし船は酔うし、夏に浜辺を歩けば暑いし、それに日に焼けるだろう」

ああ、エーメルアデア様らしい理由だ。

「私はそういう場所に、よくおまえを連れていった」

つまりエーメルアデア様がついてこないから、グラを連れていってもバレなかった、ということか。

「言い訳になってしまうが、あの頃のエーメルアデアは過敏になっていて、私がグランディナと接触するだけで不機嫌になり、しわ寄せは色んなところに出ていた。おまえにも余計に辛《つら》く当たっていたな。その上迷信を信じる者はエーメルアデアだけではなかったから、私も普通に接触することが難しかった。あまりおまえが注目を浴びると、本当に縁もゆかりもない土地に養女に出されることになりそうだったからな」

そうならなくて良かったと、私は思う。たかが迷信、されど迷信。小さな頃のギルはか細《ぼそ》かったから、グラの影響ではないかと心配する者もいただろう。そういった声が大きくなれば、陛下といえども無視はできない。何も殺せと言われているわけではないのだから、なおさらだろう。

「双子だからと養女に出した場合、虐待されたり奴隷のように扱われたり、生きていくのに必要最低限のものしか与えられないといったことも珍しくない。さすがに私の娘を粗末に扱う者はそういないだろうが、絶対はない。ルゼも双子の妹だから、神殿の孤児院に預けられていたと聞いている。彼女の場合はノイリ様に仕えさせるためという理由があったが、そんな理由がなくても世間は双子の片割れだからだと納得していただろう」

神殿は富裕層の就職先の一つだ。貴族はもとより、王族でも娘を預けることは珍しくない。特に問題を抱える幼子を神殿に入れるのは常套手段《じょうとうしゅだん》だ。ルゼの場合、本当に双子だったか微妙に怪《あや》しいのだが、陛下が信じている以上ほじくり返すこともないだろう。

「私はどうしても、おまえを手放したくなかったのだよ。はっきり言って男親にとっては、男よりも女の子の方が可愛いからな」

そういえば陛下はギルにはあまり興味がなかったな。もちろん父親として必要なことはしていたが。

「娘ならパレシアもいるじゃない」

正妃《せいひ》セルマ様が産んだ、グラとは腹違いの妹だ。

「パレシアはパレシアでもちろん可愛いが、同じくらいおまえのことも愛している」

直接的な言葉にグラがうっと言葉を詰まらせた。こいつは愛ある言葉をかけられるのに慣れていないから、はっきりこういうことを言われると露骨《ろこつ》に嫌そうな顔をする。たぶん、どうしていいのか分からないのだ。愛されて幸せだと思えるほど、彼女は愛に慣れていない。

「パレシアは勝手に好きな男を作って、勝手に周囲を取り込んで、勝手に嫁に行こうとしている」

「反対しないの？」

「反対すべき男なら徹底的に潰《つぶ》しているが、今のところ落ち度はない。理由もなく私がそのようなことをしたら、セルマには責められ、パレシアは怒り狂うだろう」

想像するだけでぞっとする光景だ。女性は結託して責め立ててくる。それをされると、男は黙って言うことを聞くしかなくなるのだ。

「私は男共にいくら嫌われても鼻で笑ってやるが、愛する女達には嫌われたくないのだよ」

陛下のそういう多情なところがギルに嫌われているのだが、気持ちの一部は分からなくもない。

「身勝手だわ」

グラは不機嫌というよりも、拗《す》ねていた。

「人とは勝手な生き物だ。だから、私はおまえにも幸せになってほしいと思っている」

陛下はリゼに自分の指を握らせ、その小さな手を振って遊んでやりながら言った。

「エディアニースは不器用だが、おまえのことを本当に愛しているぞ。そうでなければ、火傷《やけど》をさせた時に婚約など解消させている」

グラは目を見開《みひら》いた。だからそう言っているのに、どうして驚くんだ。

「まだそこから疑っているのか。エディアニースとの婚約を正式に決めたのは、幼い彼がおまえに好意を持っていたからだ」

そんな小さな頃から見抜かれていたのか……

確かに婚約する前、グラをこっそり見ていて見つかったことがある。大人を侮《あなど》っていた私は、バレていないと思っていた。思い出すと恥ずかしい。

「エディアニースは大人になってからも、おまえしか見ていなかった。ギルについて青《せい》盾《じゅん》に行った時も、騎士達が町娘に粗相《そそう》をしないか見張ることはあっても、自分で浮《うわ》ついた振る舞いをしたことは一度もなかった」

ギルが陛下の手の者に見張られていたのは知っていたが、私まで見張られて陛下に報告されていたのか。

「御前試合で優勝し、名実ともに国内最強の騎士となった日も、おまえの姿を探していた。おまえは結界の様子を見に行って、肝心な時にいなかったがな。それに気付くと、露骨《ろこつ》に残念そうにしていたぞ」

そこまで見られていたのか。

「よく見てるのね」

「それが王の仕事だ。王に必要なのは実務能力ではなく、能力のある者達をまとめ上げることだ。人柄や嘘を見抜けなくては、いいように操られるだろう。とはいえ、常に周りを疑っていては疲れてしまう。だから王太子であるパラストには、一人ぐらいエディアニース並みに信頼できる愚直《ぐちょく》な者を付けてやろうと思い、弟であるエルドルースを候補に挙げたのだ」

確かにあいつは主《あるじ》を裏切ることはないだろう。そういう理由でなら、兄の贔屓目《ひいきめ》なしに適任だと自信を持って薦《すす》められる。

「ルースはいい子ね。ちょっと生意気なところもあるけど、裏切ることだけはないわ」

「そうだろう。逆にルゼは平気で裏切りそうな女だと思ったよ」

「当たってるわね。ギルもリゼが生まれるまでは、いつ捨てられるかと恐々《きょうきょう》としていたもの」

ルゼは、それはもう怪《あや》しい立ち位置だったな。陛下には要注意人物であると見抜かれていたようだ。その認識は間違っていない。警戒する方向性は間違っていただろうが。

彼女は、陛下が思うような息子を誑《たぶら》かす女ではなかった。それどころか、腹に一物《いちもつ》持ち、敵を情け容赦《ようしゃ》なくぶった切る戦士だった。誰だって華奢《きゃしゃ》な彼女が力に物を言わせるタイプだとは思うまい。

「この子は、できればグランディナに似てほしいものだ」

「ルゼと同じことをおっしゃるのね。身内でなら私に似てほしいって」

グラはくすりと笑った。

「言っては悪いが、選択肢が他にないのだ。この子の両親も私達も、女の子には見習ってほしい人間ではないからな」

「私が一番マシだなんて、つくづく身内には普通の人がいないのね」

まったくだ。悪人とまでは言いたくないが、真似てほしい人間かと言えば違う。

「だけど私に似たら、融通の利《き》かない捻《ひね》くれた人間になってしまうわ。ルゼやギルは、自分には素直で、ある意味自由に生きているでしょう。一長一短ね」

グラは笑いながら自分を否定した。だが、陛下はそんなグラの言葉を否定する。

「おまえは捻くれてなどいないよ。ただ、扱われた通りの態度を返すだけだ」

確かにそうだ。好意には好意を返していた。だからグラに好意を示したルゼは、最初から好かれていた。

「その意味では、私もエディアニースもおまえには悪いことをしてしまった。もっと分かりやすい愛情を向けるべきだったのに、私はどうにもそういったことが苦手でな」

恋愛対象の女性に対してはともかく、基本的に不器用な方なのだろう。

そういえば、幼いグラを我が家に連れてきた時も、あまり笑わず、難しいことでも考えていそうな顔だった。まあ、今思うと、若い王が周囲に舐《な》められないよう、あえてそういう顔をしていたのだろう。子供《グラ》からすれば、退屈そうに見えても仕方がない。

「ううぅ」

突然、リゼが泣きそうな顔をして身体をひねった。笑っているようにも見えるが、まあこういう時はだいたい泣く。

「おお、どうした」

「おそらくおむつでしょう」

私は立ち上がり、リゼを受け取る。そしてルゼがこの部屋に置きっ放しにしているリゼ用の籠《かご》から、おむつの替えを取り出した。

あやしながら、いつもおむつを変えている台にリゼを寝かせる。やはりおむつが原因だった。

「ずいぶんと手慣れているな。ロスト家ではそのようなことまでおまえがしていたのか？」

陛下が驚いたように言う。陛下もグラを可愛がっていたようだが、こういったことはしなかったのだろう。

「エリネ様が、自分の故郷では男も当然のように赤ん坊の世話をするとおっしゃったのが切っ掛けです。リゼの乳母もそちらの出身なので、同じ考えだったようです。万が一の時に最低限の世話もできなければ子供は守れない、するしないはともかく、できないのは問題だと言っていました。もし一人でいる時に赤ん坊を見つけたらどうするんだ、とも」

「なるほど。しかし騎士が赤ん坊を見つけるなど、滅多《めった》にないだろう」

「いいえ、たまに巡回中の騎士が赤ん坊を拾うことがあるのです。エリネ様の名を掲げた孤児院も順調に営まれているので、聖騎士達が赤ん坊に触れることも増えてくるでしょう。ですから、扱いやすいリゼすら世話できないのはまずいと思い、私も練習しているのです」

「……そうか」

もし自分に子供ができたとしても、グラは子供の世話などできないだろうから、自分が親らしいことをできるようになっておくのも悪くないと思ったのだ。気持ちを受け入れられていない段階で、気が早すぎると言われても仕方ないが。

「よし、リゼの機嫌も直ったな」

スッキリしたらリゼは動き出したくて堪《たま》らないとばかりに俯《うつぶ》せになろうとする。

今のところ、リゼにルゼのような傀儡術《かいらいじゅつ》の能力は現れていない。生まれる前は、ベッドを浮かせたらどうするかなどと心配されていたが、そんな最悪の事態は起こらず、むしろ育てやすいぐらいだ。それでも歩き出したら大変になるだろう。まったく手のかからない子供など存在しないのだ。

陛下は元気に暴《あば》れるリゼを見て言った。

「そろそろ母親が恋しいだろう。ルゼを呼び戻すといい。私はそろそろ失礼しよう」

「もうよろしいのですか？」

グラが、陛下の気持ちを理解したかどうかも分からないのに。

「無理やり分かってもらうつもりはないのだよ。ただ私は、グランディナを間違いなく愛していると知らせたかっただけだからな。知ってもらえればそれでいい」

確かに、まずは言葉にして、知ってもらうことが大切だ。

私も、人間の感情はそう簡単に動かないことをよく知っている。分かってもらえないからと、焦ったところでどうしようもない。そんな時焦っているのは、きっと自分だけなのだから。

「何よそれ」

グラはぐらかすように言う。単に素直になれない、などという可愛い態度ではない。色々あったからそれも仕方ない。

だが、グラは好きだと言ってくる相手を嫌い続けられる女ではない。私に対しても、以前よりは柔らかい態度になった。陛下も下心など持たず、純粋に親として愛していると言っているのだから、態度が変わるのも時間の問題だろう。

エーメルアデア様との関係改善だけは、無理だと思うが。あの方の毒は良くも悪くも強すぎる。

「どうしてくれるのよ」

後日、私がグラの研究室に顔を出すと、彼女がぷりぷりと怒って睨《にら》みつけてきた。

「あなたの言葉を真に受けたお父様が、本当に視察に来たのよ」

ああ……それは……怒るな。私も本気で行くとは思わなかった。

「大変だったんだから」

「なぜだ？　散らかっていることに関しては特に指摘されないだろう。研究施設とはそういうものだとご存じのはずだから。それともまた危険物を野放しにしていたのか？」

「違うわよ。とやかく言われなくても、身内に汚い場所なんか見せたくないし、緊張するでしょう！　何もお父様本人が来ることはないのよ。研究の成果はちゃんと見せてるんだから！」

グラが研究している結界術の効果は、飛躍的に伸びていると評判だ。陛下にとって自慢の娘だろう。

「すまん」

「どう責任取ってもらおうかしら」

「責任？」

「当たり前でしょう」

「何をすればいいんだ？」

力仕事ぐらいしか手伝えることはないだろうが。

「忘れたの？　奢《おご》ってくれるんでしょ？」

一瞬何のことか分からなくて、私はグラを凝視《ぎょうし》した。

「本当に忘れていたの？　自分で言っておいて、無責任ね」

「いや、菓子を奢るという約束は覚えているが、それでいいのか？」

「ニースなんて、それぐらいしかできないでしょ？」

「それはそうだが……」

彼女はふてくされながら書き仕事を始める。

「おまえがそれでいいというなら……」

そこで私は小さく息を吐く。

これだけではいけない。言葉にしなければ、伝わらない。ここで呑み込んではいけないのだ。

「喜んで、何度だって、どこにだって、連れていこう」

ルゼのようにすらすらと言葉は出てこなかったが、言いたいことは言えた。

グラはぎょっとして私を見たが、すぐに平静な顔を作る。

「別に、行きたいところなんてないわ。仕方なく行くのよ」

「仕方なく行きたくなるような場所を、探しておく」

「行かないわよ」

難しそうだが、何とかして都を出て、少し離れたところに行きたい。

「海の幸はどうだろう。クジラは？」

「食べに行くの？」

「見に行くんだ。どうしても食べたければ手配するが」

「いらないわよ」

「他の海の幸は？」

「いらないってば」

「美味《うま》いものを探しておく」

「人を食い意地が張っているように言わないでちょうだい」

「では、エリネ様もお誘いしよう」

「エリネ様を巻き込むのはやめなさいよ」

「海に行きたいとおっしゃっていたから、きっとお喜びになるぞ」

グラは舌打ちした。どうやらこの方向でいいようだ。

「では、これは今日の花だ。また明日も届けよう」

私は花瓶の中身を勝手に替えて、部屋を出た。たったこれだけで、どんな訓練よりも疲労する。

そんな毎日が辛《つら》くて、だけど、同じほど幸せだ。

終話　贈り物　～ギルネストとルゼの場合～

エリネ様の神殿の礼拝室に机を並べ、外では火を熾《おこ》し、鉄板の上で肉を焼く。色々な種類の酒類が並び、大人達は浮かれ騒いでいる。

春を迎え日差しが暖かくなったとはいえ、風はまだ冷たい。なのに、よくまあこんなことをする気になったものだと僕は感心する。

聖騎士達、アリィを世話する竜騎士達、騎士団幹部衆である紫杯《しはい》の騎士達、聖職者達。そして僕――ギルネストの身内や友人達。

様々な身分の人々が集まり、飲んで、食べて、祝っている。外で浮かれ騒ぐ者達は、祝いの席であることすら忘れているのではないだろうか。

祭り、というわけではない。国とは関係ない、何でもない、ただの日だ。僕にとっては特別な日であるが。

今日の主役であるリゼは、ラントに抱っこされながら、大人達から贈られる祝いの品を見てきょとんとしていた。本人が一番理解していない。何せまだ何も知らない赤子である。

「ほら、リゼ、こちらはノイリ様からいただいたのよ」

と、ルゼの母がリゼに変わった玩具《おもちゃ》を渡した。どうやら楽器らしく、付属の棒で叩けばキンキンと音が鳴る。リゼは大いに喜んでいる。子供というのは音が鳴るものが大好きなのだ。

「ばぁば」

リゼはルゼの母に玩具を差し出した。

「まあ、私に貸してくれるの？　リゼは本当に優しくておりこうさんねぇ」

ルゼの母は玩具を受け取ると、一度鳴らしてからまた返した。さすがに子供の扱いが上手い。

しかしうちの子は可愛い。世界一可愛い。

「リゼが生まれてもう一年か。早いものだ」

と、呟《つぶや》いたのは僕の父だった。

僕にとって初子《ういご》であるリゼが生まれてもう一年。そう、今日はリゼの誕生日だ。

時が経つのは早いものだ。可愛い盛りと思っていた娘は、ますます可愛くなっていく。

親馬鹿と言われようと、可愛くて仕方がない。

「しかし子供の誕生会という名目でのパーティーを、なんでこんな大規模に」

と、首を傾《かし》げたのは普通の女性らしい服を着たルゼだ。

僕だって最初は内々《うちうち》で静かに祝おうとしたのだ。たまたまルゼの両親がこちらに来るということで、せっかくだからと招待した。それぐらいならいいかなと思って。そしたら自分達もお祝いしたいという連中が次々集まり、気付いたら神殿で大規模な宴会が始まっていた。

食べ物は豊富にある。野菜なら神殿の敷地でいくらでも育てているし、足りなければエリネ様がすぐに追加の分を育てて下さる。そして大量の肉は、母が用意してくれたものだ。

「ギル様、あいつら宴会したいだけじゃ？」

ルゼが楽しげに酒を酌《く》み交わす騎士達に白い目を向ける。

「まあ、祝ってくれているのだからいいだろう」

皆、国王である父を取り囲むのに忙しくてこっちを放っておいてくれているし、馬鹿騒ぎもしていない。この程度の酒盛りなど実に可愛いものだ。

ただしぬいぐるみの山については、対処方法を考えなければならない。全てリゼへの贈り物だが、大半はどこかに寄付することになるだろう。ぬいぐるみに囲まれてラントに抱っこされるリゼは最高に可愛いが、こんなに増えてしまうと普段は邪魔だ。

そう考えると、ぬいぐるみ以外のものを選んだノイリはやはり分かっている。彼女も娘を持つ母親だからな。

「しかし、何も手を回さずともこれほど祝ってもらえるなど、リゼは幸せ者だな」

親として、実にありがたいと思う。ちなみに父は祖父馬鹿が過ぎて盛大な誕生会を開《ひら》こうとしていた。もちろん却下した。そういう馬鹿騒ぎが許されるのは、跡継ぎぐらいだろう。

「本当に私に似て、将来が楽しみだこと」

大量に貢《みつ》がれている孫娘を見て、母が機嫌良く笑う。彼女は、ルゼのように物欲がない女よりも、適度に物を欲しがる女の方が好ましいと思っているのだ。

「まあ、それは心配、いえ、何でもありませんわ。リゼは本当に可愛いわぁ」

ほほほと笑って誤魔化《ごまか》すルゼの母。僕もリゼが自分の母などに似たら、心配で心配で仕方がないだろう。ルゼのようになってもらっても困るが。

「ほ、ほら、リゼ、こちらに来なさい」

父が祖母同士の戦いに怯《ひる》み、リゼを呼んだ。すると彼女は玩具《おもちゃ》を手放して、とてっとてっと歩き出す。ラントはそれを心配して、慎重に背後を歩き、危なくなったら軽く支えてくれていた。

　隠れ動物好きの父は、ラント込みの可愛らしいリゼの姿にデレデレだ。ラントがウサギでなければ嫉妬していただろうが、幸いなことにラントは僕でも撫《な》でたくなるほど可愛い。孫をさらに可愛く見せてくれる上に保護までしてくれる、便利で可愛い生き物である。

「じっじ」

「おお、よく来たな」

　と、鼻の下を伸ばしてリゼを抱き上げる父。普段は渋いのだが色々台無しだ。

「グランディナ姫様がお生まれになった頃のことを思い出しますな」

　その光景を見て、紫杯《しはい》でも古参《こさん》のクローゼスが呟《つぶや》いた。近くにいたグラはぎょっとして彼を見る。クローゼスも失言だったと思ったのか、何食わぬ顔で咳払《せきばら》いをしていた。

　グラの隣ではニースが苦笑している。最近グラとの距離が縮まって、余裕が出てきたのが窺《うかが》える。昔はグラに対して肩も抱けなかったが、今は皆の視線さえなければ抱いているはず——だと思う。きっとそうだ。

　ルゼも二人を見てそれなりに満足そうにしているから、単なる僕の願望というわけでもないだろう。まだまだ先は長そうだが、今までに比べれば二人の仲は順調に進んでいる、はずだ。

ふと、外から悲鳴が聞こえてきた。見ればルースが、大型犬ほどに育ったエルドに押し倒されていた。

「あいつ、何やってるんだ」

「小さな頃と同じように甘えてきたエルドを、受け止めきれなかったんじゃないかしら」

ニースとグラが心配して外に出ていく。

アリアンセがエルドを引き離そうとしている。エルドも大きくなったものだ。油断をしたら力負けするだろう。

僕もニース達に続いて外に出た。ルースとアリアンセはエルドを必死になだめている。

「こ、これはだめだ。エルドには毒だから」

「そうよ、エルド。ワインなんかダメだって」

どうやら、人間達が美味《うま》そうに飲んでいる液体が気になったらしい。

「エルド、これならいいぞ。林檎《りんご》ジュースだ」

と、マノンが桶《おけ》に何かを入れて見せた。するとエルドは桶に顔を突っ込み、夢中で舐《な》め始める。竜騎士達はそれを見てどっと笑う。

アリアンセはルースを起こしてその顔に付いた土を拭《ぬぐ》う。そして互いに見つめ合い、笑い合う。やはり、ニース達よりも、こちらの二人の方が見ていて安心できる。

「ああ、ギル様。ちょうどいいところに」

横から声がかかり、僕はそちらに視線をやる。そこには肉を焼くカルパの姿があった。

「ちょうど肉が焼けたのでいかがですか」

「ありがとう。すまないな」

こいつが来たらこき使われるのは目に見えていたから、祝いの菓子を受け取り次第すぐに帰ってもらう予定だったのだが、結局母に捕まったらしい。現在肉焼きを請け負《お》っている。

「もし店の方が忙しいなら、焼いた肉をいくらか持ってこっそり帰ってもいいんだぞ」

「いえ、乗り掛かった船ですよ。ティタンとウィシュニアさんも手伝って下さいますし」

人のいい男だ。彼の言う通り、すぐ傍ではティタンとウィシュニアが仲良く収穫したばかりの野菜を切っている。

「カリンはどうし……ああ、エリネ様のところか」

ひっきりなしに人々からの挨拶を受けるエリネの両脇には、カリンとセルが立って

いた。

「賑《にぎ》やかというか、本当に何の集まりか分からなくなってません？　ここにこんなに人が集まるなんて」

ルゼは苦笑しながら周囲を見回した。

「まあ、たまにはいいだろう。身元が確かな奴ばかりなのだし。誕生日というのは、めでたいものだから。特に子供だと、無事に育ってくれているだけでめでたい。一年目は大きな節目だ」

「確かにそうですね。子供って弱いですし」

ルゼは振り返り、祖父母を伴《ともな》ってとてとてと外に出てくるリゼを見た。リゼが無事足下までやってくると、ルゼは彼女を優しく抱き上げる。

「あ、リゼ様」

皆もリゼに気付き、一斉に注目する。エルドは小さな生き物に興味があるらしく、突進してこようとして竜騎士達になだめられていた。リゼも手を伸ばしているが、体格差などを考えると恐ろしくて接触させられない。エルドは、リフやキュルキュほど人間のか弱さに慣れていないから。

「可愛いなぁ」

「デカい動物と小さな子の組み合わせって、可愛いよな。殿下、リゼ様をリフには乗せないんですか?」

マノンに問われて、僕は首を横に振った。

「それが、この子が小さすぎるせいかリフの方が怯《おび》えているんだ。触られている間はまるで岩のように動かなくなる。キュルキュの方がまだ乗せやすいだろうな」

「ははっ、リフは優しいですからね」

僕は竜に触れさせてもらえず不服そうなリゼの顔を覗《のぞ》き込んだ。好奇心旺盛で、自分よりも大きな存在にも怯えない。

「この豪気な性格は母親譲りなんだろうか」

「何言ってるんですか。私は小心者ですよ。できると思ったことしかしませんから。無謀なことをするのは、お父様の方ですからね」

ルゼはリゼの手を取り、ぺしぺしと僕の顔を叩かせた。

僕は幸せを噛みしめる。

まだまだ小さな手だが、生まれた頃に比べたら大きくなった。来年も、再来年も、その先も、こうして少しずつ成長するリゼの誕生日を祝うことができれば、これ以上の幸せは他にないだろう。それとも、父のように、孫ができればさらにデレデレになってしまうのだろうか？

……だが、この子を嫁にやるのは嫌だな。考えるだけで相手の男が憎くなる。ニースのような一途さが見えなければ、近寄らせたくもない。魔術師である僕より弱い男も問題外だな。

「リゼ、お父様がまぁた変なことを考え出しているわよ。リゼのこととなると、どうしてこうも分かりやすくなるのかしら。将来が心配ですねぇ」

ルゼはリゼに頬《ほお》ずりしながら笑う。

幸せそうだな、ルゼも。色々あったが、この女と結婚して本当に良かったと思う。しばし妻の顔に見とれる。

と、彼女はふと空を見上げた。その目が大きく見開《みひら》かれる。

「竜!?」

ルゼが大声を上げる。僕らも空を見ると、はるか上空を通り過ぎる竜の影が見えた。

地上に害を加えるつもりはないらしい。

「野良竜か？」

僕は竜の影を見送りながら言う。

「ん……おい、何か降ってきてないか？」

ニースが明るい空を見上げながら、目を細めて言う。

「あれは……落下傘《らっかさん》がついた何か……ですね」

と、ルースが言った。嫌な予感しかしなかった。

「神殿の上にも結界はあるんですよね？」

「あれぐらいの大きさであの速度だと、結界に弾かれずに落ちてくるかもしれないわ」

アリアンセの問いに、グラが不安そうに答えた。

「ルゼ、皆と一緒に神殿内に戻っていろ」

「はい」

ルゼは騎士以外の客人達を連れて神殿の中に入る。

果たしてその何かは、エリネ様の庭の真ん中に落ちてきた。

箱だった。綺麗に飾り付けられた箱だ。

「……考えたくはないが、竜でこういうことをしそうな奴らを知っているんだが」

「俺も、同じ連中を思い浮かべました」

ティタンはそう言って、そろりそろりと箱に近付く。

「危険物かもしれない。慎重にな」

「はい」

神殿からはルゼと、不安そうにするウィシュニアが見つめている。ティタンは彼女に笑みを向けてから、慎重にリボンを解いた。そして薪《たきぎ》として積み上げられていた木の枝を一本手にする。

「開けます」

箱の蓋《ふた》はティタンによって器用に跳ね上げられ——次の瞬間、中から火が噴き上げた。

「は、花火っ⁉」

どんな仕掛けなのかは知らないが、それは花火のようなものだった。たぶん、本当に花火なのだと思う。

「アホかあの小娘共！」

「やっぱり小娘ですか⁉」

「こんなことをするのは奴らしかいない！」

こんな怪《あや》しい箱を贈れば、僕らは警戒せざるを得ず、また正体を確かめずにはいられない——そう理解しているからこその悪戯《いたずら》だろう。もちろん肩透《かたす》かしを食らわせるつもりで。だから無害と言えば無害なのだが。

避難していた皆も神殿から出てきて、その花火らしきものが静まるまで見守った。リゼが今日のどんな贈り物より興奮しているのが、実に皮肉だった。

「ギル様、花火が上がった時、何か板のようなものが飛んだ気がするんですが」

「それならここに」

ルゼが問うと、ルースが地面を指さした。

「それは？」

「金属板に何か書いてあります。何の模様だろう？」

ルースはそれを持ち上げて首を傾《かし》げる。

「おい、裏にも何か書いてあるぞ」

「ああ、本当だ。なになに……ご息女のお誕生日おめでとうございます。お祝いに、情報を一つお教えいたします。裏面の暗号の示す場所に、幼い子供を売買する組織……えっ!?」

ルースは目を見開《みひら》いてそれを凝視《ぎょうし》した。

「ちょっと貸せっ」

僕は慌てて金属板を引ったくり、その裏面とやらを見た。暗号らしき記号が書いてあるが、さっぱり分からなかった。

プルプルと震えながら、僕は空を仰ぐ。当然奴らの姿は見えなかった。

娘の誕生日に仕事を増やされ、かといって立場的にも倫理的にも放置できない僕は、涙を呑んで即座に学者連中を集め、小娘達の暗号を解読した。

それから、売られそうになった子供達を保護したり故郷に帰したりと色々あったが、それがルゼやエリネ様の名声に繋《つな》がり、子供達のための寄付も増え——ついでに、ルゼのファンクラブ会員も増えたらしい。

癪《しゃく》に障《さわ》るが、確かに〝祝い〟となる結果であった。

ルゼの評判が上がったことに気を良くした小娘達は、以後同様に面白半分の事件解決依頼をたびたびしてくることになる。

が、この時はそんなことなど、想像もしていなかった。

番外編　少年の苦労　～小娘達の場合～

足下には、何かの花を模《も》した柄《がら》の美しく柔らかな絨毯《じゅうたん》。木製のテーブルには大きな貝殻《かいがら》の皿。棚の上には香りがある木の細工物。

それらは地底にあるこの国――アルタスタにおいては贅沢《ぜいたく》極まりない、地上から仕入れた調度品だった。

膝をつき頭《こうべ》を垂れていた僕――カイルは顔を上げ、旦那様の表情に頬《ほお》が強張《こわば》るのを感じた。

旦那様は闇族《あんぞく》と呼ばれる、人間に蝙蝠《こうもり》の翼を生やしたような姿の魔物だ。病的なほどに青白い肌と鋭い目つきは、種族的な特徴である。折れそうなほどの痩身《そうしん》を仕立てのよい紳士服に包み、口元には笑みすら浮かべている。が、その笑みは冷酷極まりない。

「よく戻ったな、カイル」

旦那様は口を開くと、冷ややかな声音で言った。

鋭い目に宿る冷たい光は他者を震え上がらせる力を持ち、物心ついた頃から仕える僕ですら、その眼光の前ではひやりと胆《きも》が冷える。旦那様がこのような目を僕に向ける理由は一つしかない。

旦那様──アルタスタ四区《よんく》の裏社会を支配するコアトロ様にとって命の次に大切なお嬢様達を、危機に晒《さら》したからだ。

万能ではないにしろ、予知の力を持つサリサお嬢様。

万能ではないにしろ、洗脳の力を持つマゼリルお嬢様。

二人揃えば、国を転覆《てんぷく》させることも可能と言えよう。もちろん、旦那様はそんな労力ばかりかかる愚《おろ》かなことはしないけど。

僕は再び頭《こうべ》を垂れて許しを請《こ》う。

「申し訳ございません、旦那様。予知されていなかったとはいえ、自分がついていながらお嬢様方を危険な目に遭《あ》わせてしまいました。しかしまさかあのようなことが起こるとは」

旦那様は目を閉じてため息をつく。

「これほどの危険でも、予知されるわけではないのか。つくづく厄介な力だな」

旦那様は貝殻の皿に載った果物を手に取り、しゃくりとかじりつく。闇族がよく食べる葡萄《ぶどう》のようなそれの強い酸味に、旦那様はわずかに眉をひそめる。

先日、お嬢様方は憧れの女騎士、ルゼ様の結婚式を覗《のぞ》くため、ルゼ様の夫となるギルネスト王子の視界を借りて地下に潜《ひそ》んでいた。確かに花嫁の姿を見たいなら、花婿の位置が一番である。が、それに気付かれ、今までの悪事の返礼とばかりに、ギルネスト王子に生き埋めにされかけたのだ。

「僕も今回ばかりは冷や汗をかきました。優秀な手勢を何名か失ったのも痛手です」

それでもお嬢様方は無傷でけろっとしているのが救いだ。僕も怪我《けが》をしたけど、ルゼ様に相手をしていただけて楽しかった。純粋な戦闘型傀儡術師《かいらいじゅつし》である僕と一対一で戦えるのは、ルゼ様ぐらいなのだ。

「本当に、手痛いな」

「ですが、サリサお嬢様の予知夢の精度についての確認も取れました。お嬢様が、来月の祝いの席まで生存していると予知した者は一人も失っていません」

今回のことで大切なのは、お嬢様のその予知が覆《くつがえ》らなかったことだ。

これまで、サリサお嬢様が〝生き残る〟と予知した者が命を落としたことは一度もない。死ぬと予知された者が本人の努力ゆえに生き残ったことはあってもだ。つまり〝生き残る〟という予知は、確実に当たると思っていい。

「確かにな。娘達の護衛も、そのような者達を中心にすれば間違いはないということか」

「そうですね。それにもう一つ、ルゼ様や王子様のように世界に選ばれたかのごとき方々であっても、お嬢様に対抗するのは難しいというのも証明されました」

あの二人には本当に驚かされる。先の結婚式でのことは、思い出すだけで鳥肌が立つほどの歓喜を覚える。ルゼ様も素晴らしいが、人間とは思えない魔力の持ち主である王子様も素晴らしい。

そんなお二人でも、お嬢様方が相手となれば調子が狂うのだ。事実、彼らは先の結婚式でお嬢様を捕まえられなかったわけだし。

「とはいえ、それでお嬢様方が調子に乗ってしまわないか不安ですが」

「確かにな。さすがに甘やかしすぎたか……」

旦那様がお嬢様達を大切にしている元々の理由は、彼女達が有能だからだ。有能だから傍に置き、二人が甘え上手だから愛情を注《そそ》いでいる。一見放任主義のようにも見えるが、愛情があるからこそ娘達の無茶苦茶な行動を許してしまうのだ。時にはその暴走ぶりが思わぬ利益を生むこともあるし。

それでもお嬢様方自身に危険があるとなれば、話は違ってくる。

「王子様にも忠告を受けました。忠信とは主《あるじ》の不興《ふきょう》を買おうともその行いを正そうとすることだ、大人まで一緒になって振り回されるなと」

たぶん、そのようなことを言っていたはずだ。素晴らしい言葉だった。普段からお嬢様に言われるがままに従っている仲間達も反省しただろう。何しろお嬢様の歯止め役という難しい仕事を、僕のような幼気《いたいけ》な少年だけに押し付けていたのだから。

王子様は相変わらず怒りっぽい美男子だった。そんなところがまた素敵なのだ。あの攻撃性に見合うだけの実力があるのだから。弱い犬がキャンキャン鳴く様《さま》は醜《みにく》いが、彼は吼《ほ》えることを許されている。吼えられると、ぞくぞくして堪《たま》らなくなる。

「その王子を語る時のおまえは楽しそうだな」

「お嬢様を『小娘共』と罵《のの》り、視界を覗《のぞ》かれていることにも気付いた大魔術師です。その上、それはもう美しい男性で、お嬢様達を虜《とりこ》にしているルゼ様の伴侶《はんりょ》。旦那様同様、僕の憧れのお方です」

「カイルの憧れとは、からかって楽しい相手という意味だろう……」

「決してそのようなことは。旦那様のことは心より尊敬しております」

旦那様は悪人だ。悪徳の化身《けしん》と言っても過言ではないだろう。嫌がらせを日課とし、他人を手の平で転がして思いのままにするのが大好きだ。表の権力者になるのではなく、そういった権力者を傀儡《かいらい》にする黒幕的な立場であろうとする、とても楽しいお方なのだ。

そんなご主人様が僕は大好きである。

「おまえの尊敬とやらも、怪《あや》しいものだ」

旦那様はため息をついた。苦悩する姿がなんとも渋い。まさしく美中年だ。他者を見下し堂々と命令する姿も素敵だが、このように思い悩む姿も素敵である。

「それで、損害は？」

「幸いにもお嬢様達がお買い求めになられた戦利品は別の場所に保管してありましたので、人員的な被害のみです」

時間をかけて育てた配下達もそれなりに価値があったのだが、所詮は消耗品だ。替えが利《き》かないのはお嬢様達だけで、お二人の盾や剣でしかない僕らなど、いくらでも補充できる。もちろん、僕ほどの剣をまた手に入れられるとは思えないけど。

「ああ、こちらは被害を免《まぬか》れました。旦那様のお好きな地上の野いちごです」

「ほう」

僕がテーブルに土産《みやげ》を置くと、旦那様は目の色を変えた。

「旦那様のために、とびっきり美味《おい》しそうなのを選んでまいりました。あの苦労が無駄にならずに済んだのが救いです」

僕も大好きな果物だが、僕にこの味を教えたのは旦那様だ。僕が気に入るものなら、間違いなく旦那様も気に入るだろう。地上の果実は干しても美味《うま》いが、やはり果汁が溢《あふ》れるほどによく熟《う》れた旬《しゅん》の果物は、本当に堪《たま》らない。

「それは楽しみだ。やはり果物は地上物に限るからな」

旦那様は先ほど口にしていた果物にはもう見向きもせず、新鮮な野いちごを食い入るように見ていた。

「はい。旬というのも、面白いものですよね。天候や季節によって収穫物が左右されるなんて」

僕は地上生まれの人間だが、地下で育ったから、持っている常識は魔物達に近い。地下は気候が年中安定しているため、地上のような食べ物の旬というものがない。

「ああ、被害と言えば、一つ忘れていました」

「他に何かあるのか？」

果物に手を伸ばしかけた旦那様が、手を止めて聞いた。

「マゼリルお嬢様が、旦那様からいただいた真珠の髪飾りを落としたと」

「それが一番高いだろう！」

果物に気を良くしていた旦那様は、立ち上がって僕を怒鳴り付けた。地上でも真珠は高価だが、海のない地下ではさらに値が跳ね上がる。

「お嬢様達にお怪我《けが》がなかったという安堵《あんど》で、すっかり忘れていました。申し訳ございません」

僕も立ち上がり、また深々と頭を下げた。

「まったく……これから、少し厳しくするか」

旦那様は椅子に座り、足を組みながら言う。

いかにも〝悪〟なその仕草と貫禄《かんろく》がとても好きだ。僕も将来はこのようになりたいと思っている。本当は王子様のような色気のある悪人タイプが理想なのだけど、それが実現できると思うほど僕はうぬぼれてはいない。その点、旦那様の振る舞いは真似できそうな気がする。旦那様は僕にとって、実に身の丈に合った理想の男性なのだ。

主《あるじ》の姿に惚れ惚れしていると、突然部屋のドアが開《ひら》く。

「厳しくなんて嫌よ！」

そう叫びながら、マゼリルお嬢様とサリサお嬢様がなだれ込んできた。マゼリルお嬢様は僕と同じ十代半ばの可愛らしい闇族《あんぞく》の少女で、サリサお嬢様はまるっきり人間に見える二十歳ほどの美女だ。少しは反省して部屋で控えているようにと旦那様に言われたのに、勝手に抜け出して盗み聞きしていたようだ。

「厳しくするなんて、ひどいわパパ！　今回はちょっと大変な目に遭《あ》ったけど、たまたまよ」

「そうよ。たまたまよ。不幸な事故よ」

二人は甘えるように両脇から旦那様にしがみついた。

「そのたまたまで、カイルにも怪我《けが》をさせたと分かっているのか？　訓練以外でカイルが怪我をするなど、初めてのことじゃないか。もう危ない相手につきまとうのはやめなさい」

旦那様はそう言いつつも、愛娘《まなむすめ》達の抱擁《ほうよう》に目元を和《やわ》らげた。

彼は本当に娘達に弱い。彼女達が旦那様の身内だということは世間に公表されていないが、それは大切にされているからこそだ。身元を明かせば、いつ誰に殺されてもおかしくはない。四区《よんく》の闇を支配する旦那様は、常に誰かの恨《うら》みを買っているのだから。

「パパぁ、真珠《しんじゅ》なくしちゃってごめんなさぁい。せっかくパパが買ってくれたのに」

「お詫《わ》びに、パパへお土産《みやげ》。ほら、パパぴったりの大人の香り！」

サリサお嬢様が匂い袋を差し出した。

「それよりもだな、危ない人間に近付くなと言ってるだろう。おまえ達の好きなルゼ様のグッズが欲しければ、取り寄せさせるから、な？」

「それは嫌！」

二人が同時に拒否すると、旦那様は額《ひたい》に手を当ててため息をついた。

「ルゼ様とお会いできないなんて、甘いもののない生活に等しいわ」

「もう傀儡術《かいらいじゅつ》で干渉したりしないから、ね？」

主《あるじ》は娘達に擦《す》り寄られ、もう一度ため息をつく。

闇族《あんぞく》とは、本来このように誰かに甘えることがない種族だ。特に女は男以上に冷血で、冷静だ。悪く言えば可愛げがない。だからこそ旦那様は、分かりやすい甘え方をする二人が可愛いらしい。

「やはり旦那様と王子様は少し似ていらっしゃいますね」

僕が言うと、三人は驚いたように僕を見た。

「どこが？　パパは格好いいけど、王子様みたいに麗《うるわ》しくはないわ」

旦那様はぴくりと頬《ほお》を引きつらせた。

「そうよ。王子様は、ルゼ様に相応《ふさわ》しい暗黒の破壊神《はかいしん》みたいな美貌《びぼう》の方なのに」

「サリサお嬢様、王子様をそこまで……」

僕も王子様には憧れているけど、そんな神のごとき崇拝まではしていなかった。やはりお嬢様方は僕の想像の斜め上を行くお方だ。だからこそ彼女達のお世話は退屈しなくていい。

だが娘が他の男を褒《ほ》めてばかりいては、旦那様が気の毒だ。

「旦那様、お気を悪くなさらないで下さい。かの王子様は絶世の美女と名高い母君にそっくりな、大変な美青年なのです。母君の美しさには、旦那様もきっと目を奪われるでしょう。その上王子さまは、お嬢様方があのルゼ様の伴侶《はんりょ》として認めるほどの実力をお持ちです。僕もルゼ様の旦那様となれば、あの方以外はとても認められませんでした。あの王子様だからこそ、許せるのです。それほどのお方です」

王子様がそれほどの人物で本当に良かった。何か一つでも欠けていたら、お嬢様は本気で暗殺するよう僕に命令していただろう。ルゼ様には相応《ふさわ》しくない悪い虫は叩きつぶせと。

僕らがルゼ様を知ったのは、彼女が聖騎士になる前――王子様の傍で普通の女性のふりをしていた頃だ。

当時僕らは、ある野望を持っていた。不安定ながらも予知能力のあるサリサお嬢様を聖女に仕立てて人心を掴《つか》み、マゼリルお嬢様の力で人間の有力者を操って、裏から人間の国を支配するというものだ。

だが、サリサお嬢様の力がある程度安定した頃、お嬢様は皮肉にも、自分より先に聖女として祭り上げられる女が現れるとの予知をした。

サリサお嬢様が夢で見たその女は、植物を操る力を持っていた。すぐに真偽の分かりにくい予知能力とは違い、誰の目にも分かりやすい奇跡の力だった。その力の前に、人々は傅《かしず》いていたらしい。

その女が世に出た後で、サリサお嬢様を売り込むのは難しい。分かりやすい奇跡の前では、サリサお嬢様の曖昧《あいまい》な力など霞《かす》んでしまうだろうから。

自分達がいるべき場所に他の女がいるなど許せない——そう思ったお嬢様達は、その女が聖女になるのを阻止することにしたのだ。予知したこととはいえ、前もって対策を立てておけば覆《くつがえ》すことも可能。そのことを彼女達は既に知っていた。

マゼリルお嬢様は、それ以前にも別の聖女を誘拐して売り飛ばしたことがあったため、主に彼女主導で僕らは動く。

その一環として、将来その聖女に仕えることになる人間を探し出し、誘拐して洗脳しようとしたことがあった。もちろん直接聖女を殺す手はずも整えていたが、暗殺対象者の周りに手駒《てごま》を置いておけばいずれ役に立つこともあるだろうと考えたのだ。

聖女の身近に仕えられるのは、主に身分の高い貴族の女。サリサお嬢様が予知夢で何人かの名前は聞き取っていたから、探すのはそれほど難しくなかった。

サリサお嬢様はその当時から、予知夢で見たルゼという女騎士がお気に入りだった。

その女騎士が、王子様の傍で目立っていた同名の少女ではないか、と当たりをつけるのは簡単だったが、確信はできなかった。何しろその少女は、剣など持ったことのなさそうな普通の女に見えたからだ。

もちろん彼女の兄は傀儡術師《かいらいじゅつし》として知られていたので侮《あなど》るようなことはなかった、が、まさか僕と互角に斬り合えるだけの実力を持つ、武闘派の傀儡術師だとは思いもしなかったのだ。

その時の僕は、別の件で奔走《ほんそう》していたため、ルゼ様と戦うことはできなかった。

ルゼ様と同時に誘拐していた貴族の娘が――カリンとか言ったような気がするが――いた。それが、たまたま旦那様が陰謀に利用していた人間の娘だったのだ。その人間は娘を助けようとして、旦那様に繋《つな》がりかねない情報を外部に流そうとしていた。だから僕はトカゲの尻尾切り、つまり暗殺に動かなければならなかったのである。

まずはその人間――娘の父親の方を殺し、共犯である後妻を失踪《しっそう》させて始末した。もちろん真相は、僕ら以外には分からない。

他にこいつらのような人間の手駒《てごま》はいくらでもいる。それにこの夫婦は中途半端に有能で、旦那様に協力したことでどんどん成り上がり、無駄に目立ってくれていた。だから潮時だったのだ。

このことは結果的に、娘を単なる被害者に仕立て上げることに役立った。誘拐の被害者、親を何者かに殺された被害者。もし〝魔物に協力した悪人の娘〟だと発覚したら、聖女に仕える彼女の未来は変わっていただろう。

サリサお嬢様が聖女に成り代わるためには、あまり未来を――仕える女の未来なども変えない方がいい。むやみに未来を変えると、逆に先が読めなくなって計画が立てにくくなるのだ。そうやって僕らは試行錯誤《しこうさくご》しつつ、聖女を探していった。

途中からお嬢様の計画を知った旦那様がその聖女の力を欲しがったため、殺すという選択肢はなくなったのだけど、今思えばお嬢様達の当初の思惑通り、世間に聖女が現れたと知られる前に殺しておけば良かったのだ。手探りでの計画ではあったが、サリサお嬢様なら聖女に成り代わることも可能だったはずなのだから。

だが旦那様は、聖女に関するお嬢様達の野望と、僕らが実行しようとしていた予知を覆《くつがえ》す方法をさほど重要視していなかった。

それ以前に旦那様は、サリサお嬢様を表舞台に出したくなかったのだ。彼女が聖女などになったら、四区《よんく》の裏社会を牛耳《ぎゅうじ》る旦那様とは直接会えなくなる。本人の希望とはいえ、可愛い娘を手元から離すぐらいなら、多少の利益などいらないと考えてしまったらしい。だからサリサお嬢様を聖女にするのではなく、聖女を利用して利益を得られるようにしろと娘達を言いくるめたのだ。

そんな思惑をお嬢様方に知られたらまた騒ぎ出しそうなので、もちろん内緒だ。

昔のことを思い出していた僕は、ふとあることに気付いた。

「そういえば、一度だけ未来が変わったことがありましたね。それもルゼ様の手で」

「そうなのか？　いつのことだ？」

旦那様は初耳だったらしく、驚いた顔をした。マゼリルお嬢様は地上で散々食べた野いちごを口にしながら頷《うなず》く。

「ああ、聖騎士選定の時ね」

「はい。マゼリルお嬢様が洗脳に成功した男が聖騎士になるはずだったのですが、ルゼ様にふるい落とされました」

「あの時のルゼ様は最高に素敵だったわ」

それまで普通の女性だったルゼ様が、大胆にも髪を切って男装し、聖騎士候補達をことごとく叩きつぶしたのだ。その中に洗脳済みの男がいたのだが、ルゼ様のせいでかなりの重傷を負い、聖騎士にはなれなくなった。

だが、僕はもう一つの可能性にも気付く。

「よく考えるとあの不運な男については、ルゼ様が未来を変えたのではなくて、お嬢様が洗脳した時点で未来が変わってしまっていたのでは？」

戦いでは些末《さまつ》な理由で大怪我《おおけが》を負《お》うことがある。お嬢様の洗脳によって動きに乱れが出て怪我を負ってしまったという可能性もなきにしもあらず。

そうだとしたら、僕らが唯一変えられた未来は、聖女ではなく聖騎士のものだったということになる。皮肉な話だ。

「私のせいだって言うの？」

「それは誰にも分かりませんが、ルゼ様が根性で変えたというよりは可能性が高……まあ、それだけマゼリルお嬢様のお力が偉大だということと、未来を変えるのは難しいということなのでしょうね」

「そうね。ままならないわ」

「ええ、本当に」

あの時の僕の本当の驚きを、お嬢様は分かっていないだろう。

ルゼ様の実力は予想外だったが、あれぐらいなら僕にも簡単にできる。

驚いたのは、自分に都合の悪い存在を排除して、自分の欲しいものを手に入れることができた、その強運さだ。サリサ様の予知を聞いた時は、どうしてあんな普通の女性が聖騎士になるのだろうと不思議だったが、後でその経緯を知らされた時は本当に驚いた。

そしていよいよ人間達によって聖女が見つけられ、都に連れていかれようとした時。

その一行を襲った僕らの仲間を、ルゼ様は返《かえ》り討《う》ちにしてしまった。襲ったのは、僕ら傀儡術師《かいらいじゅつし》の中でも精鋭《せいえい》と呼ばれる者達だったにもかかわらずだ。

特にまだ幼いレダという少女。彼女もとても強かったが、ルゼ様に瞬殺された。

この時僕は、彼女が特別なのだと確認した。

ルゼ様は優しそうな人なのに、子供にも容赦《ようしゃ》がないのだ。

かといって子供嫌いではない。聖騎士になる前のルゼ様はよく子供達と遊んでいた。

それでも彼女は聖女を優先させて、子供を殺したのだ。

僕は、綺麗事を言うだけで大事な決断ができない奴は嫌いだ。けれど優先順位を付けて割り切れる人は好きだ。ルゼ様はまさに後者だろう。

それでいて、王子様のような人には素直になったりする。そんな姿は可愛いと思ってしまう。そしてそんなルゼ様の隣に立って、でれでれしているあの王子様は、やっぱり旦那様に似ている。

「何をニヤニヤしているんだ？」

旦那様に問いかけられて、僕は肩をすくめた。

「いいえ、ルゼ様の結婚式を思い出していたんです。王子様が旦那様のような方で本当に良かったと」

あの王子様も、いつの間にかルゼ様と同じぐらいに僕にとって心惹かれる存在になっていた。

直接話をしたのは、結婚式の少し前に王子様を誘拐した時。お嬢様が彼の頭の奥底に、洗脳の種とでも呼ぶべき力を植え付けた時だった。

あの頃はまだ彼についてよく理解していなかったが、お嬢様達に脱がされてなぶられる姿を見て、とても気に入ってしまったのだ。

普段は冷淡そうな顔をしているのに、ちょっとしたことで怒鳴り散らすところが旦那様に似ている気がする。大きなことよりもちょっとしたこと、主にお嬢様達の悪ふざけに向けて怒鳴るのだ。

彼はあんなに綺麗な顔と強大な魔力を持ち、高い地位まであるのに、女性に振り回される男なのである。

そして僕は確信した。きっとルゼ様にも振り回されるのだろうと。

その後、誘拐された彼を予想外の方法で取り戻したルゼ様を見て、何とも愉快でお似合いの二人だと思ったのだった。

きっと僕はまたニヤニヤしていたのだろう、旦那様が嫌そうに呟《つぶや》く。

「本当に、何を考えているか分からない子だな、カイルは」

「お褒《ほ》めにあずかり光栄です」

旦那様はため息をついた。

「旦那様のため息のつき方も、王子様に似ています。だからこそ、僕は王子様が好きになったのかもしれません。僕は旦那様を心からお慕《した》いしておりますので」

「そういう歪《ゆが》んだ好かれ方は、嬉しくないな」

「なぜでしょうか」

こんなにも純粋な好意なのに。

「ああ、僕が女の子じゃないからですね」

「おまえが女でなくて良かったよ」

なぜだろうか。ああ、ひょっとして男の方が殴りやすいからだろうか。旦那様は基本的に女性に手を上げることはない。利用して死に追いやったりはするけど。

「そうだ」

旦那様は娘達に食い尽くされそうな野いちごを引き寄せて、にやりと笑った。

「結婚式で思い出したが、サリサ」

名を呼ばれて、サリサお嬢様がきょとんとした。

「そろそろ伴侶《はんりょ》を探すか？　もちろん好みもあるだろうから、私が選んだ誰かと番《つが》えなどという無粋《ぶすい》なことは言わないが」

お嬢様達は目を見開《みひら》いた。

「ど、どうしてマゼリルじゃなくて私なの？　マゼリルの方が年上なのに」

「おまえは既に人間の適齢期だからな」

サリサお嬢様は旦那様を父と慕っているが、人間の血が濃い。一見人間にしか見えないから、本当のところ旦那様の子か否かも分からない。旦那様にしてみれば身に覚えがあるらしいので娘として扱っているが、明らかに闇族《あんぞく》の血を引いていると分かるマゼリルお嬢様とは、少し立場が違う。

まあ、誰が父親かなどどうでもいい。肝心なのは、サリサお嬢様とマゼリルお嬢様は、種族が違う、寿命が違う、成長速度が違うということだ。マゼリルお嬢様より年下でも、サリサお嬢様の身体はマゼリルお嬢様と違い、大人のそれなのだ。

「闇族でもいいし、人間でもいい。身近なところでカイルでもいいぞ」

「それは嫌！」

一方的に振られてしまい、僕はほっと胸を撫《な》で下ろした。

「ちょっとカイル、どうしてそこで嬉しそうに笑うの!?」

「いえ、お嬢様のお相手になるなど、僕ごときには荷が重く」

「それでもがっかりしたふりぐらいしなさいよ！」

振ったのは自分なのに、女心というのは難しいものである。

こうしてお嬢様の機嫌を損ねた僕は、しばらく地上に連れていってもらえなくなってしまった。

それでお二人でこっそり地上に行ったら、何だか楽しいことがあったらしく、女性ばかりでキャーキャーと騒いでいた。それでほんの少し悔しい思いをさせられたのは内緒だ。

ただ土産《みやげ》として渡された、ルゼ様ご贔屓《ひいき》のフレーメという茶屋のお茶と菓子はとても美味《おい》しかった。

書き下ろし番外編

相変わらずの男達

顔色を変えて、きょどきょど目を泳がせるギル様を見るのはいつぐらいぶりだろうか。

私――ルゼが娘のために手作りした、ふりっふりの可愛い服にワインをぶっかけて汚してしまった時以来か。

相手が私ではなく、ニース様というのははじめて見るが。

「心配なのは分かるが、わざわざ覗《のぞ》きに来るな」

「す、すまない」

食堂で、頬杖《ほおづえ》をついて向かいに座るギル様を睨《にら》みながら口を開くニース様と、何度目かの謝罪をするギル様。

「おまえが気付かれたから、ようやくグラが相手をしてくれるようになったのに、また突っぱねられるようになったんだぞ」

「す、すまない」

つまり、ギル様が二人を心配して覗いていたら、見つかってしまったのである。

なんとも情けない。

「覗きっていうのは、見つかったら終わりだっていうのにね、まったく。私なら絶対に見つからないのに」

私にも内緒でやるから、見つかって親友と妹の仲が拗《こじ》れるのだ。私に言ってくれれば、もっと安全に、確実に様子を見てあげるのに。見つかってしまうなんて、ニース様が可哀想だ。

「いや、おまえ、まず覗こうとするなよ」

子守中のラントちゃんが私のつぶやきを聞き、すかさず突っ込んできた。

娘は今日もお気に入りのウサギさんに遊んでもらい、上機嫌である。私がいなくてもラントちゃんがいればご機嫌に育つ。少し悔しい。

「大丈夫と確信していても、覗きたい気持ちはわからなくもないし」

「わかってても実行したらおしまいだ。まったく、おめぇらときたら。リゼはこんな風になるんじゃねぇぞ」

確かにと頷《うなず》いてしまった。娘には普通に育ってと思うのは、親なのだから仕方がないだろう。

ラントちゃんに任せていれば、こうはならないだろうか？　ウサギに子育てを任せっきりでいいのか、悩むところであるが、ラントちゃんの方が私達より善良なんだよな。

「おめぇらも他人事じゃねぇぞ」

ラントちゃんは他人事のように笑っている聖騎士達を睨《にら》み付けた。ここは食堂だが、娯楽室としても使われているから、カードをしたり、本を読んだりする騎士達がいる。

「そうねぇ。特にハワーズが心配よね」

私は問題児を見てため息をついた。彼は最近大人しいが、ちゃらんぽらんの問題児で、そろそろ何かしでかすんじゃないかと警戒している。

「お、俺は彼女もいないのに、なんで今から見張られるようなこと言われなきゃいけないんだよ」

「今はいないからいいかもしれないが、彼女ができたら粗相《そそう》しないようにこいつらが監視するぞ。間違いなく、おまえが一番酷《ひど》い被害を受けるんだ」

ラントちゃんが断言すると、ハワーズが狼狽《ろうばい》した。

「ひでぇ。相手の子が可哀想だろ」

「自分の胸に手を置いて」

私が言うと、聖騎士達が慰《なぐさ》めるようにハワーズの肩に手を置いた。

「まあなぁ。ハワーズはなぁ。そりゃあ監視されるわ」

「信頼ないもんな。ニース様でさえ信頼されないのに、ハワーズが信頼されるはずがないよな」

「俺でも監視するね。ま、ハワーズに彼女なんてできるはずがないけどさ、ははは」

「失礼だなおまえら。俺は純愛主義だぞ！」

ハワーズは同僚達を睨み付け、おかしなことを主張した。

すると離れていた聖騎士達も乗り出し、にやにやと笑いながらハワーズに絡む。

「はっ！　高嶺《たかね》の花狙いの身の程知らずで目をつけられたの忘れたのか？」

「ほら見ろ。ルゼさんのあの冷たい目。あれは監視しなくちゃって思ってる目だ」

さすがに付き合いも長くなってきただけあり、聖騎士達は私の性格をよく理解している。ちょうどそう思っていたのだ。

「ギル、私とあれを一緒にするなよ」

「すまなかった。そんなつもりはなかったんだが……反省している」

ニース様はハワーズと同じ扱いにされたことに対し腕を組んでギル様を睨んで抗議する。するとギル様は再び頭を下げた。

聖騎士達がそれを見て笑う。

その瞬間を、私は見逃さなかった。

ハワーズを含めた数人が、安堵《あんど》したような顔をしたのを。

「ハワーズ？」

私は聖騎士達の顔を見比べた。

「まだ何かあるのか」

ハワーズは不服そうに言う。

私はじっと彼の顔を見た。すると気まずげに表情をゆがめ、視線を逸《そ》らす。

「や、やめてくれよ。ルゼさんに睨《にら》まれると、内臓を素手でわしづかみにされたような気分になる」

「失礼ね！」

憤慨《ふんがい》した振りをしつつも、私は彼の様子を見た。ハワーズの口元が引き結ばれるまで、じっと見た。

「ルゼ、おい、リゼがかまって欲しそうだぞ」

この微妙な空気を察して、ラントちゃんがリゼの手を振って呼びかけてきた。彼は空気が読めるから、彼らに救いの手をさしのべたのだ。

ラントちゃんは優しいので事情がわからなくても助けるだろうが——こいつらはなぜ

あんな微妙な反応をしたのだろう？

　気のせいかもしれないが、そうではないと女の勘が告げていた。

　考えすぎではない。何かあるのだ。

「あのさ……ハワーズ。ひょっとして彼女とかできた？」

　私が思いつきを口にした瞬間、ハワーズとその仲間達が一瞬凍り付いた。

「嘘だろう⁉」

　ギル様とニース様が腰を上げ、椅子が派手に蹴倒された。

「ハワーズに彼女だと⁉　どこの誰を騙《だま》したんだっ⁉」

　ニース様がハワーズに詰め寄った。

「でもいくらなんでも失礼っすよ！　か、彼女なんていませんけどっ！」

　ハワーズは机を叩いて立ち上がり、上ずった声で反論した。

「本当にいないのかっ⁉」

「いると思いますか⁉」

「……ないな」

　ニース様はすぐに結論づけて座った。結論づけるのが早すぎる。

「………………」

私は、ハワーズの愉快な仲間達を見続ける。平常心を保とうとする努力は見えるが、まだまだ甘い。私の磨き抜かれた観察力を侮《あなど》っているとしか思えない。

「じゃあ、他のみんなは？」

私は優しく問いかける。

「いません」

「同じく」

私はじっと彼らを見た。

「最近、三人でよく出かけるわよね」

「くっ……さみしい者同士で出かけて何が悪いんですかっ⁉」

「何をしてるの？」

「何って……」

彼らの目は口よりも多くのことを語ってくれた。

「異性との交流を求めて、何が悪いんですかっ⁉」

「…………」

「変なことはしていないですよ！　信じてくださいよ！」

「…………」

私はじっと三人を見つめ、ゆっくりと椅子に座るハワーズの隣に立つ。そしてそっと彼の肩に触れた。

「ハワーズ、嘘が下手ねぇ」

ハワーズはびくりと震えた。

私は嘘つきだから、嘘が下手な人は大好きだ。

「嘘つきなのはいいけど、嘘が下手なのは、どうかしらねぇ」

「う、嘘って、ひでぇなぁ」

「じゃあ、何されても大丈夫よね？」

「何って、何する気だよっ」

「嘘をついていなければ、特に問題ないことよ」

「何する気だよっ⁉」

ハワーズの悲痛な叫び。少し可哀想になってくるが、相手の女性を騙《だま》していないか心配でならない。

「マジで勘弁してくれって。ルゼさんが絡むと色々まずいんだよ」

「隠されたらやましいことがあると思っちゃうでしょ」

「せめて殿下にしてくれっ」

覗《のぞ》きを見つかった張本人に調べて欲しいとは、変わっている。

さらに追及しようとした時、誰かがこの食堂に入ってくる気配を感じて視線を移した。

「あら、陛下」

やってきたのは、ギル様の父である国王陛下だった。彼は私達を見ると、呆れたように息をついた。

騎士達は一斉に立ち上がり、敬礼する。たまにこういうことがあるから、彼らは私服でもそれなりの恰好をしていたりする。

「先ほどの様子だと、どうやら、知られてしまったようだな」

陛下は哀れみの目をハワーズに向けた。

「陛下、何かご存じなのですか？」

「ああ。おまえ達には黙っておくよう勧めたのは私だからな」

え!?

「女の話じゃなかったんですか？」

「間違っていないぞ」

陛下はラントちゃんが抱くリゼへと歩み寄りながら言う。

「恋人ができても下手にルゼと恋人が会ってしまうと、またルゼに女をとられると心配していたのでな。おお、リゼ、じいじが来て喜んでいるな。ああ、なんて可愛いんだろう。リゼの笑顔が一番癒《い》やされる」

祖父馬鹿丸だしでリゼを抱き上げ、頬擦《ほおず》りをする。

「意味が分かりません」

「ルゼは厳しいからな。おまえに知られないように私達が年頃の娘を紹介して後押ししただけだ」

「えっと、『私達』とおっしゃいましたか？」

すると陛下は頷《うなず》いた。

「私と紫杯《しはい》の者だけでなく、個人的な友人に相談してな」

紫杯のお偉いさん達とはそういう話をしていたが、それが陛下の友人にまで広がっているとは思いもしなかった。

「ルゼに知られることのないようにな。広く探せば互いに条件の合う女も見つかるだろうと」

ハワーズが視線をそらしている。

「いったいどうしてそのような話が陛下まで」

「お前達がいない時にリゼを泣かせてしまったが、彼らがあやしてくれてな。その時に世間話をしたのだよ。お調子者だが、気のいい青年じゃないか。少しは手心を加えてやれ」

おい。陛下に何を愚痴《ぐち》ってるんだおまえら。お調子者だって知られてるって、何をしたんだ。猫を被れよ。

「ルゼさん、お、俺達は昔のニース様よりはちゃんとできてますよ！」

「まあ、笑顔で相手を褒《ほ》められれば、それだけでニース様は超えられるものね」

「えっ!?」

ニース様が声を上げる。

「さあさあ、リゼもそろそろおねむの時間だろう。ルゼは母親として子供を寝かせつけてこい」

「いえ、まだ話が」

「いいからいいから」

陛下は私にリゼを押しつけ、背を押した。

くっ、あいつら陛下を味方につけていい気になりやがって。

「一つだけ、相手は探しているんですか？　もう見つかったんですか？」

「それも気にするな。私を信頼できないのか？」

あんまりできないんだよなぁ。この人、奥さん二人いるし。

などと言えるはずもなく、その間にハワーズ達はそそくさと部屋に戻ってしまった。何も分かっていないリゼが、その背に手を振るのが可愛い。

「まったく。僕にだけでも知らせてくれればいいものを」

「おまえも覗《のぞ》きに行くだろう。若い娘達がお前を見て浮かれて、彼らが傷つくような反応をしたらどうするんだ」

「僕は妻帯者ですよ」

「それでもだ」

「わかりました。父上を信頼して、干渉しませんよ。僕も妻子との時間を大切にしたいので」

ギル様はリゼを抱く私の腰に手を回した。

「さ、あいつらのことは忘れて、リゼを寝かせつけよう」

「……そう、ですね」

陛下が責任を持つというのだから、残念ながら私の出る幕はない。お調子者も、陛下の顔を潰《つぶ》したりはしないだろう。

奴らのことは忘れて、家族水入らずを堪能《たんのう》することにしようか。

Regina COMICS
シリーズ累計
35万部
突破!!
詐騎士
1~3
SAGISHI
大好評
発売中!!
原作 かいとーこ
漫画 麻菜摘
アルファポリスWebサイトにて
好評連載中!
新感覚ファンタジー
待望のコミカライズ!!
ある王国の新人騎士の中に、一人風変わりな少年がいた。傀儡術《かいらいじゅつ》という特殊な魔術で自らの身体を操り、女の子と間違えられがちな友人を常にフォローしている。しかし実は、その少年こそが女の子だった！　性別も、年齢も、身分も、余命すらも詐称。飄々《ひょうひょう》と空を飛び、仲間たちを振り回す――。そんな詐《さ》騎士《ぎし》ルゼの偽りだらけの騎士生活！
すべて詐称!?
その騎士、実は女の子!!
魔物を蹴散らせ!
B6判 / 各定価：本体680円＋税
アルファポリス 漫画
検索